LA REINE DE MIEL

Marchand de feuilles
C.P. 4, Succursale Place d'Armes
Montréal (Québec)
H2Y 3E9
Canada

www.marchanddefeuilles.com

Graphisme de la page couverture : Isabelle Toussaint
Illustration de la couverture : Anne Siems
Mise en pages : Roger Des Roches
Révision : Hélène Bard
Diffusion : Hachette Canada
Distribution : Socadis

Marchand de feuilles remercie le Conseil des arts du Canada et la Société de développement des entreprises culturelles (SODEC) pour leur soutien financier. Marchand de feuilles reconnaît l'aide financière du gouvernement du Canada par l'entremise du Fonds du livre du Canada (FLC) pour ses activités d'édition et bénéficie du Programme de crédit d'impôt pour l'édition de livres (Gestion SODEC) du gouvernement du Québec.

Catalogage avant publication de Bibliothèque et Archives nationales du Québec et Bibliothèque et Archives Canada

Paradis, Simon, 1980-, auteur
Reine de miel / Simon Paradis.
ISBN 978-2-923896-88-5
I. Titre.
PS8631.A731R46 2018 C843'.6 C2018-941201-1
PS9631.A731R46 2018

Bibliothèque et Archives nationales du Québec
Bibliothèque et Archives Canada

SIMON PARADIS

LA REINE DE MIEL

[FŒJ]
ÉDITIONS
MARCHAND
DE FEUILLES

Avec du miel, c'tun bec collant
Dit-on chez les Paradis

Ma famille a parcouru l'Amérique à la recherche de pollen. Pour moi, la recherche de miel a commencé lors d'une visite dominicale chez mes grands-parents, Camille et Céline. Ils logeaient dans un appartement de cinq pièces au sixième étage d'une tour. Nous accédions à l'entrée par de longs corridors. Grand-mère nous recevait sur le pas de la porte et nous grondait en pointant nos souliers sales. Les murs du logis étaient décorés de peintures à numéro qui évoquaient des champs avec des bêtes de somme. Le tapis reliait les pièces. Mon père nous emmenait chez ses parents pour la tarte aux pacanes de sa mère Céline. Elle la servait avec de la crème et du café. C'était le seul moment où l'on me permettait de boire cette boisson chaude. Pendant l'après-midi, nous jouions au Rummy 500. Nous avions une version avec des tuiles de plastique. J'étais un bon joueur mais les discussions ne me concernaient pas. Elles portaient sur les pérégrinations de ma tante qui travaillait pour une agence de voyages, des problèmes du système de santé vécus par ma cousine infirmière, et du sujet de prédilection de tous : le miel. La famille discutait de sa qualité florale, et de la dernière production estivale. Ma grand-mère comparait le miel de trèfle de Sainte-Rosalie à celui de Rivière-à-la-Paix, comme une œnologue compare un malbec argentin à un malbec espagnol. Mon grand-père Camille était toujours assis dans son fauteuil en velours vert lime. Il portait un cardigan de laine à boutons d'écailles, des pantalons à plis, et d'immenses lunettes à double foyer. Il avait des oreilles énormes de la forme de l'île de Montréal, avec une forêt de poils en leur centre. Il me faisait rire quand il touchait le bout de son nez avec sa langue. Je ne discutais jamais avec mon grand-père. Il ne posait pas de question et se contentait de suivre les conversations derrière son binocle à cadre d'acier. Lorsqu'il parlait, toute la famille l'écoutait attentivement, comme on écoute un sage ou la télé. Lorsqu'il posait une question, tous se taisaient pour que la réponse lui parvienne au travers de son cornet auditif.

En avril, nous fêtions son anniversaire. J'étais resté seul au salon avec lui. Il m'observait de son fauteuil, fier de ses quatre-vingt-dix ans. La famille, divisée en deux, s'était mise à une partie de cartes et à nettoyer la vaisselle. Il se pencha vers moi et me présenta son appareil auditif de la main gauche.

– Je n'en ai pas toujours besoin, dit-il, le sourire aux lèvres.

Je souris comme le ferait un confident.

– J'ai appris que tu as flatté ta première guêpe. Tu es clairement un des nôtres. Je n'en étais pas certain en te voyant grandir. Je flattais déjà les abeilles alors que j'étais beaucoup plus jeune que toi, pendant la Grande Guerre. Je ne m'en souviens plus. On peut faire plein de choses avec les abeilles. J'en ai fait des miracles et des choses stupides.

Camille réfléchit quelques instants. Il remontait le cours de sa vie, tel un tisserand myope qui rembobine son métier à la recherche de l'origine du fil noir, que le déclin du jour l'empêche de voir.

– Tu es timide, mon garçon? Je crois que ton père ne t'a pas transmis grand-chose sur le monde du miel. Je n'ai jamais réussi à l'y intéresser comme j'aurais voulu. Je n'étais pas souvent là. Je suis heureux que tu sois curieux d'en apprendre davantage sur les guêpes.

Camille se replaça dans son fauteuil, les épaules bien droites, comme s'il faisait tailler sa maigre chevelure blanche chez le barbier. Je n'étais pas certain d'avoir bien compris. Grand-père s'était adressé à moi. Et d'où sortait-il cette histoire sur moi qui flatte une guêpe? Je n'avais pas eu conscience que mon père, c'est lui qui m'avait montré comment attirer les guêpes avec du jambon pour conclure la paix, avait raconté ces faits à son père au téléphone avant notre visite. Ça n'avait pas trop d'importance. Camille tourna à nouveau la tête.

– Tu te demandes comment je sais?

Je hochai la tête.

– Regarde.

Il ouvrit légèrement la poche gauche de son cardigan laineux. Je m'avançai sur le bord du canapé et il me signifia de son autre main de rester où j'étais et de garder le silence. La petite abeille marchait dans sa main élancée. J'étais émerveillé. Il l'approcha de sa bouche et lui adressa des mots inaudibles. Il la remit dans sa poche.

– Grâce aux abeilles, je sais tout. Un jour, je ne serai plus là, mais quand tu seras plus grand, tu apprendras comment leur parler et elles te raconteront tout sur moi. En attendant, j'ai quelque chose pour toi qui devrait te faire plaisir. Ça te rappellera mes vieux jours et peut-être que ça te décidera à devenir la septième génération d'apiculteur dans la famille.

Je ne comprenais pas à quoi Camille faisait référence. Il était vieux, la plus vieille personne que je connaissais, il était presque né au siècle précédent. Camille se leva, il poussait sur le fauteuil de ses bras pour que son dos reste droit durant la manœuvre. Il récupéra sa canne et me fit signe de le suivre. Le cornet auditif et l'abeille reposaient dans sa poche. Il me fit traverser la salle à manger, qui était animée par le service de la tarte, que ma grand-mère crémait de trois tours du poignet. Dans la cuisine, on faisait la vaisselle et les pronostics pour désigner le miel de l'année. Je suivais mon grand-père, qui entra dans sa petite chambre, avec un seul lit à une place, un bureau avec une lampe, et une garde-robe. Camille me demanda de récupérer une caisse en bois sous le sommier. Je m'agenouillai et je tirai cette lourde boîte par la poignée vers moi. Elle contenait sûrement de nombreux trésors. Il m'intima de l'ouvrir et d'y récupérer un livre à la reliure en cuir marron et une boîte à beignes jaunie. Le livre, qui ressemblait à un manuel scolaire, renfermait l'arbre généalogique de notre famille. Mon grand-père avait pris quarante ans à l'écrire.

– Tu es le premier de mes petits-enfants à le recevoir. Je pensais attendre encore quelques années, mais je me fais vieux. Tu le liras un beau jour lorsque ta curiosité te poussera à l'ouvrir. Regarde dans la boîte maintenant, dit-il.

J'étais assis sur le plancher, la boîte blanche jaunie entre les jambes. Je retirais le couvercle de carton. Au fond du contenant reposait un visage. Je clignai des yeux. Je ne savais pas trop ce qu'il faisait là. Il ressemblait à un masque en porcelaine que ma mère avait suspendu dans la salle à manger, le sourire en moins. Mais la peau avait l'apparence d'une soupe laiteuse.

– C'est le dernier masque que j'ai fabriqué, me dit Camille. Mes yeux étaient toujours attirés par l'objet. Il devrait te convenir, ajouta-t-il ; le jeune pour qui je l'ai fait avait à peu près le même âge que toi.

Je regardai grand-père. Je ne savais pas trop quoi dire.

– Allez, prends-le.

Il avait l'air solide, mais fragile en même temps. Il pouvait résister à toutes les variations de température, de l'eau bouillante à la neige, mais il éclaterait si on l'échappait sur la table, ne serait-ce que d'un mètre de haut. Je le pris dans mes mains. Il était tendre. Mes doigts ne laissaient pas d'empreintes, mais je sentais la souplesse de la surface, de son épiderme, comme la consistance d'un pectoral.

– Tu peux le porter.

Je tournai le masque avec précaution, nerveux face à cet objet précieux que me confiait Camille. Je le mis devant mon visage, je voyais, par les orifices, la même chose que sans le masque, et je pouvais tout aussi bien respirer à travers les narines. J'avais les lèvres plus gonflées que celui qui avait servi de modèle et je ne pouvais faire qu'un demi-sourire avec les dents du bas.

– Je savais, il te va bien.

Grand-père me regarda. Il sortit la petite abeille de sa poche, qui frétillait dans sa main.

– Maintenant, avec ce masque, tu peux devenir apiculteur.

Il y a une question fondamentale que l'on finit par se poser lorsque l'on pratique l'apiculture. Cette question nous vient à l'esprit quelque part au bord d'un champ, en bordure d'une colonie d'abeilles, une brindille de chiendent en bouche. Une pose de film de cow-boy, un cliché avec un soleil rouge qui décline. Assis dans la boîte de la camionnette, sur une vieille souche ou sur un amas de pierres. Bref, cette question nous vient au moment où les abeilles profitent des dernières minutes du jour pour remplir la ruche à satiété. C'est à ce moment que l'on se demande par où cette histoire de butinage a commencé. Est-ce la reine de miel qui s'est dit : je vais d'une fleur à l'autre, je transporte la semence, je vais créer des champs dorés à perte de vue ? Où est-ce la fleur, bien futée, qui a compris l'appétit infini de l'abeille et lui a fabriqué un nectar divin qu'elle ne pourrait oublier ? Bien sûr, une fois rentré à la maison, on dégonfle un peu, on remballe notre spiritualité, les concepts de prédestination. Une fois au salon, rivé au bulletin d'informations, on raisonne de façon rationnelle, il n'y a que le hasard de l'évolution, aucune intention derrière chacune des espèces.

Chapitre 1

Falher

*

L'hiver est long à Falher. La saison morte s'étire comme les ombres durant les jours d'été, à l'infini. Je profitais alors du temps à loisir, à réparer ou à fabriquer de nouvelles ruches, à répertorier de nouveaux champs, et à chercher des emplacements plus appropriés. Je déterminais les positions préférables pour déposer les colonies en me basant sur les statistiques de production établies pendant les récoltes. Comme en témoignent les rapports pour une seconde année, cette colonie d'*Apis* remporte la palme de la plus prolifique, alors que ses ruches de dix livres s'étaient remplies, semaine après semaine, d'un miel opalin. Elle est l'unique du lot à ne pas avoir été victime du varroa, qui m'avait obligé à sortir et à badigeonner les rayons d'antibiotiques trois fois par semaine. Je regrettais de devoir les ramener à la fabrique, car je les soumettais à une possible contamination. J'aurais souhaité les faire hiberner à même le champ, mais l'agriculteur à qui je louais mes ruches s'y était catégoriquement opposé. Il ne voulait pas être tenu responsable en cas de perte. Pour nourrir les abeilles durant l'hiver, il fallait avoir accès à la colonie, ce qui nécessitait une balade en motoneige. Mais l'agriculteur ne tracerait pas de chemin. Au début de l'entreprise, j'avais disposé vingt-six ruches à l'orée d'un bois délimitant les cultures mortes de trèfles et de luzernes ; je les avais empilées pour pouvoir les rapatrier à l'entrepôt. J'avais divisé le travail en deux nuits. La seconde se terminait, alors que la température glissait sous zéro pour la première fois en septembre et qu'une gibbeuse décroissante accompagnait cette corvée. Le sol d'argile inerte, à cause de l'évaporation, émettait un craquement à chaque pas que je faisais et je réfléchissais à ce processus de régénération. Je venais de voir mourir des dizaines de milliers d'ouvrières et de faux bourdons. La population d'un rucher décroît alors qu'elle passe de plus de quatre-vingt mille à moins de quinze mille abeilles, n'ayant plus de matière première pour produire suffisamment de nourriture. Pour le rucher, cet événement n'a rien de tragique, une restructuration de l'usine à miel, comme des licenciements à la fin d'un festival d'été populaire. Pour l'instant, celles toujours vivantes devront se contenter des réserves que je leur fournis précautionneusement. Au printemps prochain, il faudra recommencer avec de jeunes ouvrières. Je remettais à plus tard ces préoccupations, le travail s'achevait, il me restait une dernière ruche à déplacer. Je comptais sur mon expérience et n'envoyais pas de fumée, éreinté et glacé par cette nuit interminable. Je soulevais la ruche par les poignées. À bout de bras, je fis deux pas, la hissai sur la plateforme, où elle s'écrasa sur le ventre. La tôle résonnait dans la nuit, perturbant une multitude d'abeilles qui s'envolèrent aux quatre vents pour y mourir. Maintenant que cette dernière ruche était sur la plateforme, je grimpai sur la roue pour la jucher sur une seconde colonne de boîtes. À l'entrepôt, demain, je déchargerais le camion qui aurait attendu quelques heures à l'extérieur avec les abeilles. Je lançai trois harnais de l'autre côté du véhicule, le contournai par-derrière, ramassai chacun d'eux, et les attachai à l'ossature ferreuse de la camionnette, l'un à la suite de l'autre. J'ajustai la boucle de chaque harnais, en mesurai la tension pour qu'une juste note en jaillisse lorsque je pincerais la sangle. Les mains congelées, je terminai cette nuit veillée, sans heurts, éreinté. Ma montre indiquait trois heures quarante-sept, l'aube était encore loin. Je rêvais d'une soupe à l'orge et d'un contre-filet de cochon sauvage. Un menu campagnard destiné à plaire uniquement aux faims voraces, peu enclines à lever le nez sur un liquide trop épais et une viande coriace. Je me dandinais vers la porte, sifflant un air qui s'apparentait à un blues. Le thermos ne contenait plus de café, et j'en aurais bien repris une dernière tasse, car il me restait encore une trentaine de minutes de chemin à faire entre le champ et l'entrepôt. Les abeilles n'ont pas de difficulté à suivre un véhicule motorisé qui les transporte, mais toutes sont plus nerveuses et demeurent tranquilles, bien au chaud à l'intérieur de leur habitat. Une manipulation minutieuse était cruciale, puisque le chemin cabossé par les allers-retours des tracteurs, durant la saison estivale, risquait de jeter au sol les ruches mollement attachées. Assis, j'insérai la clef dans le contact, démarrai et activai le chauffage, qui brassait l'air froid pour l'instant. J'allumai la radio, poussai un soupir et m'adossai enfin au siège de la camionnette. La journée était terminée. Je hurlai à cet instant quand cent vingt-trois dards pénétrèrent mon dos. Je réalisai trop tard mon erreur. Une crampe soudaine me traversa des omoplates jusqu'au bas des reins, mes muscles se contractèrent. Comme si des centaines de fins éclats de verre se frayaient un chemin à travers mes veines et ma chair. Congelées et égarées, les abeilles s'étaient réfugiées sous mon manteau pendant la manipulation des ruches. Dix-neuf ne me piquèrent pas, les autres trouvèrent la mort dans les secondes suivantes. Cette nuit détestable se prolongerait jusqu'au matin, pensais-je. Je respirais difficilement, mes tempes brûlaient et le dos me démangeait. L'infirmier qui pouvait désinfecter ces plaies se trouvait à trente kilomètres au-delà de la fabrique. À l'instant, je cherchais à diriger mon esprit vers d'autres sensations que celles qui affectaient mon dos. J'augmentai le volume (musique country), je retirai le frein d'urgence et j'appuyai sur l'accélérateur. Je ne pris pas le temps de retirer les chairs mortes de mon manteau, et les dix-neuf abeilles innocentes tournoyaient aléatoirement dans la cabine. La voix à la radio n'empêchait pas la douleur d'accaparer mes pensées. Je cherchais des souvenirs qui pourraient me faire oublier cette pénible sensation. Je tentais de contrôler ma respiration. Elle s'emballait. Un masque blanc apparut, puis mon grand-père, auquel je n'avais pas pensé depuis longtemps. Qu'avais-je fait de ce masque ? De ma collection ? De l'album ? De mes trophées ? La douleur s'amplifiait. Je pensais à Vincent, chez qui j'avais tout laissé. S'en était-il servi pour remonter le cours de notre histoire d'apiculteurs ? J'eus de nouveaux spasmes. Le camion serpentait sur la route malgré toute la force de mes mains sur le volant. Je tremblais. Je cherchais autre chose pour éloigner la douleur. Je m'orientais sur ce terme de vingt-sept lettres si difficile à retenir, mais qui devrait m'aider pour les dix prochaines minutes... Hydroxy... Hydroxymé... Hydroxyméthylfur... Hydroxyméthylfurfuraldéhyde... Je revoyais Léopold, assis sur le tracteur, qui tentait de répéter ce mot imprononçable, avec des biscuits secs dans la bouche. Puis l'oncle ajoutait :

– C'est le principe de détérioration lente et constante du miel, la dégradation des sucres, comme mon corps qui vieillit mal ; il disait cela en tirant, de son pouce et de son index, l'épais repli de peau qui pendait sous son menton.

L'oncle formulait toujours de nombreuses blagues qu'il avait apprises au fil des années de labeur auprès de cette famille d'apiculteurs.

– Allez, le jeune, répète après moi: hydroxyméthylfurfuraldéhyde.

Il riait aux larmes et crachotait son bran de scie au blé. Cette fois-ci, assis dans la camionnette, mes larmes brouillaient mon regard, posé sur la route sombre qui zigzaguait entre les conifères de ce bout du monde.

Chapitre 2

Le masque de miel

*

L'inspecteur Chartier reçut un curieux appel ce matin-là. La voix féminine lui demandait de venir rapidement à la fabrique de miel du village, car on venait de trouver un corps dans une cuve industrielle de miel d'été. Il prit une bonne demi-heure avant de se pointer à l'usine, se permettant même une cigarette avant d'entrer. Dans l'entrepôt réfrigéré des Miels Basile & Fils, tous les employés se trouvaient alentour de la cuve et discutaient à voix basse de l'incident. Ils s'interrogeaient sur l'identité présumée de la victime. Un seul disait l'avoir aperçu la veille : « J'ai vu le maître avec un frisé hier soir. Ils discutaient, assis dans la cuisine. J'étais resté pour terminer l'étiquetage des boîtes. Vincent nous a chassés, il ne voulait pas que nous accumulions des heures supplémentaires. Je ne l'ai vu que de dos. » Tous semblaient reconnaître le frisé, soit un mécanicien, un Salvadorien ou un festivalier. Recueillant des indices, Chartier s'était ensuite dirigé directement vers le contremaître, Paul, le seul à porter un pardessus à l'effigie de la compagnie, soit une abeille. Petit et trapu, Paul, avec les épaules d'un boxeur, pouvait lever, même avec soixante ans passés, une ruche de cinquante kilos à bout de bras. Sa couronne de cheveux gris lui donnait un air d'orateur grec. Il se trouvait debout sur le bord du récipient en acier inoxydable. Son regard alternait entre le plancher et ses subordonnés. Lequel avait un motif valable de perpétrer un tel acte criminel ? Chartier portait peu attention aux hommes, car il ne croyait pas à l'histoire que le secrétaire de l'établissement apicole lui avait racontée au téléphone.

– Vous êtes le contremaître, je présume, lança Chartier.

– Montez ! répondit-il brièvement sur un ton approbateur.

Chartier se hissa sur les marches glissantes en acier poli et s'agrippa aux trois pieds de balustrade à sa disposition sur la plateforme. Le contremaître regardait vers le bas et Chartier ne percevait qu'une masse sombre en dessous de ce miel coagulé. Il entama l'interrogatoire en regardant le contremaître.

– Vous vous appelez ?

– Paul, monsieur l'agent.

– Appelez-moi Chartier.

– Nous l'avons trouvé ainsi il y a une heure. C'est Jeunot qui l'a découvert en allant voir s'il devait nettoyer la cuve.

– Vous savez de qui il s'agit ?

– Tous mes hommes sont là. Et je ne vois pas qui d'entre eux aurait pu jeter quelqu'un là-dedans. Pour nous, le miel, c'est sacré. On l'aurait passé à la moissonneuse ou noyé dans la rivière Yamaska.

– C'est rassurant à savoir, mais vous n'avez pas une idée? Qui aurait pu s'introduire ici pendant la nuit?

– Aucune idée. Et vous, vous savez comment vous allez le sortir de là?

Chartier tirait sa barbe de la main gauche et se tenait précautionneusement à la rampe. Il était pris d'un vertige, penché au-dessus du miel. Il n'entrevoyait aucune façon de retirer le corps de là. Même en puisant dans ses souvenirs d'études policières, aucun des cours qu'il avait suivis attentivement n'aurait pu le sortir de cette situation. Chartier avait obtenu son matricule de police deux ans auparavant. Il s'agissait, semblait-il, de son premier cas d'homicide. Il prit rapidement cette affectation, la première qui se présenta. Le poste de chef de service pour la municipalité de Saint-Hugues, dans la MRC des Maskoutains, lui permettait de demeurer dans sa région natale. Qui aurait eu l'idée de se suicider en s'asphyxiant avec du sucre d'abeille? Un accident semblait impossible, dans la froide logique des choses.

– Nous pourrions fondre le miel, monsieur Chartier, proposa le contremaître.

– Oui, c'est une bonne idée.

Chartier hochait la tête et regardait la surface durcie en se tenant le menton. Il reprit:

– Et combien de temps ça prendra?

– Je dirais deux heures à feu doux, c'est une opération délicate.

– Il me semble que ça ne doit pas être compliqué à faire bouillir, s'exclama l'inspecteur.

– Oui, les saletés vont se retrouver au fond et le miel pur va remonter, il faut surveiller pour ne pas que ça déborde. Après, il faut écumer.

– Et le corps ?

– J'imagine qu'il va rester où il est, conclut Paul.

Il s'agenouilla au bord de la cuve, alors qu'il remarquait une forme étrange à la surface, comme un trou formé par un chou-fleur que l'on aurait trempé dans la mayonnaise lors d'un pique-nique. Chartier s'étendit sur la passerelle pour contempler cette cavité. Il manquait un fragment de sucre, comme une pastille contre la toux. Chartier ne comprenait pas ce qui aurait pu découper un tel morceau. Une pelle ? Un couteau ? Un pic à glace ? L'inspecteur se releva, agrippa la rampe, regarda le contremaître, puis le fond de l'entrepôt.

– Vous avez vérifié partout ?

– Sauf le bureau du boss. Je n'ai pas la clef, précisa le contremaître pour s'excuser.

– Moi, oui, dit Chartier.

Il redescendit les marches, tourna à gauche lorsqu'il fut rendu en bas et se dirigea vers le bureau. Le contremaître suivait derrière ; sa couronne de cheveux gris pendait telle une liane derrière son oreille. Les employés avançaient lentement, passaient en curieux à quelques pas du récipient.

Chartier s'arrêta devant la porte, sortit son porte-clefs, et repéra celle qui ferait le travail. Il l'inséra sans délicatesse et d'un geste brusque, tourna la clef à rebours. Le mécanisme réfractaire s'ouvrit, Chartier poussa la porte et retira son passe-partout. Paul, arrivé sur le fait, replaçait du mieux possible ses cheveux. Chartier pénétra dans la pièce, trouva l'interrupteur sur sa droite. Il s'arrêta net et fixa le bureau où reposait en son centre un masque de miel. La fenêtre donnant sur le champ derrière était complètement ouverte.

L'inspecteur Chartier observait le masque doré, exposé sur un lutrin devant lui. Il ne s'agissait pas d'un objet utilitaire, comme un masque de ferronnerie ou de plongée, mais bien d'un objet d'apparat qui aurait pu appartenir à un noble ou à un prêtre païen. Un objet prestigieux par sa couleur ambrée et sa singularité. Il aurait toutefois fait peur aux enfants à l'Halloween en raison de la proéminence des joues et de la vulgarité oblique du nez. Ce masque de miel l'avait empêché de dormir, alors qu'il était resté au poste de police à interroger ce moulage. Son bureau offrait peu de distraction, sinon un calendrier annuel orné d'épis de maïs croisés, un babillard sur lequel était épinglée une liste des principaux numéros de téléphone : Sûreté du Québec, Transport Québec, Alcooliques anonymes, Chevaliers de Colomb, Cantine Richard. Une photo de Chartier dans un cadre d'étain le présentant avec son père Raymond, la tête fière et souriante d'un cheval entre les deux. Le bureau, fait d'un Masonite gris, était occupé par un écran d'ordinateur éteint et un seul porte-document, qui démontrait la relative tranquillité de la région. Ce décor épuré ne lui fit pas détourner le regard une seule fois de la nuit de cette pièce à conviction trouvée sur la scène du crime la veille. Il se questionnait. Pourquoi le présumé meurtrier avait-il laissé l'empreinte de son visage à même la surface du miel ? Pourquoi s'était-il soucié de refroidir le miel de telle façon que sa marque reste prisonnière du nectar cristallisé ? Et si ce visage n'était pas celui de l'assassin, mais celui d'un curieux cherchant à reconnaître l'homme étendu au fond de la fondeuse à sucre, deux cents kilos de miel sur le dos ? Pourquoi, alors, ce curieux n'avait-il pas appelé le contremaître tout de suite ? Et pourquoi avait-il laissé la victime se sucrer pendant douze heures ? Combien de temps prend le miel à figer ainsi ? Chartier regarda ses notes sur son portable, fit glisser plusieurs pages, revint en arrière, mais ne trouva pas la réponse. Avait-il oublié de le demander au contremaître lors de l'interrogatoire de routine ? Son téléphone affichait sept heures quarante-huit, ce qui l'amena à s'impatienter : « Mais où est Mireille encore ? » Son assistante arrivait habituellement sur la demie de sept et apportait le café qu'elle ramassait au casse-croûte du village. Chartier se concentra à nouveau sur le masque.

Il n'observa aucune trace de peau, de poil, de tissu, malgré le recours à la loupe et au microscope. Il lui manquait toujours l'analyse du laboratoire, que le bureau de police de Saint-Hugues ne pouvait réaliser seul. La Sûreté du Québec procédait ce matin aux tests, et les résultats arriveraient en fin de matinée, grâce à quelques échantillons prélevés sur ce qui ressemblait à un masque funéraire précolombien. L'extérieur du masque n'intéressait pas Chartier. Il était vulgairement découpé deux pouces plus profondément autour de l'empreinte. L'intérieur, lui, détenait une énigme. Mais était-ce la clef de ce crime, alors qu'un seul visage avait moulé ce faciès brillant ? Les idées se contredisaient toujours dans la tête de l'inspecteur. Les yeux fixés sur le masque, il replongeait dans sa mémoire, une alvéole à la fois.

Une main se posa sur son épaule et une tasse de café apparut sur la table à sa gauche. Mireille arrivait enfin. Chartier fixait toujours le masque devant lui. Il n'envisageait aucune piste. L'autopsie ne confirmait pas encore la cause de la mort de l'homme, quoique plus de douze heures passées dans le miel, ça permettait de tirer une conclusion sans trop se tromper. Le corps venait tout juste d'être retiré de la cuve. Quelques heures plus tôt, il avait appelé la fabrique pour faire fondre le miel, et la morgue pour que l'on ramasse le corps. L'inspecteur se demandait si l'embaumement demeurait nécessaire; ce mort-ci profitait du traitement royal qu'offraient les Égyptiens aux pharaons lorsqu'ils les inhumaient pour l'éternité, enduits de propolis.

« Qui est la victime ? » se demandait Chartier. Le rapport du coroner de la Sûreté du Québec arriva à dix heures quinze sur son cellulaire. Chartier ouvrit le fichier et agrandit la page du bout des doigts. Une photo du visage dans le coin droit de l'écran montrait un homme aux traits foncés, une cicatrice à la joue gauche, une chevelure noire frisée. Aucune information concernant son origine, son nom, rien. La Sûreté du Québec ne l'identifiait pas encore. Le rapport du médecin légiste stipulait : « Mort par asphyxie, due à une très grande concentration de miel dans tous les organes vitaux, cœur et poumons. » À l'exception de deux ecchymoses sur les coudes et d'une piqûre au cou, aucune autre trace de violence faite au corps ne put être décelée, et rien de cela ne put être mis en relation avec la mort de la victime. Une seule piste ayant une quelconque logique menait à ce frisé aperçu par plusieurs employés. Malgré tout, cette piste demeurait peu probable. Le réparateur de machinerie lourde n'avait peut-être pas réussi à faire redémarrer le vieux tracteur Ford 64 azur. Il était venu expressément de Détroit, comme le dernier spécialiste de ce modèle, mais c'est finalement Jeunot qui comprit que le tracteur avait seulement besoin de se réchauffer à l'intérieur, puisqu'il était transi d'humidité. Il y avait aussi le père d'une famille de Salvadorien qui venait de déménager à La Présentation. On ne l'avait pas vu depuis une semaine déjà. Il avait, dit-on, trouvé du travail mieux rémunéré dans l'industrie de la canneberge. Enfin, tout le monde avait vu ce frisé à la foire agricole le mois dernier, montant un taureau, trayant une vache, buvant une bière pendant les feux d'artifice. Chartier était encore plus dérouté. Il avala une gorgée de café tiède et reprit son cellulaire. Il dit tout haut : « Comment peut-on mourir asphyxié par du miel ? J'entre dans la cuve, je m'y couche et on me verse le miel dessus ? Ça n'a pas de sens. L'homme aurait dû se relever, non ? » Le miel coule lentement, pensait Chartier, et n'importe quelle personne saine d'esprit tenterait de se relever, même sous la menace d'une arme. Je choisis une balle au cœur au lieu de deux cents kilos de miel sur les épaules. Le miel épais coule lentement dans mes cheveux, sur mes mains, sur ma tête. Il parvient à mon visage, me colle les sourcils, les paupières, les yeux, et pénètre dans mes oreilles, lentement ; irrémédiablement, mes mains ne peuvent nettoyer cette glu dorée, ce nectar de la mort, se disait-il. Puis, il repoussait cette idée. Non, non, pas comme ça. Chartier se leva et alla à la fenêtre. Il fixait l'extérieur sans rien voir de la rue en face. Il reprit à voix haute. « Admettons que pour noyer quelqu'un, ici un homme, il faut que le miel soit très liquide dans un premier temps, et qu'il fige à une très grande vitesse ensuite. L'homme doit être assommé ; sinon, dans tous les autres cas, il se relèverait avant que le miel ne puisse le submerger complètement. Ça ne colle pas ! Comment fait-on pour faire durcir autant de miel en si peu de temps ? Le miel se liquéfie à vingt-huit degrés et durcit en descendant sous les cinq degrés centigrades. Le miel a dû être chauffé avant et l'homme a été jeté dedans. La cuve possède un radiateur, mais aucun refroidisseur. Elle sert à mélanger différents miels pour l'embouteillage. Il aurait fallu que la température ambiante descende sous les zéros, mais nous sommes en septembre, elle est descendue aux alentours de douze degrés la nuit de l'incident. » Chartier terminait une bière sur son balcon ce soir-là, et à la dernière gorgée, il remarqua le thermomètre fixé à un pilier du balcon, aux alentours de vingt-trois heures. Il se disait que le calme et la prévisibilité des habitants le rassuraient. Il pouvait s'imaginer les cent cinquante-cinq bâtiments du village. Un par un, il les avait visualisés, car c'est son métier de reconnaître, de voir à travers les murs. Il s'amusait les yeux fermés à se dessiner des cartes mentales, un jeu d'association des matériaux avec les couleurs, mais malheureusement, à petite échelle. « Une chance que le village soit si petit », pensait-il. Il pouvait suivre du regard son fils de cinq ans qui se rendait à la garderie à bicyclette.

Il reprit son raisonnement. Il est donc impossible de figer le miel dans ce contexte. Il ne lui restait donc que trois pistes à étudier : celle du masque, celle de l'identité du macchabée et celle de l'apiculteur manquant à l'appel. Il regarda le masque de miel, toujours sur le lutrin ; pour un instant, il semblait lui faire des grimaces par défi. Il retourna à son bureau et prit son cellulaire. Il tourna quelques pages de notes et composa le numéro qui apparaissait sous Miels Basile & Fils :

– Oui, je voudrais parler au contremaître Paul, merci. Bonjour, oui, des nouvelles de votre patron ? Non, pas vu depuis trois jours. Merci.

Il raccrocha.

– Étrange, non ? lâcha-t-il pour lui-même.

Pourquoi le masque reposait-il sur le bureau de l'apiculteur ? Il composa ensuite le numéro de la faculté d'agronomie de Saint-Hyacinthe, qui procédait à l'analyse des échantillons prélevés à l'intérieur du masque. Le chimiste qui lui répondit ne lui apporta que très peu de réponses. Le masque était bien fait de miel de trèfle de la meilleure qualité, lui expliqua le chimiste, qui était un fidèle client de ce producteur apicole. La seule chose qui ne concordait pas, c'est qu'il tenait tout seul, pas d'adhésif, pas de vernis, pas de silicone, rien que du miel pur, un système vivant d'enzymes et de pollen. Les molécules n'avaient subi aucune transformation, elles étaient collées par le miel lui-même, expliquait le chimiste.

– Je n'ai jamais vu ça et ça ne s'explique pas. À température pièce, le miel ne pourrait pas garder cette forme sans un enduit, une modification ou une manipulation cellulaire.

– Vous suggérez quoi? demanda Chartier en pestant.

Le scientifique reprit:

– On peut bien entendu cristalliser le miel, celui de colza ou de pissenlit est très rapide à granuler, mais il s'agit d'un miel de trèfle ici. Et pour le test d'ADN, il n'y a rien. Aucun tissu n'a pu être prélevé. Le miel devrait contenir une grande quantité de peaux mortes ou de poils, mais rien n'a pu être perçu sur l'échantillon que vous nous avez fait parvenir. Il nous faudrait avoir le masque entier pour approfondir encore les recherches.

Chartier remercia son interlocuteur et raccrocha. Il savait d'instinct que pousser l'analyse du masque ne mènerait à rien. Cette gueule dans le miel a maintenant sa propre personnalité, dissociée de son modèle humain, croyait-il. Chartier ne se souciait guère de connaître l'idée derrière cette parure. Pour lui, il ne révélait qu'un caractère funéraire; il ne s'agissait que d'une pièce à conviction. Ce n'était certainement pas un acte accidentel, mais un meurtre prémédité. Chartier reprit son cellulaire, lança l'application Interpol, choisit une adresse de destinataire et y écrivit: « Avis de recherche. » Il y attacha la fiche du mort que la Sûreté du Québec lui avait courriellée plus tôt et l'envoya au bureau de l'agence de police internationale. À l'aide des empreintes digitales relevées, il aurait tôt fait de trouver qui était ce personnage.

Chapitre 3

Oyos de miel

*

Cuauhtémoc Maritzal Herrera avançait dans la pièce centrale du onzième étage de l'Hôtel Iturbide dans le quartier Polanco du Distrito Federal. Cet espace rectangulaire occupait la majeure partie de l'étage et ne comportait qu'un seul meuble, un trône de cyprès, placé en angle devant la baie vitrée qui ouvre sur le Bosque de Chapultepec. Un mur blanc de stuc, où y étaient suspendus des masques, faisait face à cette vue panoramique du plus grand terrain boisé de la capitale. Cuauhtémoc s'approcha de la surface de présentation et s'arrêta devant le dernier espace vide où logeait uniquement un clou. Il s'agenouilla, retira de sous son bras un écrin d'agave qu'il déposa sur le parquet de céramique blanc, jaune, noir et pourpre. Il ouvrit le coffret qui contenait un masque aux contours bruts, aux traits de baies des champs, avec des parasites peuplant les joues et le menton. Ce sourire aux lèvres charnues appartenait à ce yucateco des bois, mûri par le soleil. Cuauhtémoc le déballa soigneusement. Il enfila des gants de latex qu'il tira du fond de la boîte, puis saisit le masque. Il se releva, porta le moulage au mur et le suspendit au clou. Vingt-sept masques formaient désormais sa collection, unique au monde. Il comptait épater ses convives lors de la réception qu'il donnerait en l'honneur de sa nouvelle épouse le lendemain soir. Fier de lui, il décida d'aller dormir. Le trajet parcouru au cours des trois derniers jours et la chaleur tropicale, l'accablant des centaines de kilomètres durant, l'avaient affaibli. Il souhaitait surtout arrêter de penser à cet autre masque, celui qui l'avait amené jusqu'ici. Depuis qu'il l'avait en sa possession, il était pris de visions. Au début, il n'arrivait pas à déchiffrer les images, des paysages différents, des instantanés sépia. Puis, il entendait des sons provenant de hors-champ. À la suite de la conception de son cinquième masque, les lieux commencèrent à s'animer ; odeurs, couleurs, sons. Un lien entre les apiculteurs s'était tissé, comme s'il pouvait communiquer avec eux, comme s'il détenait tous les savoirs de ces apiculteurs. Chaque fois qu'il le mettait, il pouvait voir un point fixe dans le monde, là où le masque avait été fabriqué. Il avait mis des centaines de fois le masque *Centaurea cyanus,* et chaque fois lui venait en début l'image d'une clairière de bleuets avec des conifères l'environnant. Il savait que le temps pouvait jouer contre lui. Cela faisait presque trente ans qu'il l'avait découvert. L'artisan était peut-être mort. Et ses descendants, disparus ? Chaque fois qu'il posait des questions à d'autres apiculteurs, ils lui reprochaient d'avoir entrepris cette quête. À Veracruz, on l'avait escorté jusqu'à l'aéroport, laissant sa voiture graffitée d'un immense : VARROA. Au Portugal, dans la région de Coïmbre, il s'était fait piquer quatorze fois en forme de croix sur l'avant-bras. Il avait en sa possession vingt-sept portes ouvertes sur des lieux étranges, certains moins hostiles. Il parlait ainsi avec des apiculteurs. Mais qu'est-ce que ce masque avait de si spécial ? Pourquoi la moitié des apiculteurs voulaient l'aider et l'autre, lui nuire ? Cuauhtémoc demeurait lucide quant à ses chances de trouver l'origine du masque, mais sa patience fanait en cette soirée. Il devrait tout de même, au matin, aller chez le traiteur décider du menu et choisir les fleurs pour décorer l'appartement.

Les dignitaires s'approchaient des masques au mur, mais plusieurs ne franchissaient pas le dernier pas, pris d'un malaise devant ces visages déformés. Tous semblaient souffrir, ainsi accrochés, avec les contours de joues crues et les boursoufles aux lèvres. Ils réagissaient légèrement et s'éloignaient de là, comme s'il s'agissait d'une procession funéraire où chaque invité murmure un dernier au revoir. Seuls les photographes s'en donnaient à cœur joie, ils mitraillaient les œuvres à cent photos à la seconde. Cuauhtémoc leur donnait cette unique occasion de pixéliser sa collection. La fête s'affruitait rapidement, comme en témoignait la verve des convives, prompts à entretenir la machine à ragots. Dans un coin, une troupe d'artistes discutait du célèbre vol commis en 1984 au Musée national d'anthropologie. Le deux décembre, cent vingt-quatre artefacts furent volés, dont le célèbre masque funéraire de jade de K'inich Janaab Pakal, qui régna à Palenque pendant soixante-huit ans, jusqu'au vingt-trois août 683, alors qu'il décéda à l'âge de quatre-vingts ans. Les voleurs amateurs, Carlos Perches Treviño et Rámon Sardina Garcia, étaient de simples décrocheurs de l'école vétérinaire. On ne sut jamais ce qu'ils firent du masque. Ils proposèrent à des narcotrafiquants l'ensemble des trésors archéologiques, mais l'échange n'eut jamais lieu. Tout de même, certains crédules disent encore que c'est un chef de cartel qui le détient dans un coffre-fort d'un condo kitch d'Acapulco. D'autres affirment que c'est le multimilliardaire Carlos Slim, propriétaire de Telmex, qui détient cette pièce de collection qu'il n'ose exposer dans son musée Soumaya. Enfin, certains encore prétendent qu'il est retourné parmi les fantômes et orne le visage du plus brutal des singes hurleurs de la forêt environnant Palenque. Un petit groupe de blogueurs et de chroniqueurs radiophoniques collaient au buffet; ils ne purent s'empêcher de faire un parallèle entre Cuauhtémoc et sa femme, et le couple présidentiel, Enrique Peña Nieto et Angélica Rivera. Le rapprochement ne portait réellement que sur les carrières télévisuelles des dames. La femme du président travaillait depuis le début de sa carrière à Télévisa et celle de Cuauhtémoc, Stefanía Alcérreca, pour Azteca TV. L'allégeance politique de Cuauhtémoc allait au Parti d'action nationale, alors que Peña Nieto était le chef des Priistes. Cuauhtémoc et le président ne s'étaient jamais rencontrés. Au centre de la pièce, accoudés au trône de bois, des employés de Cuauhtémoc spéculaient sur le match de foot qui opposerait Cruz Azul aux Pumas le samedi suivant. Tous se demandaient qui recevrait le privilège d'accompagner Cuauhtémoc dans la loge qu'il venait d'acquérir au Estadio Universitario. Cuauhtémoc allait d'un convive à l'autre sans se soucier réellement de qui l'écoutait. Il portait tout de même une attention particulière au gouverneur de l'État de Mexico, avec lequel il négociait un important contrat de gestion du parc informatique des institutions d'enseignement public. Il s'attardait aussi à son beau-père, Lazaro Alcérreca, un banquier de la Santander de Ciudad Satélite, planté seul au centre de la foule, un martini à la main. Il n'était pas un mauvais homme, il était simplement trop hermétique et ne savait pas comment entretenir une conversation, sinon en parlant d'argent, parfois de taux hypothécaires. Cuauhtémoc réussit tout de même à lui soutirer sa fille, la gracieuse Stefanía, comédienne et miss météo les samedis matins. Elle avait craqué pour Cuauhtémoc lors d'une fête de « quince años », alors que la piñata avait pris feu. Lorsque le bedeau avait allumé les feux d'artifice, Cuauhtémoc avait volé au secours de Stefanía et de sa nièce Ligia, restées captives entre le mur de l'église et l'énorme pur-sang espagnol noir fait de papier mâché qui flambait, tel le cheval d'un Dorado chargeant les troupes du général Obregón. Il s'était saisi du poteau où était fixée la piñata et avait fait chuter le destrier. La piñata s'était éventrée au contact du sol et les confiseries qu'elle contenait avaient pétillé en fondant sur les galets brûlants du parvis. Stefanía, en toute gratitude, n'avait trouvé d'autre moyen que d'offrir sa main à ce héros. Cuauhtémoc ne regretterait jamais ce mariage. Il regardait sa femme faire tourner la tête de tous les hommes présents et il remercia le seigneur d'avoir si bien choisi. Une Mexicaine blonde aux yeux bleus, ça vaut de l'or !

La découverte du premier masque avait été une révélation, pour Cuauhtémoc, une apparition divine, comme la Vierge de Guadalupe l'avait été pour tout le reste du Mexique. Lors d'un séjour dans le Michoacán, à Uruapán, il avait fait la visite d'un couvent abandonné qui avait appartenu aux sœurs clarisses, déménagées depuis dans une bâtisse moderne en plein centre de la ville. Il avait voulu se changer les idées ; les ordinateurs livrés à son client ne fonctionnaient pas, car la chaleur, ce jour-là, avoisinait les cent degrés Fahrenheit. L'édifice de l'autre côté de la rue lui avait permis de prendre un court répit après les fâcheuses remontrances du client insatisfait. Il s'était baladé à sa guise dans le couvent construit juste avant l'élection présidentielle de Francisco Madero en 1908 ; les planchers craquaient et aucune âme n'était venue troubler sa détente. Il avait inspecté les pièces une à une, comme on visite un musée, imaginant un gardien à chaque ouverture pour nous aviser d'un interdit. C'est dans la plus petite pièce qu'il avait fait la découverte. Il n'avait pas vraiment compris ce qu'il avait vu, une forme inerte, jaune or, qui jetait quelques rayons lumineux lorsque le regard s'alignait sur l'un des points où se réfléchissait le soleil. Cuauhtémoc s'en était approché et avait décroché le masque vulgaire, au moment où le tonnerre avait retenti. Cuauhtémoc avait souri, regardé le masque comme un augure entre ses mains et s'était dirigé vers la sortie. La pluie était arrivée, la température allait redescendre et les ordinateurs se remettraient en action. Cette journée avait été déterminante dans sa vie et l'avait mené à ce moment bien particulier.

Il était vêtu d'un costard de lin charbon rehaussé de boutons du Porfiriato, les lumières de son penthouse s'estompaient sur la foule, sur sa tête et sa collection, et le public se tut. Il entreprit sa présentation à l'aide d'un micro sans fil collé à sa mâchoire.

– Cette collection m'a pris vingt-sept ans à rassembler. Elle provient de tous les continents et de plus de trente espèces mellifères. Les masques sont faits à cent pour cent de miel, pèsent environ quatre kilos chacun. Ils sont moulés avec le visage de l'apiculteur qui l'a récolté. Je rends hommage à ces artisans qui s'efforcent de garder cette planète vivante, fécondant des fleurs, des vergers et des villes entières. *Melipona* est ma dernière création, composée uniquement de miel du Yucatán. La seule abeille indigène en Amérique.

– Ici, nous avons *Tilleul*, provenant de Roumanie, difficilement produit en raison de la brièveté de la floraison de juillet. Il est ambré et il offre un nectar puissant mentholé qui encourage le sommeil.

– *Pommiers de Hollande* est tiré d'un verger de Belles de Boskoop, qui fournit un léger goût suret à ce nectar rustique.

– *Baobab* est outrageusement difficile à obtenir. Il provient du seul apiculteur de Madagascar préparant ce spécimen de miel. Les grandes fleurs blanches projettent un parfum riche et crémeux qui se marie bien avec les plats de poissons.

– Le masque *Ignacio* provient des fleurs d'aguacate, saveur légère, presque aussi douce que le trèfle, mais au teint ambré. Il est le premier que j'ai réalisé, et paraît-il qu'il aide à combattre le diabète.

– *Tournesol* est un masque foncé avec un goût amer, une légèreté d'agrumes et quelque chose d'extrêmement floral.

Cuauhtémoc passait d'une œuvre à l'autre, il la pointait et regardait la foule. À chaque geste, sa mémoire exaltait à l'idée de la dernière fois qu'il avait porté chacun de ces masques. Il enchaîna :

– *Sarrazin,* fait d'un miel dur, profondément amer et foncé. Il vous laissera en bouche un soupçon de noisettes. On le nomme aussi « blé noir », mais n'a rien à voir avec la céréale. Et pour les amateurs, il est sans gluten.

– *Genévrier d'Irlande* est âpre et boisé, avec un reflet bleuté, lorsque mis sous la lumière. On lui confère le pouvoir de soulager les coliques de bébé. Il est donc bien meilleur, évidemment, que la traditionnelle ponce de mescal.

Il promenait ses doigts menus le long de ses lèvres et humait les vapeurs.

– *Citrouille* se compare à *Tournesol,* quoiqu'il est plus piquant, voire rebutant, compte tenu de son odeur d'urine de félin. Un miel biologique à cent pour cent qui provient de ruches dans des troncs d'arbres d'un jardinier amateur du Nuevo Léon.

– *Ibiscus,* bien sûr vous l'avez reconnu, est fleuri, foncé par tous ces mélanges de couleurs de pétales et vinaigré un tantinet comme un parfum étouffant, lorsque vaporisé en trop grande quantité.

Il se pinça le nez pour faire rire la foule, maintenue en transe par son ton de voix chamanique.

– *Pissenlit des steppes ou masque de Turquie,* jaune certainement. Il est très particulier et s'adresse aux palais développés. Élevé parmi les chèvres, aigrelet et fruité, il peut occasionner des éternuements, comme le ferait une trop grande dose de moutarde.

– *Colza liquide,* par boutade, cristallise très rapidement. Il est le premier miel de printemps récolté, dès le mois de mai.

– *Brassica napus,* d'un blanc antique, est souple et léger, entre le beurre et l'humus.

– *Merisier d'Arles* est récolté par des ouvrières citadines. Choisis par celles-ci, les cerisiers sauvages nectarifères offrent un masque au parfum timide, translucide, aux pâles constellations d'or.

– *Manioc* est fleuri, mordant et parfait pour les vinaigrettes, les couscous et le poulet mole. Toutefois, vous ne le trouverez nulle part d'autre qu'à Belém ou Nairobi.

– *Mangrove salée* est le plus extraordinaire des nectars, combinant le riche parfum des miels polyfloraux avec une essence de sel de mer. Il a une profonde amertume, et ses produits dérivés comme la cire et le savon sont très recherchés dans la capitale haïtienne.

Il se rappelait cette nuit avec les étoiles et le vent salin, Jean-Claude lui enseignait le rituel local.

– *Rose du Missouri,* vous imaginez déjà la fragrance. Il est âcre et vinaigré, somptueux et crémeux, aux reflets vermeils.

– *Bourrache* est rude au toucher, mais sa fleur bleue est l'une des préférées des ouvrières, cultivée dans un terrain vague de Francfort, elle vous rappellera un festin d'huître, un tantinet aphrodisiaque.

– *Mélisse*, du grec *melisophullon* qui signifie « feuille à abeilles » au parfum de limette ; cette plante pousse en périphérie de Corinthe.

– *Jacarandas*, des yeux mauves du Nouveau Monde, récolté dans les parcs monumentaux, en bordure d'un trottoir ; il frôle les tramways.

Il fit semblant d'éviter le trolleybus qui filait sans porter gare aux abeilles. La foule le suivait des yeux, pendant qu'il passait en revue le caractère exclusif de la fragrance qui composait les masques de miel suspendus au mur à sa gauche.

– *Yèble* ; ses fleurs, comme des poumons rosés à l'odeur fétide lorsqu'ils sont broyés, bordent les clôtures de nos campagnes.

– *Érythroxylum* est un miel tropical aux aptitudes stimulantes et nutritives très puissantes. Originaire de Bolivie, il est amer et herbeux ; une cuillérée remplacera votre consommation quotidienne de thé.

– Enfin mon favori, *Orangeraie*, il me vient de Floride. Il possède une saveur bien connue qui saura assaisonner toutes vos confiseries.

Il les voyait tous, ces endroits connus, mais découverts uniquement grâce au premier masque, comme s'ils étaient interconnectés. Comme si, dans le masque, s'étaient figées toutes les conversations des apiculteurs avec le monde, comme un réseau social numérique intégré aux nouvelles lunettes de réalité virtuelle. Le masque de miel permettait à tous de se réunir, malgré la distance.

On photographia encore cette collection ce soir-là et elle fit le tour des journaux le lendemain. *El Universal* en parlait comme étant l'œuvre mexicaine du siècle. *La Jornada*, que Cuauhtémoc n'aimait pas en raison de ses affiliations politiques proches des socialistes, le qualifiait de grand maître de l'épouvante. *La Reforma* traçait des parallèles avec Gabriel Orozco et Dr Lakra, mais Cuauhtémoc préférait être comparé à Gildo Medina, génération Y, avec une expression artistique lyrique et colorée de la vie en dessin, en photographie et en vidéo. Une vedette de la publicité parisienne, dont Cuauhtémoc cherchait à s'inspirer pour cette soirée. Tout de même, il se retrouvait aux côtés de ces deux vedettes de l'art contemporain mexicain, ce qui le flattait au plus haut point. Il appréciait l'œuvre d'Orozco, qui trempait dans le postminimalisme. Ils étaient tous deux issus de la même génération ; le journaliste évoquait une similitude entre l'approche de l'artiste de Xalapa, qui mettait en relief des objets de traditions et de vies contemporaines, et celle de Cuauhtémoc, qui figeait le faciès d'un maître, grâce au talent d'un jeune apprenti. Dans le coin droit de la page, une photo du masque de miel surnommé Étoile d'or figurait au côté d'une reproduction d'une carte postale du Luchador Estrella Blanca. Le célèbre lutteur des années 1950 y figurait modifié au crayon par le Dr Lakra, reconnu d'abord pour son travail de tatoueur. Il réactualisait maintenant cette époque en opérant sur des objets rétro. Le *Holà* intitulait son dernier tirage « Oyos de miel ». Personne ne savait de quoi parlait le magazine. Des masques de miel ? Ou des yeux de sa sublime femme, Stefanía Alcérreca, également sur la couverture de cette feuille de banane ? Même les tabloïdes se référaient à cette exposition. Le titre de la page centrale, « Honey Bee », cachait le bout des seins de la mannequin nue aux lecteurs pressés du Paseo de la Reforma. Cuauhtémoc réussissait son coup, promu d'artisan collectionneur à artiste mexicain le plus en vue de la capitale, dont la collection apicole se cotait déjà à plusieurs centaines de millions de pesos.

La revue *Código : art, architecture, design, mode et style* lui consacra un interview.

En quoi votre art est-il social ?

– Comme artiste, je fais le pont avec le travailleur qui trime dur chaque jour et je lui donne un visage. Je lui procure beaucoup plus que quelques secondes de publicité sur Internet, qui périment si vite, plus rapidement que la grande miellée. Là, j'offre une reconnaissance à ces apiculteurs qui traversera les âges. Je veux que l'on se souvienne d'eux, pas seulement des présidents.

– Vous vous impliquez en politique, donc ?

– Pas du tout, je revendique de plus en plus le communautarisme. En fait, complètement, je veux que l'on écoute ceux qui veillent à nous nourrir ; moi, je nourris l'esprit et eux, la panse.

– Comment interprétez-vous la réalité et l'histoire ?

– Pour moi, la seconde est subordonnée à la première, elle est réinterprétée tous les jours par chacun de nous. Mes masques conservent les traits principaux, les meilleures qualités de l'individu et de son produit. Mais la forme finale est sujette à interprétation.

– Donc, l'histoire est importante ? Un détonateur ?

– Oui, bien sûr. Qui sait que le Mexique est le quatrième producteur de miel au monde ? Qui sait qu'à l'arrivée des Espagnols, la production de miel des Mayas était énorme et qu'ils vouaient un culte à Ah-Mucen-Cab, le dieu du miel ? Mais dans une œuvre artistique, il y a soit la narration, une histoire contée de différentes façons. Ou, si la narration est inexistante, il y a une œuvre purement esthétique. Cette histoire se trouvera dans la démarche, l'apprentissage de l'artiste. Chacun de mes masques renferme ces deux conditions.

– Pouvez-vous nous expliquer votre processus ?

– Non. Secret.

– Vous abordez un univers qui a déjà amplement été abordé en littérature principalement. Avez-vous une image, un poème favori ?

– Si j'avais un titre à donner à un film ou à un roman, ce serait : *Le cabaret des abeilles d'où les butineuses ne reviennent jamais*[1].

Au lieu de payer un commissaire, Cuauhtémoc profiterait de ces articles pour cataloguer son œuvre. Il les utiliserait pour mettre toute la collection aux enchères et dévoilerait seulement à ce moment l'existence de *Centaurea cyanus*, le masque originel. Est-ce qu'il continuerait à créer ? Il avait grandement voyagé. Il avait rencontré des hommes fiers : les apiculteurs. Il est certain qu'il n'entrevoyait plus de futur pour lui en informatique, il avait été passionné par les ordinateurs à une autre époque, puis sa compagnie n'était plus que source de tâches à accomplir, et celles-ci croissaient sans cesse. Il n'éprouvait aucun plaisir à donner des ordres et ne tolérait plus de devoir huiler le système pour obtenir des contrats ou éloigner des concurrents. L'art le déculpabilisait de sa vie de luxe et de prestige, et le menait tout au bas de sa tour d'Iturbide climatisée. Le Mexique lui apparaissait comme une terre violente, dénudée d'amarres, toujours dans l'espoir relatif. Voulait-il continuer à conjuguer la froide logique des

---

1. *L'abeille et l'érable*, anonyme.

ordinateurs ou bien à plonger dans l'histoire des apiculteurs ? Acheter une ferme et des ruches ? Il se demandait si sa femme accepterait d'aller vivre au Jalisco ou encore plus au nord. Une chose que lui apprit cette expérience, c'est que son monde se contentait d'apparences. Aucun des convives, alors qu'ils s'approchaient du mur, n'eut la curiosité de consulter les cartels. Avaient-ils peur des masques au point de ne pas s'étonner devant le portrait que dressait la description affichée sous l'œuvre ? Il en doutait, mais que faire ? Par chance, il n'avait révélé à personne ces multiples visions paysannes. Il continuerait sa réflexion, mais pour le moment, une tâche lui incombait vraiment : trouver la provenance de *Centaurea cyanus*.

Chapitre 4

Le chemin vers les fleurs

*

Au départ de Saint-Hugues, dans la matinée du quatorze juin, Louis Bossé, Léopold Paradis et son oncle Camille Paradis quittaient la Montérégie pour passer l'été au bord du lac. Ils empruntaient l'autoroute traversant le parc des Laurentides, inaugurée par le premier ministre Maurice Duplessis, respectant le décorum propre au Lac-Saint-Jean. Camille transportait à nouveau ses ruches dans ce coin de pays, relié par une voie directe en bitume. Il pratiquait la transhumance depuis trois ans. Il s'installait à Saint-Félicien et à Saint-Benoît pour tirer profit de l'abondance de fleurs de bleuets et de trèfles. À la suite des coupes à blanc sur les terres environnant le lac, les repousses forestières transformaient ce coin de pays en une terre promise pour les apiculteurs, disposés à passer l'été sous la lune. La sécheresse du printemps, conjuguée au décret gouvernemental qui obligeait les fermiers à faire deux coupes de foin pour l'année, ce qui empêche la venue à maturité du trèfle et de son pollen, forçait cette migration à partir de la Montérégie. Camille, Léopold et Louis quittaient la maison aux aurores et emportaient cent deux ruches empilées sur la plateforme arrière, prolongée pour l'occasion. Ils s'entassaient sur l'unique banquette du camion, un modèle construit durant la guerre et toujours prêt à servir. Louis Bossé se lançait dans cette expédition à titre de journaliste volontaire pour le mensuel *L'abeille et l'érable*, une publication destinée aux producteurs de sucres de fantaisie de la province. Il avait décidé de rédiger un article sur les pionniers de l'apiculture pastorale et se percevait humblement comme Charles Darwin qui emplissait son journal de toutes les particularités géologiques, fauniques et florales que lui offrirait le Nord. Assis du côté droit, il écoutait attentivement les longs monologues de Camille. Les anecdotes le surprenaient régulièrement. Elles apparaissaient comme des éclats de neige poudreuse, volant à la suite de la traversée, par une grosse cylindrée, d'une congère sur le chemin reliant Drummondville à Sherbrooke à la mi-janvier. Camille fixait la route, sa main gauche sur le volant, seules ses lèvres aristocratiques et ses oreilles à l'allure de l'île de Madagascar montaient et descendaient sans aucun mouvement de sa mâchoire. Louis notait le plus de détails possible, ce que lui permettaient les sursauts du camion. Il savait maintenant que Camille était un habile apiculteur et un patron honnête, selon la réputation que lui donnaient ses employés. Il avait peu de distractions et la famille était la seule qu'il justifiait. Il passait son temps sur la route pour produire et vendre son miel aux quatre coins de la province. Alors qu'il conduisait, Camille se disait que ces moments derrière le volant, à voir du pays, étaient les seuls qui lui procuraient une certaine sérénité. Il n'avait pas à s'en faire avec quoi que ce soit; il devait seulement s'assurer d'avoir assez de gazoline pour tout le trajet. Il aimait conduire avec Léopold à sa droite. Il était son neveu, presque son fils, puisqu'il l'élevait depuis sa naissance. Léopold était assez docile et il travaillait dur. Camille lui enseignait l'art des abeilles et Léopold, celui du calembour. Les deux avaient le rire facile, l'humour bon enfant et la langue bien pendue après deux pintes de houblon doré. Ces moments à fixer la route lui faisaient oublier ses tracas, surtout sa famille qu'il chérissait, mais dont il n'appréciait pas la présence quotidienne. Les discussions avec sa femme Céline le gênaient. Elle était beaucoup plus jeune que lui, elle lui parlait des enfants, de leurs problèmes, des travaux qu'elle aimerait faire dans la maison; elle lui faisait aussi la lecture des nouvelles paroissiales, qu'il écoutait en silence. Il était souvent allé au lac, mais ce chemin était nouveau, il défilait plus vite, car il n'en connaissait pas les courbes ni les lignes droites. La fabrique aussi lui causait du souci. Elle demandait chaque jour de prendre des tas de décisions, il était doué, connaissait le métier plus que quiconque, mais ça l'ennuyait à présent. Louis soignait sa calligraphie, Léopold laissait porter ses pensées en respirant un pollen particulier, alors que Camille commençait son histoire :

« Dans le bout de Béthanie, nous étions allés couper du bois pour chauffer la grange à Cyril, l'oncle de Léopold dont les chevaux gelaient en attendant de crever. On a scié et scié six cordes de bois ce jour-là pour qu'il n'ait pas à se soucier de cette corvée pendant quelques semaines. Quand nous sommes repartis en soirée, nous roulions depuis deux kilomètres ; en traversant le pont, le plancher de la voiture est passé sous les pneus. On avait les pieds dans le vide, comme dans le train de la montagne russe d'Old Orchard. Vous imaginez, les pieds dans le vide », dit-il, le sourire aux lèvres. « Vous avez arrêté ? » se permit de demander Louis. Le camion passa sur la gauche d'un vieux modèle T qui roulait comme un plaisancier. Lorsqu'il revint sur la droite, Camille continua : « Pas du tout. J'ai gardé les pieds sur les pédales et Cyril, assis en Indien, allumait les cigarettes. Dans le bout d'Acton Vale, la tempête nous attendait et la neige entrait sans se gêner par en dessous. On a souffert une dizaine de kilomètres. Les flocons remplissaient le véhicule jusqu'à la moitié de la fenêtre arrière. » Bossé répétait la même question et Camille devint irrité, puisque son passager pressé l'interrompait encore. Le mouvement de ses oreilles, vibrant telles des ailes d'abeilles imperceptibles, annonçait ce trouble. Camille reprit enfin : « J'ai garé la voiture en bordure… en bordure de rien, dans la neige, nous nous sommes dégagés, Cyril déblayait l'intérieur de la voiture; moi, j'ai pris la scie dans le coffre et j'ai tranché le mur blanc. J'avais de la neige jusqu'à la mi-cuisse, je ne suis pas allé très loin, mais je suis tombé sur une talle de bouleaux gris. J'ai scié huit arbres que j'ai transformés en vingt-quatre rondins de quatre pieds. Quand ils ont été ramenés à la voiture, on les a fixés avec de la corde sous le véhicule pour en faire un plancher et nous sommes repartis à travers le blizzard. » Une bourrasque pénétra dans le camion, comme une mouette dans un *drive in*. Elle ne fit que remuer les oreilles de Camille et les pages du carnet de Bossé. Celui-ci tenta une dernière question : « Vous avez réparé le plancher depuis ? » Camille sourit largement. « Pourquoi refaire en pire ce que l'on venait de faire en mieux ? Elle roule encore, je l'ai vendue à un cousin de Contrecœur, il faut juste enduire le bouleau d'un vernis à l'époxy à chaque début de printemps. » Les anecdotes se succédaient ainsi au gré des sursauts d'oreilles. Ils filaient directement sur la route du parc des Laurentides. Derrière, les abeilles restaient tranquilles, car elles souhaitaient arriver promptement à destination pour se dégourdir les ailes.

Un embouteillage occasionna l'arrêt du camion à soixante mètres du troupeau. Une douzaine de chevreuils suaient sous le soleil. Ils se prélassaient, et ne portaient aucune attention aux hommes qui les observaient du véhicule.

– Il doit bien y avoir une bête par voiture dans ce parc, lança Léopold.

– Je n'imagine même pas la nuit. On va faire un film là-dessus un jour.

Les oreilles de Camille valsaient au rythme lent du moteur. Il embraya en première, question de bien chicaner et de ne pas subir l'attaque de l'un des chevreuils.

Léopold dit :

– On pourrait lâcher les abeilles, elles ouvriraient le chemin.

Louis déglutit, mais ne dit mot, n'étant pas certain, après toutes les histoires de Camille, s'il s'agissait d'une boutade ou d'une possibilité apicole. Une fois le troupeau traversé sans heurts et la transmission remise en troisième vitesse, Camille reprit sa narration :

– Vous savez, Louis, comment reconnaître un apiculteur parmi douze hommes nus ?

Louis secoua la tête à la négative.

– C'est celui qui a le zizi enflé.

Léopold s'esclaffa tout en baissant la tête ; la plaisanterie le faisait rire chaque fois, même s'il l'avait mille fois entendue. Louis ne trouvait pas la blague amusante mais se retint de faire un commentaire.

– Vous savez, Louis, comment on reconnaît un apiculteur avec une abeille dans son pantalon parmi douze apiculteurs ?

Louis fit non de la tête.

– C'est celui avec les pantalons au sol et le zizi qui pointe le soleil.

Chauffé par les larmes, Léopold, crampé de rires, fit dévier le sujet, car il dénotait chez Louis Bossé un inconfort grandissant. Il ne voulait pas que la famille passe pour des dégénérés auprès des lecteurs du magazine.

– Il paraît qu'ils mettent du sucre dans le miel à Chicoutimi, dit-il. Ils vont encore faire baisser les prix.

Les oreilles de Camille ne bronchaient pas. Il laissa Louis poser sa question.

– Pourquoi font-ils ça ?

Léopold expliqua que quelques apiculteurs augmentaient ainsi leur production, mais que lui, il ne croyait pas à cette affaire-là.

– C'est comme diluer le vin avec de l'eau, c'est moins bon. Ça fait du miel trop sucré, de mauvaise qualité, et qui cristallise plus vite.

Léopold enchaîna sans attendre de commentaire :

– On m'a dit qu'il y a une assemblée pour trancher le débat, dimanche soir à Saint-Félicien. On parle même de faire intervenir le Service de la répression des fraudes.

Camille fixait toujours la route, et pour la première fois du voyage, il se tourna vers Léopold.

– Eh bien, mon cher neveu, c'est toi qui vas parler pour la famille, annonça-t-il.

Les regards de l'oncle et du neveu se croisèrent un instant.

– C'est pas à toi de faire ça ? interrogea Léopold.

– Eh bien, tu le feras à ma place. Ce soir, tu passeras les épreuves, rétorqua Camille, qui reporta aussitôt son regard sur la route.

Léopold reçut ces paroles comme une piqûre de bourdon, en profondeur. Il avait toujours été le favori de Camille, il le savait, surpassant les enfants de l'oncle. Camille élevait une famille sur le tard, et ses deux filles commençaient à peine à compter sur leurs doigts, ce qui était peu intéressant pour un homme manuel. Léopold pensait à son grand-père Uldéric qui, un jour, avait transmis ses connaissances ultimes à Camille lors d'un rituel que seuls eux deux pratiquaient encore. Il ne se doutait pas que les initiations se déroulaient un peu partout dans le monde, des passages obligés. Il savait qu'il devait réussir trois épreuves, mais les informations qui concernaient celles-ci pouvaient se confondre avec d'autres, dignes de légendes. Cyril racontait autrefois des histoires pour effrayer les enfants au bord du feu. L'histoire de l'ours lui avait valu des cauchemars. Un apiculteur devait faire la course avec un ours brun sur cent mètres, monter dans un arbre pour récupérer un nid d'abeilles suspendu à une branche et retourner, avec le nid sous le bras, à la ligne d'arrivée. Chaque nuit, Léopold se réveillait en sueur, piqué par les ouvrières ou mordu par l'ours. Il cauchemarda ainsi jusqu'à l'âge de quinze ans, mais à cette époque, il s'approchait chaque fois plus près de la ligne d'arrivée. Lorsqu'il venait d'être engagé comme assistant, à la suite de sa première journée de travail, alors qu'il avait enfumé une trentaine de ruchers, une fois couché, il avait rêvé. Cette nuit-là, il triompha des dards et des griffes, et il traversa la ligne d'arrivée assis sur le dos de l'ours, le nid sous le bras et les abeilles en cape dorée, tel Bonaparte traversant le Danube. Depuis ce jour, il envisageait le monde avec beaucoup de conviction et d'appétit, sachant qu'il détenait une place certaine dans le cercle restreint des éleveurs d'abeilles. Il regardait les conifères défiler par la vitre du camion, serré à gauche par son oncle et à droite par ce journaliste ; une joie naïve l'aurait fait se lover contre Camille. Les hommes étant ce qu'ils sont, la tradition ne permettait pas ce surplus de tendresse en public, et encore moins à soixante-cinq milles à l'heure dans un camion rempli de ruches, contenant un peu moins de cinq millions d'abeilles. La perspective d'être le sixième maître apicole de la famille l'effrayait un peu. Il ne se mêlait jamais de politique, un peu du commerce. Il laissait Camille négocier avec les étrangers et se contentait du rôle d'aide de camp, un emploi essentiel, considérant les fonctions qu'occupait l'aîné. Il devra trouver à son tour un bon soldat, il n'en voyait pas encore, mais il se refusait à paniquer outre mesure avant d'avoir réussi les trois épreuves. Il connaissait les énigmes : Que fait-on quand l'or ne brille plus ? Comment reçoit-on cent mille convives à souper sans y perdre sa veste ? Comment laisse-t-on son plus beau sourire dans la mémoire des gens ? Chacune de ces questions le mettait sur plusieurs pistes. Lorsqu'il travaillait au champ, il fabulait sur les multiples possibilités de ces devinettes. La référence à l'or ne pouvait signifier qu'une seule chose, le miel doré que produisent collectivement abeilles et apiculteurs. Le véritable mystère réside dans sa disparition. Indique-t-elle une contamination bactérienne, un bacille ? Des abeilles gloutonnes qui dévorent la récolte ? Les cent mille convives représentent bien sûr les abeilles d'une ruche et le sourire, c'est celui d'un apiculteur enfumeur, non piqué par la colonie à la fin de la journée. Cet argumentaire demeurait le plus rationnel de tous, le plus plausible parmi tous les scénarios qu'il pouvait envisager. Fébrile, il l'était, mais il ne voulait pas que son excitation soit plus perceptible que la vibration d'une oreille de l'oncle. Il fixait donc la route, la forêt boréale, et alimentait Louis Bossé en données sur les populations d'abeilles et la généalogie familiale, que le journaliste n'arrivait pas à assimiler complètement au travers des anecdotes du pilote. Roulant toujours au-dessus de la limite de vitesse permise, Camille entamait une histoire qu'il conservait depuis longtemps en mémoire. Il la conservait comme un livre défendu, mis à l'index et caché dans les profondeurs de la bibliothèque paroissiale. Elle lui déplaisait, cousue de ses plus terribles émotions vécues : l'amour, la peur, la colère, le remords, dans cet ordre. Pourtant, elle possédait des phrases magnifiques, des épisodes épiques et des rires sonnant comme une cloche de bronze qui chante, de vallée en vallée, son souvenir. Cette histoire, il la contait pour la première fois.

Léopold n'en connaissait presque rien, de l'histoire de sa mère. Edma était née à Saint-Hyacinthe d'une famille de tisserands. Elle apprit les arts au collège grâce au lien privilégié qu'entretenait son père, Athanasse, avec le maître Ozias-Leduc, qui enseignait aux jeunes Maskoutains. Elle avait un don pour le dessin. Elle n'avait qu'à regarder l'objet ou le corps une seule fois pour ensuite le tracer au crayon sans la moindre hésitation. Durant ses cours, elle se lia avec son cousin, auquel son père Athanasse l'avait promise. C'est ce que Camille connaissait de la vie d'Edma avant qu'elle vienne habiter chez lui. Que ressentait-il pour elle ? Pour la seconde fois, il avait été amoureux. Avec Lubie, il vécut une amourette juvénile, celle qui nous marque pour la vie à la colonie de vacances, un été, au bord du lac, à se cacher sous les conifères et à échanger des baisers avec la langue. Lorsque le semestre débutait, on oubliait lentement les images, comme une carte postale d'automne boréal depuis des années accrochée au buffet. Avec Edma, c'était différent. Il voyait les choses à plus long terme, il voulait fonder une famille avec ce bébé qui n'était pas le sien. Cela ne l'importunait pas, le père était mort et cet enfant serait élevé comme le sien. Ils les avaient accueillis chez eux par hasard. L'oncle d'Edma achetait du miel un samedi au marché. Edma était au dispensaire et reprenait des forces. Athanasse discutait avec sa femme, Laurence de la possibilité d'envoyer vivre Edma à la campagne, paisiblement. Camille et Athanasse se connaissaient. Il lui demanda si leur résidence de Saint-Hilaire était utilisée. Edma appréciait beaucoup la montagne et avait quelques relations qui venaient passer les week-ends aux abords du Richelieu, en été, pour y pagayer. Camille passait beaucoup de temps à Saint-Hilaire, qu'il préférait à Bagot et à Saint-Hugues, à cause de son cadre champêtre entre le roc et l'eau. La maison de bois était assez grande pour loger une famille de douze. À quatre, ils seraient bien tranquilles. « Edma emménageait et presque au même moment, j'ai reçu un cadeau. Une petite boîte de pin équarri qui laissait traverser l'air et le battement d'une paire d'ailes en santé. Une fois ouverte, j'ai vu qu'elle contenait un panier, comme ceux importés de Liverpool, fait de fer pour recevoir le thé et l'eau chaude ; il ressemblait à un filet à abeille en forme de dé à seize faces. Il contenait une reine. J'ai souvent commandé des abeilles par catalogue, mais là, c'était la première fois que j'en recevais une sans sollicitation. Elle semblait calme, hormis le va-et-vient frénétique des ailerons, telle une valkyrie luttant contre les abîmes de l'enfer. Je n'en avais jamais vu une, outre dans les magazines américains. C'était la redoutée abeille africaine. »

Léopold et Louis étaient rivés à l'unique banc par la vitesse à laquelle défilaient les paysages du parc des Laurentides, mais surtout par le ton solennel de Camille, dont les oreilles vibraient comme des pavillons canadiens dans le port de Montréal.

« J'ai déposé la cage sur la commode de frêne blanc. J'ai discuté jusqu'à tard dans la nuit avec elle. Je la laissais parfois voler dans la pièce lorsque je la nourrissais à la gelée royale dans un bouchon de bouteille d'eau gazéifiée. Je lui parlais de mes sentiments pour Edma, de ma situation conflictuelle avec Cyril, de mon cousin que je savais aussi amoureux de la belle. Je fréquentais peu les femmes, je passais le plus clair de mon temps à travailler. Cyril et moi étions toujours volontaires pour aider Edma, nous voulions toujours être le premier à aller la conduire à cheval ou à pied, à lui porter sa malle dans sa chambre, à chauffer sa bouillotte ou à lui préparer le thé. Nous nous entendions tout de même bien, cette compétition nous faisait briller, ne jamais paresser. Cyril était mon cousin, mais nous agissions comme des frères associés. Uldéric m'avait présenté Céline, de douze ans ma cadette, et fille d'un notable de Drummondville. "Marie-la pour la famille", m'avait recommandé le paternel. "Tu verras, ça te libérera l'esprit", mais je n'ai donné suite à cette suggestion que plusieurs années plus tard. Dans ma chambre, l'Africaine se tenait insensible sur le dessus de sa cage. Je lui faisais souvent la lecture, lui apprenais l'alphabet qu'elle ne saurait jamais prononcer. Les quelques années qu'elle vivrait, si elle survivait au printemps, seraient beaucoup plus intenses que ma vie entière. Diriger des milliers d'ouvrières, pondre et survivre à l'hiver, c'est un grand destin que je me promettais d'écrire demain, à la lumière des chandelles. Leurs flammes conservaient le pelage de l'abeille à l'abri de l'humidité. Je méditais longuement sur mon avenir; à vingt-neuf ans, j'avais une certaine difficulté à rester en place, bien que je sois à la tête de trois fabriques à miel. Je pelais une des oranges livrées avec cette bestiole. Étendu sur le lit, j'imaginais une abeille immense, un frelon chinois, dont le pelage foncé se matérialisait grâce aux taches de vipères moisies, incrustées dans les lattes de bois du plafond. Je cherchais un nom pour cette immigrante, Pachamama, en quechua "Terre-Mère", m'était venu d'un article de *La Presse* que j'avais consulté plus tôt, portant sur la première présence des Boliviens aux Jeux olympiques qui se déroulaient cette année-là à Berlin. Je l'ai baptisée, comme plusieurs nouveaux immigrés devant s'habituer à de nouveaux codes et à de nouvelles coutumes de la terre d'accueil. L'hiver s'éternisait particulièrement.

Il était très rude pour tous les pauvres habitants ; nous avons enterré pas mal de monde au printemps. Ce n'était pas de belles années, surtout quand l'une des cabanes de pêcheur a brûlé telle une allumette ; le soufre s'était consumé, le temps que nous poussions la charrette sur cent pieds dans la cour. Je n'ai jamais su comment le feu a pris là-dedans, on venait juste de livrer trois cordes de bois, données généreusement par le ministère de la paroisse. Je n'avais jamais vu de corps calcinés. La souffrance semblait inscrite jusque dans le carbone des os, ils tiraient une ligne noire comme une craie de couturière sur une nappe de banquet ; les cadavres allaient reposer sous la neige, attendant le dégel. Je lisais pour passer le temps, les revues d'apiculture que le paternel faisait venir d'un peu partout, des romans français, mais surtout des américains. Je me rappelle ce premier Steinbeck, *Tortilla Flat*, ça venait de paraître et on les recevait par abonnement. Ça me ressemblait bien, le goût de bouger comme paisano Dany, monter et descendre la côte, toujours pour aller cueillir des fruits et jamais pour remplir un gallon de vin. Je ne buvais pas. Je faisais aussi de drôles de recoupements entre Samson et moi. Je relisais et mimais le livre des Juges :

"Un jeune lion rugissant vint à sa rencontre. L'esprit de l'Éternel saisit Samson ; et sans avoir rien à faire à la main, Samson déchira le lion comme on déchire un chevreau."

À la suite de ce mouvement brusque, je me suis entaillé l'index sur la lame affûtée de l'Opinel resté ouvert sur le lit. Ce couteau avait fait le voyage dans le même paquet que les oranges et Pachamama. Cette dernière s'est envolée devant le sang qui jaillissait de mon doigt. Je me demandais quoi faire de cette immigrée fraîchement débarquée, tout en suçant mon pouce. »

Louis Bossé prenait frénétiquement des notes et Léopold se tournait les pouces, impatient d'entendre la suite. Camille reprit : « Celle-là venait de loin, du Congo belge ou du Brésil. Un certain Dadant me l'avait envoyée par la poste des États. J'ai rencontré cette famille à travers mes voyages, mais je ne pensais pas qu'il s'intéressait à nous. Le paternel, que j'avais connu, était décédé il y avait près de quinze ans. Je me rappelais les textes lus qui disaient que les Africaines étaient de fortes têtes, des abeilles productives, mais qui avaient le défaut d'être sans pitié pour leurs semblables et les êtres en général. Avec l'abeille et le couteau, Camille Pierre Dadant m'avait envoyé une lettre dans laquelle il m'expliquait comment effectuer le croisement entre différents types d'abeilles, que son père lui avait demandé de réaliser. Créer une reine des neiges. La lettre révélait la façon de procéder, et Camille l'avait conservée secrètement. Il se souvenait de cette conversation sur la promenade en 1924 lors du Congrès apicole de Québec. Il se demandait ce que Pachamama avait de si particulier. Avait-elle ce qu'il fallait pour survivre à l'hiver ? Je fis donc un essai avec treize ruches, douze descendantes de Pachamama pour produire un miel de printemps dans une oasis de lavande à environ deux milles dans le bois de la Montée des Trente. La *lavandula angustifolia* poussait sauvagement et sans entretien. Le rucher était bien caché et la clairière était protégée par d'épineux pyracanthas qui formaient un rempart contre les aventureux. Je croyais que le rucher rejetterait cette abeille métisse, mais au contraire, elle les dompta. Je ne crois pas qu'elle se faisait apprécier, mais je n'ai jamais vu d'aussi grosses ruches de ma vie. Elle produisait des abeilles à une vitesse phénoménale et entraînait les douze autres reines des neiges, auxquelles j'avais clippé une aile. Les abeilles sortaient des ruches en soleil d'artifice et dardaient pour entrer, portant lourdement le pollen. J'ai dû monter les ruchers de plusieurs étages encore, je crois que quinze, c'est le plus haut que j'ai superposé. Je vidais les rayons en montant dans une échelle. »

Le miel au parfum de lilas se complexifiait une fois filtré, comme un cognac provenant des côtes de France. Il possédait un arôme corsé, très amer, qui transformait les pâtisseries de la Saint-Jean-Baptiste, somme toute paysanne, en merveilles de goût, lui donnant les allures d'une fête parisienne. Léopold et Louis tiraient l'air par leurs narines et le thuya ne sentait plus rien, les chevreuils pouvaient tenter la mort devant les six-roues. Les kilomètres filaient comme des abeilles dans un sous-bois à la recherche de verges d'or.

Camille interrompit momentanément son récit pour remplir le camion d'essence avec les réservoirs transportés derrière, sur la plateforme. Pendant qu'il transvidait le liquide, Léopold et Louis s'étiraient comme de vieux athlètes. À leur retour dans le camion, les oreilles de Camille tremblaient tel un 7,2 sur l'échelle de Richter, à en faire couler l'île de Madagascar dans cet océan laurentien. L'oncle revêtait maintenant un masque. Rien à voir avec le traditionnel voile de l'apiculteur, qu'il ne portait jamais. Pour cette raison, les abeilles lui vouaient un véritable culte, une déférence qui surprenait les autres maîtres. Elles ne le piquaient que rarement, toujours sur le nez, neuf fois uniquement durant toute sa vie, neuf fois sur ce nez, qui ressemblait à celui d'un Aubin, des ancêtres à l'attribut protubérant, non pas aquilin, mais montagneux, comme un cap veineux, rosacé par le vent d'hiver passé sur la route. Léopold était impatient d'entendre la suite. Camille avait repris le chemin et continua son histoire après cinq éternelles minutes. Cette pause, il en avait bien eu besoin. Elle n'était pas nécessaire, il aurait pu se rendre sans problème, mais il entrait dans la partie tragique de l'histoire. Il redoutait que les choses soient différentes après, et que son monde soit en mouvement pour de nombreuses années ensuite. Il prévoyait le pire et avait décidé d'arrêter pour capter la dernière note de cette harmonie. Il reprit son histoire. « Je retournais plus qu'à l'habitude voir les progrès prodigieux de cette reine de miel. Ce bosquet sacré, j'en parlais uniquement lorsque je vendais le miel de lavande, trois fois le prix du miel de trèfle. Lorsque j'approchais, les ouvrières se retiraient des boîtes au lieu de se faire enfumer, il restait seulement la reine, les larves, les faux bourdons et le miel. Elle manipulait sa descendance avec intelligence et sévérité », expliquait Camille. « Elle comprenait que moi seul pouvais lui retirer son titre d'impératrice. » On approchait rapidement du lac et Camille pérorait sans diminuer la vitesse, ni le débit de son histoire.

« Je n'en avais jamais parlé à personne. Il n'y avait personne avec qui en parler de toute façon. Edma me demandait où je trouvais des fleurs si odorantes pour concevoir un si joli parfum de miel. Elle souhaitait les peindre, immobiliser mes actions. Je l'avoue, j'étais vaniteux. On disait qu'elle avait le talent de l'ami Borduas pour les scènes de nature. Mon ego se sentait privilégié d'être représenté grâce à des pigments ocre, indigo et tournesol. Au village, on ne la chahutait pas, mais on parlait tout bas, contre elle, contre nous, et ça avait l'effet de l'érosion invisible causée par les ruisseaux souterrains provenant de la montagne. Nous étions deux célibataires à vivre sur la fermette et Edma n'était enceinte de ni l'un ni l'autre. Vous imaginez les ragots ? Edma avait commencé sérieusement à faire de la peinture après que la voiture fut tombée dans la froidure de la rivière Saint-François au mois de janvier. Son époux alcoolique était mort dans l'accident. Personne ne le pleura. Nous pratiquions une expérience platonique avec cette jeune femme. Tout de même, son sourire carnavalesque me donnait toujours de l'entrain, j'étais prêt à monter à la baie d'Hudson en raquette pour lui trouver des fourrures, et surtout, des histoires qui la garderaient éveillée pendant les interminables soirées de jeu. Les vendredis, la parenté débarquait à Saint-Hilaire pour y profiter de la rivière, du verger et de notre hospitalité. Cyril et moi étions de véritables aubergistes accomplis. Mon cousin à la cuisine et moi comme valet de chambre. Tous les invités restaient diplomates jusqu'au traditionnel jeu de vingt et une heures. Le Toc révélait la personnalité de chaque convive, les amateurs, les sportifs et les mielleux. Ces derniers refusaient par bienséance de dire haut et fort « TOC » lorsqu'ils emportaient la mise de paparmanes collantes qu'on se transmettait de main en main. La famille quittait la maisonnée à la suite de l'enfournement par Cyril de deux bûches dans le poêle à combustion lente qu'il entretenait pour qu'il fasse trente-deux degrés Celsius dans la place. La chaleur endormait les vapeurs d'alcool qui émanaient des joueurs ayant abusé du vin de table, de la bière brune et de la grappa maison au miel. Aidé de Cyril, je prenais Edma dans la chaise berçante où elle somnolait et nous allions la déposer dans son lit au deuxième étage, prenant soin de ne pas l'écorcher en grimpant l'abrupt escalier. »

Camille inspirait profondément puis rejetait l'air. Il continua : « Le reste de la semaine, Edma montait la côte chaque matin et ne revenait qu'au coucher du soleil. Quelques fois, Cyril allait la chercher lorsque je ne m'y rendais pas moi-même ou que j'y étais déjà. Je posais pour elle et m'occupais des abeilles. Cette année-là, la production de la compagnie avait diminué par ma faute. J'y consacrais moins de temps, trop à Edma et aux ruches de Pachamama. Elle s'habituait ainsi rapidement à notre présence et après la lavande, la pollinisation s'était déplacée vers les pommiers, les fraisiers pourtant très éloignés, à plus de sept kilomètres, et enfin, vers tout ce qu'elles avaient pu trouver en forêt. Au début août, Edma était enceinte jusqu'au cou et elle te mit au monde le six du mois. » Plus personne ne respirait dans le camion, Léopold, les larmes aux yeux, s'imaginait la scène, sa mère dans la baignoire, hurlante de douleur, les sages-femmes alentour. Camille et Cyril zieutaient tous les deux cents pas par la porte entrebâillée. Camille donna des détails : « Tu pesais sept livres et demie, un bébé blanc opercule, un doigt de beurre sur la fesse. Ta naissance et la peinture ont remis Edma sur pied, laissant derrière elle le douloureux souvenir de son mariage raté. Elle formait une nouvelle famille avec nous. Elle pensait déjà à ton avenir et te promettait à une grande carrière d'apiculteur. La fin août est arrivée et Edma, pleine d'énergie, voulait terminer une dernière toile, celle qu'elle nommait *L'heure mauve*, le moment du jour où les derniers rayons sur la montagne occultent sa façade de roc gris et la colorent d'un fard lilas. Je me suis finalement incliné pour ne pas la décevoir, mais surtout pour passer quelque temps avec elle avant de repartir hiberner à Saint-Hugues. Je l'ai donc menée en haut de la montée, dans cette clairière où régnait Pachamama, encerclée et protégée par les buissons ardents. J'ai installé le chevalet, le tabouret et la toile et je me suis affairé à vider les rayons. Mon ascendant sur Pachamama et son contrôle serré des ouvrières me plaçaient toujours dans une situation de totale imprudence. J'asseyais Edma près de la colonie, alors que moi, je n'ai mis aucun gant ni voile et n'ai pas enfumé les ruches avant de les ouvrir. Edma peignait depuis une heure ; moi, je vidais encore les hausses, une à une. Pour me faciliter la tâche, j'avais construit un échafaudage escamotable entre les ruches qui me permettait de travailler plus rapidement. Les colonies commençaient à décliner, des abeilles jonchaient les madriers. Je travaillais sans me soucier d'autre chose que d'Edma. Alors que je regardais tout en bas, j'ai échappé une ruche. Elle se fracassa sur une roche, le bois de pin craqua dans un bruit sec, des échardes volèrent dans l'herbe et la colère en sortit. Un ouragan de cent mille abeilles s'éleva et je me trouvais dans son œil. Elles montaient à la cime des arbres et, furibondes, tournoyaient autour des ruches. Le son assourdissant des frétillements des ailes me fit couler des larmes que je tentais de sécher du revers de ma chemise. Lorsque j'ouvris les yeux, je vis la silhouette d'Edma dans la pénombre des abeilles, s'effondrer au sol. Je me suis jeté en bas de l'échafaudage et une fois relevé, je l'ai trouvée qui convulsait, comme lorsqu'on l'avait sortie de la rivière glacée. J'ai découvert la piqûre et sorti un couteau avec lequel j'ai retiré le dard. Deux abeilles et une jeune femme ont trouvé la mort durant cet incident. J'ai pris six ans à m'en remettre. » Louis regardait Léopold serrer les mains.

Camille déballait toujours son histoire alors qu'il rétrogradait en troisième vitesse. « Pachamama m'a piqué sur le nez. À trente ans, c'était la sixième fois seulement qu'une abeille me piquait. Je l'ai attrapée de ma main et je l'ai broyée. Les reines ne meurent pas lorsqu'elles plantent leur dard, car elles n'ont pas de crochet au bout. Une ouvrière avait trouvé le cou d'Edma et y avait injecté son venin. Celui-ci est généralement allergène et urticant ; en se faisant piquer régulièrement, c'est comme un vaccin que l'on renouvelle chaque fois. Uldéric, le paternel, disait aussi que l'on se transmettait les anticorps de génération en génération. Il racontait souvent l'histoire d'une nièce de la famille morte d'une piqûre, il y a presque cent ans, le premier décès dû à ce poison recensé en Montérégie. Cette immunité, elle saute toujours une génération et Edma en était dépourvue. Elle est décédée dans mes bras quelques secondes plus tard. J'ai embarqué le corps sur la charrette, Baptiste tirait seul, le menton bas. Je suis allé étendre le corps sur le lit en attendant le docteur qui est arrivé en vain. La veillée funèbre n'avait regroupé que Cyril et moi. Je crois que le reste de sa famille l'avait oubliée ou abandonnée. Les lettres adressées nous furent retournées sans aucune sympathie. On ne dit mot durant toute la soirée. Seules les ombres formées par les chandelles dansaient sur les murs. Nous avons fixé le feu dans l'âtre, les mains jointes l'une à l'autre, les épaules courbées, l'esprit vacant. Je suis retourné aux ruchers deux soirs plus tard. J'y ai déposé les peintures à leur côté et à l'aide d'une lampe à l'huile que j'ai fracassée dessus, j'y ai mis le feu. Des millions d'abeilles se sont envolées, ajoutant aux splendeurs des perséides lorsqu'elles ont doré en survolant le bûcher. J'aurais aimé être poursuivi en justice, persécuté ou me retrouver entre quatre murs pour que mes cris de colère trouvent au moins un écho, mais personne ne dit mot. Mon visage s'est métamorphosé ; j'avais d'obscures pupilles et des joues creuses. On t'a confié à Cyril qui t'a emmené vivre à Saint-Hugues. La saison suivante, j'ai vendu la terre et je n'y suis plus jamais retourné par la suite. Je quittais Saint-Hilaire et je retournais à Saint-Hugues. » Le reste du trajet se déroula en silence. Camille avait la bouche pâteuse ; Léopold imaginait sa mère et Louis plantait son regard dans la forêt environnante. Camille ne chercha pas à s'excuser, le deuil avait été long et pénible à faire. Léopold endiguait sa colère grâce au poids d'une tristesse profonde. Pourtant, depuis longtemps, il savait que sa mère était décédée. Il n'avait jamais posé de question. Cette fois-ci, il allait demander des comptes.

– Tu l'aimais ? demanda Léopold.

Camille ne cilla que d'une oreille.

– Réponds. Tu la désirais ?

Camille conduisait toujours et décèlera.

– Tu ne comprendrais pas ce que nous ressentions pour elle, dit Camille.

Léopold fixait le vide devant lui, Louis Bossé essayait de disparaître entre les deux. La nervosité affectait Camille, ses mains transpiraient et son front perlait de sueur.

Camille avait décidé sans les consulter que ce soir-là serait celui de l'examen de Léopold, son initiation, le moment où il deviendrait maître. Camille envisageait une cérémonie difficile. Léopold lui ferait face et avait toutes les raisons de lui en vouloir.

Il n'est pas sage de côtoyer les abeilles lorsque nous sommes soumis à des sentiments contradictoires. Elles le sentent et peuvent s'énerver si on fait des gestes brusques. Mais Camille connaissait Léopold et présumait qu'il saurait se contenir sans effort. Il allait de soi que Louis Bossé ne pouvait assister à la cérémonie. Il allait le laisser à Saint-Félicien en passant et ils viendraient le rejoindre le lendemain devant l'église.

« Le parvis de l'église de Saint-Félicien est abondamment fleuri », comme l'écrit Louis Bossé dans son carnet daté du dix-sept juin 1949. Un mélange de trèfle rouge, de trèfle alsike et de trèfle blanc pousse entre les dalles et les pierres qui offrent au diocèse une somptueuse rosace que l'église ne possède pas. Louis Bossé attendait à l'extérieur, la cérémonie du mariage s'achevait dans la bonne humeur en ce jour de Fête-Dieu et il ne voulait pas déranger pendant le premier baiser. Pour l'occasion, il sortit son tout nouveau Brownie Hawkeye et se prépara à immortaliser les époux et tout le reste de la famille. La procession sortit de l'église et avança jusqu'au milieu du parvis tréflé, avec les époux en tête. Louis se leva et avança, tout en donnant quelques consignes : « Rapprochez-vous sur la gauche, avancez, un sourire », il leva le flash et prit la photo. La mariée jura, Marcel jura, puis Yvonne jura à son tour, mais Huguette se retint, ne sachant pas si la douleur du péché serait plus grande que celle de la piqûre. Les abeilles piquèrent douze membres de la famille alors qu'elles terminaient leur collecte de pollen. À leur arrivée, quelques minutes plus tôt, les fleurs du parvis flottaient au vent seules, mais lorsque les mariés foulèrent cette tréflière, les abeilles ne contrôlaient plus entièrement leurs instincts et certaines, question de laisser un souvenir durable de ce jour de mariage sur la pellicule du photographe, plantèrent leur dard solide dans les mollets et les cuisses des invités. Elles ont piqué la mariée sous sa robe à deux endroits, dans le creux du genou et à la fesse gauche. Ces blessures bénignes ne remirent pas en cause la soirée nuptiale, mais infusèrent une certaine crainte à la mariée qui perdura tout au long de la lune de miel, jusqu'à l'Île-du-Prince-Édouard.

Le camion s'arrêta en bordure du parvis, Louis Bossé était assis dans les marches en compagnie de trois sœurs Clarisses : Huguette, Juliette et Juanita. Les sœurs lui racontaient leur passionnant avant-midi à cueillir des bleuets en bordure du cimetière. Camille et Léopold descendirent du camion et se présentèrent au quatuor. Ils arrivaient du bois de Saint-Benoît, un endroit laissé en friche par la compagnie forestière, où le trèfle abondant fleurissait et les bleuets bombaient déjà le torse en cette fin de printemps. Camille et Léopold avaient déchargé dans ce champ les cent ruches, laissant Louis Bossé en ville la veille. Il avait dormi à l'hôtel. Camille ne l'avait pas admis à la cérémonie qui devait se dérouler en présence des deux apiculteurs. Il avait fallu décharger les ruches et les hausses, puis installer le bivouac avant le coucher du soleil. Ils avaient travaillé avec acharnement pour terminer l'opération en quelques heures. De son côté, en ville, Bossé avait révisé ses notes, assis au bar avec un bourbon sur glace.

« Au premier voyage, il s'agit de trouver les endroits où placer les ruches. Plus que partout ailleurs, elles doivent être situées à l'abri des vents d'ouest, qui sont très froids. Les bouquets d'arbres dans les champs sont assez rares et souvent inaccessibles pour les camions. »

Il se passait peu de choses dans ce coin de pays entre octobre et juin, mais l'arrivée de l'été attirait toutes sortes de monde. Durant cette fin de semaine se tenait un congrès régional des apiculteurs du lac en même temps qu'un rassemblement du Cercle des fermières. Les sœurs étaient venues profiter des cours offerts dans des domaines aussi variés que la tenue de livres, la mise en conserve de produits du terroir et, pour une première fois, les techniques apicoles. L'hôtel bruyant et enfumé par les cigarettes avait des allures de kermesse, alors que les familles des mariés y dormaient le soir de la noce. Les sœurs logeaient au couvent, mais elles avaient rôdé une partie de la soirée, dégourdies par l'absence de la mère supérieure, restée à Chicoutimi pour s'occuper d'affaires d'une grande importance avec la direction du diocèse. Toujours assise sur les marches du parvis, la religieuse Juanita expliquait, dans un français entre l'espagnol et le latin, le processus d'échange qui enverrait Juliette, à son tour, apprendre les techniques de fabrication de colorants dans l'État du Michoacán, au Mexique, pendant le prochain hiver. Camille récupérait un paquet dans le camion, celui qui contenait un masque de miel, qu'il remit à Juanita.

– C'est un présent pour votre congrégation. Apportez-le avec vous en voyage, il vous sourira lors des journées sombres, affirma Camille avec son plus beau sourire.

Comme il s'agissait du premier masque qu'il concevait, Léopold aurait aimé le conserver. Mais il s'agissait du visage de son oncle et il en demeurait le propriétaire. L'envoyer au Mexique le dérangeait un peu, et échanger cette œuvre contre un plat de bleuets lui semblait inégal. C'était sa création, le masque sculpté de ses mains. Après avoir laissé Louis Bossé au village, et une fois rendus dans le champ en bordure d'un boisé, ils avaient déchargé toutes les ruches en trois endroits distancés de seize kilomètres. Ils avaient travaillé en silence ; l'histoire d'Edma résonnait encore dans les oreilles des deux apiculteurs. Ils allumèrent un feu avec des planches de pins et des branches mortes. Léopold prépara de la soupe et un saucisson salé. Ce n'est qu'à la suite du repas qu'ils brisèrent le silence. Ils n'échangèrent que le nécessaire de mots, Léopold avait réussi à se dompter complètement et à dominer ses angoisses. Ce n'est qu'une fois le masque confectionné qu'ils eurent une conversation semblable.

– Tu as fait quoi, avec le masque d'Uldéric ? lâcha Léopold.

– Je ne sais plus, il était dans une malle lorsqu'il est décédé. Il doit être à la fabrique quelque part. Pourquoi ? demanda Camille.

– J'aimerais les comparer. Voir ce que tu as fait, dit Léopold.

– Le mien était plus translucide, avec un miel de saison. Il est à toi maintenant. Tout est à toi. Je n'ai plus rien à te dire, je n'ai plus rien à te montrer, tu es le maître. Tout ce qu'il te reste à faire, c'est de prendre le masque mentholé et poivré, celui que j'ai fait de la figure de mon père, et de regarder au travers. Tu trouveras la recette de la reine des neiges, conclut Camille.

Camille, Léopold et Louis se présentèrent à la salle paroissiale au coucher du soleil, où toutes les délégations étaient réunies. Dans le fond étaient attablés les notables de l'Association des apiculteurs ; du côté droit se trouvait un rassemblement de sœurs clarisses, et le regroupement local du Cercle des fermières leur faisait face. La discussion portait sur la meilleure façon de préparer un gâteau au miel. Durant la haute saison, il était possible de réussir un délicieux gâteau avec deux tasses de bleuets. On utilisait donc un miel doux non parfumé. Durant l'hiver, on remplaçait les bleuets par un miel ayant cette fragrance.

L'apiculture, comme bon nombre de métiers, évoluait peu à peu dans la province. Les abeilles prirent près de deux cents ans à s'établir convenablement après leur introduction par les premiers colons américains. L'utilisation de l'abeille noire ou allemande remontait à la fin du XVIIIe siècle et demeurait l'abeille d'usage au Lac-Saint-Jean et par les communautés religieuses en général. Un changement rapide, ou encore ce qui remettait en cause le système établi, était bien mal perçu, et lors de cette assemblée, l'atmosphère s'échauffa lorsque certaines apicultrices reprochèrent aux sœurs d'ajouter du sucre à leurs produits pour en augmenter la quantité, avec pour conséquence de diminuer le prix de vente et d'éliminer la concurrence. Léopold s'interposa dans la discussion sous le regard attentif de Camille. Louis Bossé passait de table en table pour recueillir des informations sur les ruchers, leurs grosseurs, leurs emplacements, et pour formuler une recette de gâteau au miel digne de ce nom. Alors que les sœurs disaient six portions, les fermières parlaient de huit et recommandaient un tiers de tasse de lait, contre un quart pour les sœurs. Trois quarts de tasse de sucre étaient utilisés par les fermières et une demi-tasse par les sœurs, un œuf pour les fermières et seulement un jaune servait à lier le tout selon les sœurs. Louis perdit complètement le fil de la recette quelque part entre la poudre à pâte et le beurre mou. Léopold interrompit la discussion en proposant son explication à la surdose de saccharose dans le miel des sœurs.

– Ce n'est pas qu'elles ajoutent du sucre, c'est que les abeilles noires en produisent plus. Je recommande l'utilisation de l'abeille italienne pour améliorer votre production. Elle travaille plus et elle est moins agressive.

Léopold réfuta les quelques possibilités existantes, soit l'utilisation des divers sirops de sucre pour augmenter la quantité. Il se surprit lui-même par son ton posé mais inflexible lorsqu'il formulait ses recommandations qui, à la base, devaient rendre les fermières mécontentes, comme les religieuses. Il trouvait cette solennité dans les apprentissages de la veille, malgré les sentiments contradictoires qu'il ressentait. Il venait d'avoir vingt et un ans. Il commençait de la bonne façon, il venait de traverser une nouvelle épreuve, la prochaine serait de faire écouter des journaliers à la fabrique. Certains avaient plus du double de son âge. Comment réagiraient-ils ? Il repoussa ses angoisses d'un geste de la main. Je ferai comme Camille, j'imagine ? Être convaincant, être le premier, le meilleur, et utiliser les abeilles en dernier recours. Léopold retourna à la table de l'oncle, où Louis Bossé dégustait finalement ce gâteau noyé dans la crème. À la suite de tous ces débats, les fermières et les sœurs se retirèrent pour dormir. Celles toujours présentes jouaient aux cartes en fumant de façon inconsidérée. Camille, les jambes allongées sur une chaise de vinyle, égayait son troisième café d'une cuillère de miel. Cette journée avait rapproché les trois hommes, chacun trouvait un rôle dans l'univers de l'aîné ; Léopold prenait du galon, alors que Louis trouvait l'inspiration pour rédiger de bons articles. Aussi avait-il du plaisir à raconter, texturant de descriptions homogènes, tel un peintre naïf, leurs aventures au lac. Léopold ne voulait toujours rien savoir des excuses de l'oncle. La mort de sa mère avait été accidentelle. Il pouvait faire un effort pour laisser aller sa rancœur. Mais n'accepterait jamais que Camille soit demeuré silencieux tout ce temps. Camille s'était protégé, il avait enterré l'histoire sous sa conscience. Il savait déjà qu'à la suite de l'accident, un jour, elle referait surface, et qu'il aurait à confronter ses démons, à se justifier auprès de Léopold. Le temps s'était écoulé d'une saison à l'autre, dans le même sens que les épis de maïs, d'une terre nue à un champ bien fourni. Il récoltait ce qu'il avait semé. Pourquoi avait-il attendu si longtemps ? Une tragédie qui se concluait vingt ans plus tard. Il avait des regrets. Il aimait Léopold et l'avait toujours considéré comme son fils. Quelle peine ! Les larmes coulaient abondamment sur les joues de Camille. Il savait que ce moment signifiait le début d'une longue solitude, il ne lui restait plus rien. Léopold ne le tolérait pas dans les parages, après la cérémonie de la nuit dernière, il n'y avait plus rien à faire. Son temps était venu de partir. Léopold, quoiqu'il fût encore jeune, dix ans de moins que lui lorsqu'il prit le contrôle des fabriques, allait très bien les diriger. Au fond, Camille trouvait enfin le repos. Il se savait précoce pour la retraite. Il se considérait toujours comme étant le meilleur apiculteur de la famille. Il voyait la force dans les bras de Léopold, son regard allumé et l'énergie dans ses allocutions. Il partait l'esprit en paix. Doutait-il ?

– Tu peux rentrer, mon oncle, je me charge du reste, dit Léopold.

Chapitre 5

Melipona

*

– Ralentissez, ralentissez, ralentissez, tonnait Cuauhtémoc alors qu'il cognait dans la vitre séparant la boîte arrière de l'habitacle de la camionnette.

Le passager du centre se retourna et fit signe de la main de ne pas s'inquiéter.

– Il y a neuf gamins à l'arrière avec moi, émit Cuauhtémoc.

Le camion filait sur une route de cailloux au milieu de la jungle yucatèque. Les enfants, certains assis, d'autres debout, gardaient la tête en l'air ; le ciel défilait à une vitesse qu'ils n'avaient jamais envisagée. Isidro fixait Cuauhtémoc :

– Tu vas à mon village ? Qu'est-ce que tu vas y faire ?

Le camion ralentit, les trois adolescents à l'avant venaient de prendre conscience qu'ils portaient la responsabilité de la moitié de la descendance du village, et il aurait été fort inapproprié d'en envoyer certains rejoindre les broméliacées et les plantains. Cuauhtémoc relaxa et rapprocha son visage de celui d'Isidro. Les étoiles formaient un boulevard illuminé qui se déroulait en ligne droite au centre de la dense forêt tropicale. Cuauhtémoc se sentait heureux, libéré de ses considérations journalières.

– Oui, je vais rencontrer le vieux Pedro Ignacio. Tu le connais ? C'est lui qui fait le miel, ajouta Cuauhtémoc.

Isidro grimaça.

– Tu ne l'aimes pas ? osa demander Cuauhtémoc.

– C'est mon grand-père.

Isidro se retourna et se laissa choir sur les cuisses de Cuauhtémoc. Quoique surpris du geste, il apprécia la proximité avec le gamin. Isidro releva la tête et sourit à Cuauhtémoc. Il lui rendit son sourire, s'adossa à la vitre et leva la tête vers le ciel, profitant de l'air frais de la nuit. Sa voiture de location était tombée en panne à Yaxcaba et la réparation nécessitait deux jours de travail selon le mécanicien. Cuauhtémoc retournerait à Mexico le surlendemain ; il prendrait un vol à partir de Mérida. Il avait dû trouver un moyen de se rendre dans la jungle, car aucun bus ni taxi ne s'y rendait ce jour-là. Il avait discuté avec les gens sur la Plaza Mayor de Yaxcaba, et le délégué général du Parti d'action nationale l'avait informé que plusieurs jeunes de Huechenbalam étaient arrivés tôt en matinée pour suivre des cours d'informatique d'appoint, qui étaient cumulés au bulletin comme étant des activités parascolaires. En réalité, ils jouaient à des jeux vidéo. L'école secondaire reprenait à la fin du mois d'août, les trois adolescents étaient venus voir leur copine qu'ils fréquentaient sporadiquement. Cuauhtémoc avait trouvé douze garçons qui s'amusaient à s'échanger des roches avec les pieds, celles-ci frappaient les contreforts de la Plaza Mayor ou bien la porte rouillée de la camionnette. Cuauhtémoc s'était adressé au plus vieux d'entre eux, Carlos, pour lequel il n'avait eu aucune difficulté à obtenir une place dans la boîte arrière du véhicule qui se dirigeait vers le village. Ce hameau d'une centaine d'habitants vivait essentiellement des cultures du maïs, du miel et de ce que lui offrait la forêt. Le miel de Pedro Ignacio n'était pas vendu dans les magasins. Il l'échangeait contre d'autres denrées alimentaires. Il fallut plusieurs expéditions de dégustation pour que Cuauhtémoc découvre ce miel sombre de fleurs mélangées, dans une auberge tenue par des Allemands près de Valladolid. Filipa, la tenancière, lui avait indiqué le moyen de trouver Pedro Ignacio. Elle l'avait rencontré aux halles de fleurs d'Oxkutzcab et elle avait été captivée par ce grand Yucatèque de six pieds. En général, les gens de la péninsule sont plutôt trapus. Pedro Ignacio l'avait comblée, à sa grande surprise, de quelques mots de bienvenue :

– Guten Tag Frau.

Il avait fait, à une autre époque, un voyage d'Hambourg à Düsseldorf ; il était aussi allé dans les Alpes autrichiennes dans le cadre d'un échange entre fédérations apicoles appartenant à la Bee Research Association, un réseau de correspondants à travers vingt et un pays. Il raconta cela à Filipa, assis sur une chaudière de plastique blanc derrière son étal. Aujourd'hui, il ne voyageait plus. À soixante-douze ans, il ne faisait que le trajet du dimanche vers le marché des fleurs pour y échanger son miel. Le marché était presque exclusivement prisé par les grossistes mexicains pour ses espèces tropicales. Filipa était tombée sous le charme des grands yeux anthracite de l'homme, de ses tempes blanches. Elle avait décidé de lui acheter de grandes quantités de miel pour en servir au déjeuner à ses clients de l'auberge. Des Européens, habitués à des miels clairs; Filipa avait dû faire beaucoup d'efforts pour éduquer ces voyageurs pour qu'ils acceptent de goûter le miel noir. C'est en le mélangeant aux crêpes qu'elle en dissimulait la couleur; les familles développèrent ainsi leur goût pour le bouquet aromatique des essences de saison de ce miel melipona. Cuauhtémoc n'avait pas été difficile à convaincre en avril dernier. Il avait parcouru les élevages d'abeilles situés entre Tizimín et Valladolid et s'était arrêté dans cette auberge pour la nuit. Lorsque Filipa déposa le pot de miel sur la table au déjeuner, sans aucune gêne, il en retira le couvercle et se servit une cuillérée de cette mélasse qu'il avala gloutonnement. Il releva immédiatement à voix haute son contenu :

– Fleurs de printemps, fleurs de chrysanthème, gerbera, tubéreuse, heliconia... et... et... un soupçon de tournesol, tout cela récolté par des abeilles melipona.

La couleur noire du miel provenait de ce mélange de différentes fleurs foncées. Il avait expliqué à Filipa qu'il recherchait le meilleur miel melipona de la péninsule. Il ne lui avait pas confié la raison. Il aurait pu se faire passer pour un grand cuisinier du Distrito Federal, mais Filipa ne posait pas de question. Il devait trouver Pedro Ignacio. Elle avait inscrit sur une carte de visite le nom du village de l'homme recherché, Huechenbalam. Il avait toutefois remis à plus tard cette visite qui, par respect et tradition, devait être annoncée par lettre.

Cuauhtémoc revenait maintenant en août, là, toujours assis à l'arrière ; ils roulaient depuis une cinquantaine de minutes, de vallon en vallon, et Isidro dormait contre sa poitrine. La camionnette prit à gauche à une fourche et franchit les deux cents mètres pour rejoindre le village. Il arriva plus tard que prévu ; sans regret, il se passerait au moins du souper. Il n'aimait pas la cochinita pibil, trop épicée à son goût. Le véhicule s'immobilisa sur la place centrale et les enfants en descendirent, pressés de rentrer à la maison, épuisés par leur journée. Les trois adolescents du devant continuèrent de mener du chahut, à s'insulter et à se remémorer les bons moments de la journée, surtout les câlins des copines qu'ils ne reverraient que dans deux semaines. Les parents venaient à la rencontre des plus petits, alors que Cuauhtémoc descendait de la camionnette. Il emportait sur son épaule le petit Isidro. À terre, un homme s'arrêta devant lui, il le reconnut à sa taille. Pedro Ignacio lui souriait.

– Je vais vous débarrasser.

Il tendait les bras pour prendre le garçon de l'épaule de Cuauhtémoc.

– Bienvenue chez nous. C'est plutôt rare que l'on dresse un ouragan, même petit comme celui-là, métaphorisa le Yucatèque.

Isidro dormait dans le cou de Pedro Ignacio et Cuauhtémoc tentait de suivre le rythme des grandes enjambées du grand-père, tout en faisant son possible pour ne pas trébucher sur une racine ou une roche. Ils traversèrent la place centrale jusqu'à une petite porte battante de planches incongrues entre deux murs d'hibiscus, qu'ils franchirent. Le corridor menait à une cabane longue qui détenait une seule cheminée, une porte derrière, mais aucune fenêtre. À l'intérieur, des hamacs suspendus servaient aussi bien de sofas, de chaises berçantes que de lits. La famille bavardait, et s'échappaient de la cuisine des odeurs envahissantes de charbon de bois et de coriandre. Les hommes discutaient confortablement suspendus dans les hamacs et les femmes continuaient malgré l'heure tardive à moudre le maïs pour les tortillas du lendemain. Pedro Ignacio coucha Isidro à la tête du hamac et revint vers son invité.

– Vous dormirez dans ma maison, vous y serez plus tranquille.

Les deux hommes saluèrent la maisonnée et sortirent par l'issue arrière.

– Nous aurons tout notre temps pour discuter demain, nous nous levons très tôt. Bonne nuit.

Pedro Ignacio tendit une lampe à Cuauhtémoc qui entrait dans la baraque. Un seul hamac coupait l'espace en deux sur la longueur. Huit personnes de petite taille pouvaient y dormir en même temps. Un craquement fit sursauter Cuauhtémoc qui se retourna, mais le géant maya n'y était plus. Il inspecta la cabane ; il aperçut un plancher de béton, une table avec un couvert de plastique, des bouteilles d'eau, cinq batteries de voitures reliées à un téléviseur, un secrétaire et une bibliothèque. Cuauhtémoc s'approcha du secrétaire et y découvrit un livre aux motifs de stuc beige. *Apicultura* par Camille Pierre Dadant, Secretario de agricultura de Mexico, 1921. Il prit le livre, s'allongea dans le hamac et entreprit la lecture de ce classique apicole. Il s'endormit à la lettre *M*, melipona.

Ils avançaient depuis deux heures dans la jungle yucatèque et aucune halte ne lui permettait de reprendre son souffle. Cuauhtémoc s'entraînait tous les jours au Distrito Federal, mais marcher dans les bois s'avérait un exercice plus exigeant qu'une heure de vélo stationnaire à l'air conditionné de son penthouse de luxe. Les tamales au poulet, consommés au déjeuner, réchauffés plusieurs fois, pesaient dans son estomac. Pedro Ignacio charriait un gros sac de fibres vertes de henequen et revêtait une camisole fuchsia qui laissait paraître ses bras et ses épaules musclés, comme ceux des manœuvres du port de Progreso. Deux pas encore, deux pas encore, c'était la cadence que Cuauhtémoc tentait de maintenir pour suivre Pedro. Il n'était pas superstitieux et ne croyait donc pas aux légendes des forêts ni à ses aluxes ou à ces lucioles enchantées. Deux pas, deux pas, se répétait-il, mais il n'arrivait pas à suivre le rythme, le vieux Maya le distançait, malgré leur taille similaire. L'ombre des préjugés de Cuauhtémoc rembrunissait ses pensées. Il jugeait toujours les gens de la campagne. Il se croyait combien supérieur à eux, nullement par morphologie, mais par l'accumulation rapide des expériences, croyant que la promiscuité d'un centre-ville surpeuplé accentuait le caractère et peaufinait les réflexes pour toutes les situations. Il découvrait maintenant que la lenteur des mondes extérieurs permettait le développement de certains talents, comme celui de Pedro Ignacio de faire un seul pas, alors que lui en faisait deux. La marche en forêt tous les jours transformait le pas direct et pesant claquant sur un trottoir en béton en un rebond feutré sur la terre sans y laisser de traces. Des petites choses si simples, pensait Cuauhtémoc, pendant qu'il s'essuyait le front du revers de la main. Elles nous obsèdent complètement lorsque nous sommes aux prises avec l'adversité. Deux pas, deux pas. La soif le travaillait, mais il ne voulait pas s'arrêter, déjà qu'il tirait de la patte. « Allez, deux pas, deux pas. Tu ne vas pas te laisser distancer par un vieux du double de ton âge, tu voles. » Pedro Ignacio disparaissait derrière un arbre au détour du sentier, puis réapparaissait comme un ocelot flairant sa proie. Après une vingtaine de minutes de marche, ils débouchèrent dans une clairière où poussaient prestement du maïs et des fleurs. Les mêmes espèces que Cuauhtémoc avait répertoriées lors de son analyse du miel à l'auberge de Filipa. Elles étaient toutes là, dans un agencement ordonné par le besoin en lumière de chaque espèce.

– C'est la hutte à maïs pour la sieste de treize heures et pour se reproduire, par la même occasion, lorsque la femme du cultivateur suit avec le cochon sauvage et les vaches, dit Pedro Ignacio en ricanant. Une légende veut que l'enfant conçu sur les épis de maïs vive une longue et vertueuse vie grâce au dieu-maïs lui-même, annonça-t-il à son interlocuteur en nage.

Aucune mention de cela n'est relatée dans le *Popol Vuh*, un récit mythologique où l'on retrouve tous les plaisirs de la tragédie : viol, mort, inceste, guerre fratricide et nombreux éléments surnaturels. Cuauhtémoc connaissait ce récit ; sa grand-mère lui en faisait la lecture. À quelques pas de la clairière, sous les feuillages argentés, il aperçut une dizaine de ruches organisées en demi-cercle ;

quelques-unes, des plus rudimentaires, fabriquées à même les bûches, formaient le centre de cet arc. Les autres, à cadres mobiles, de bois de platane, comptaient tout au plus cinq boîtes de haut. Pedro Ignacio sortait de son sac des pots et des instruments. Il ne trimballait ni chapeau, ni filet, ni gant. À voir la peau cuivrée du Maya, Cuauhtémoc doutait qu'une abeille puisse la perforer, mais il craignait, pour lui-même, une infection, voire des convulsions. Au cours de ses voyages, les maîtres-apiculteurs étaient toujours précautionneux envers leur invité et fournissaient tout le nécessaire à sa protection. Aucun geste provenant du Yucatèque ne présageait une quelconque déférence. Cuauhtémoc s'approcha ; Pedro Ignacio ouvrit une ruche, il plongea la main dans sa poche de pantalon, en sortit un objet qui émit un rayon doré en passant sous le soleil et qu'il envoya du pouce rejoindre le fond de la boîte. Il se tourna face au Chilango.

– C'est à vous de démontrer votre savoir-faire, c'est la première épreuve, aller trouver ce qui brille, ordonna le vieux Maya.

Cuauhtémoc n'hésita pas, il savait que le fait de réfléchir pourrait le paralyser, que les abeilles décèleraient sa crainte et agiraient en conséquence. Elles disperseraient dans les airs de puissantes phéromones et attaqueraient sans attendre. Il plongea le bras jusqu'au fond du rucher, les abeilles culminaient pour former un nimbostratus sous les arbres. Les battements simultanés de toutes ces ailes assourdissaient Cuauhtémoc. Il poussa sur ses orteils pour se donner de la hauteur et de la flexibilité et ainsi racler le fond du bout de ses doigts. Le géant yucateco apparaissait et disparaissait sous les allées et venues de la nuée d'abeilles stroboscopiques. Il toucha l'objet froid, métallique et circulaire, une pièce d'or. Cuauhtémoc y vit pour la seconde fois de sa vie un bon augure, celui d'un prestige à vernir, la conclusion d'une longue procédure. L'utilisation de cette allégorie entre le miel et l'or lui semblait d'une grande précision pour cette représentation énigmatique. Sa conclusion formait, dans les deux cas, une figure autoritaire figée dans un trésor : la monnaie d'or et le masque de miel.

– Vous avez réussi sans vous faire piquer, affirma Pedro Ignacio pour se moquer en se tapant sur la cuisse.

Cuauhtémoc frotta et observa la pièce d'or : MDCCCXXII, Augustin I, Emperador de Mejico, Casa de Iturbide.

– Vous pouvez la garder, si j'ai bien compris, c'est la dernière fois que je fais ce manège, dit Pedro.

Cuauhtémoc le remercia et déposa précieusement la pièce de monnaie rare dans sa poche.

– Je savais que vous réussiriez, ce que je ne savais pas, c'est si vous étiez assez fou pour vous lancer sans gants.

– Avais-je le choix ? lâcha Cuauhtémoc.

– Non, pas du tout, avoua Pedro Ignacio. Avec ou sans dard, je ne vous en aurais pas fourni. Pour vous rassurer, même s'il est un peu tard pour ça, ces abeilles ne piquent pas, expliqua Pedro.

Cuauhtémoc ouvrit la bouche, sans dire un mot, et se souvint s'être endormi à la lettre M lors de sa lecture de la veille ; les meliponas n'ont pas de dard. Il se trouva bête, mais cela n'aurait rien changé, il aurait tout de même plongé le bras.

– Aidez-moi, dit Pedro Ignacio qui entreprit de récolter le miel des hausses à l'aide d'une centrifugeuse laissée sous une bâche dans un recoin de la clairière.

Un miel visqueux et noir fut recueilli et filtré à l'aide d'un bas de nylon format blonde de Boston en String Break à Cancún. Une fois toutes les ruches vidées et dix pots de cinq livres remplis, Pedro Ignacio tendit le dernier contenant à Cuauhtémoc qui le recueillit à deux mains, comme on tient le Graal. Le Yucatèque, assis sur l'une des bûches, ne craignait pas les représailles. Il s'adressa à Cuauhtémoc.

– C'est votre heure maintenant, vous savez quoi faire de mon visage. Vous qui en avez moulé plus que n'importe quel apiculteur. Vous devez me promettre, toutefois, de ne jamais transmettre ceci à personne d'autre, sauf si vous vous joigniez à la confrérie, et seulement à un apprenti.

Sa voix profonde assombrissait le sous-bois. Ou étaient-ce les abeilles voltigeant entre les branches qui produisaient cet effet ? La terre rouge sous les pieds de Cuauhtémoc semblait ramollir et se transformer en un sable colorant chaussures et vêtements. Des insectes de toutes sortes arrivaient des bois et venaient gravir les jambes allongées de Pedro Ignacio. Cuauhtémoc n'hésita pas, il plongea la main dans le miel et entreprit sa nouvelle œuvre.

Chapitre 6

La fermière canadienne

*

Thomas Valiquet recevait directement chez lui toutes les publications scientifiques auxquelles il collaborait en tant qu'expert apiculteur. La connaissance en matière d'élevage d'abeilles faisait des bonds prodigieux à mesure que s'étendait le chemin de fer en travers des champs et des montagnes, et que l'Atlantique s'aplatissait sous le martèlement des chevaux-vapeur du bateau à hélice. Thomas Valiquet entretenait cette correspondance avec les plus éminents producteurs de miel, entomologistes et biologistes occidentaux. Il ne possédait aucun titre particulier dans ce domaine, mais sa solide expérience avait été acquise par empirisme. Le climat particulier du Bas-Canada entraînait des problématiques particulières qui devaient être résolues de façon originale, et avec méthodologie. Il confrontait ainsi ses idées à celles développées dans les Alpes, aux abords du Rhin ou dans les Appalaches. Il cultivait cette passion et mettait en application ses réflexions durant l'été. Une fois la famille couchée, il rédigeait à la chandelle ces lettres internationales, pendant que s'accumulait la neige sur la margelle de la fenêtre de son cabinet. À la gare de Saint-Jean-sur-Richelieu, il postait sa volumineuse collection d'enveloppes au printemps. Il les cachetait lui-même avec de la cire et apposait un sceau jaune en forme de V. Cela donnait une symbolique un peu seigneuriale à ses lettres, même s'il était tout à fait en désaccord avec ce système ; il trouvait simplement que cette pratique donnait de la prestance à l'envoi. Il écrivit beaucoup durant la saison morte, car il préparait un voyage à l'étranger plus long qu'à l'habitude. Il s'embarquerait pour Paris pour participer à l'Exposition universelle de 1867. Les cent vingt-six lettres lui coûteraient cher, mais comme officier des postes de Saint-Hilaire, il jouissait d'un tarif préférentiel. Notable établi et respecté, il cumulait les fonctions de greffier du conseil municipal depuis 1843, siégeait au conseil de direction de la commission scolaire et portait le titre de juge de paix. Il trouvait en plus le temps de s'occuper d'une ferme et d'une centaine de ruches. De toutes ses responsabilités, la tâche de postier était la fonction dont il tirait le plus de fierté. Il distribuait le courrier dans la paroisse. Ce travail était fort à propos, car il lui permettait de réaliser toutes ses autres tâches en même temps, puisqu'il prenait ainsi le pouls de la population chaque semaine. Il passait de maison en maison à cheval et il répondait aux questions des parents anxieux en raison de l'arrivée d'un nouvel enseignant pour leurs enfants, parlementait avec les paysans mécontents du projet de construction d'un rang en bordure de leurs terres ; aussi avait-il dû réconforter les habitants, après s'être fait demander si des mesures préventives allaient être prises pour ne pas que se répète l'épisode de mars dernier, alors que le pont de glace reliant les deux rives avait cédé sous le poids d'une charrette à charbon. Trois personnes avaient perdu la vie, mortes d'hypothermie. On les avait traînées rapidement sur la rive, mais les trois hommes ne respiraient plus. Le cheval fut retrouvé à Saint-Ours au mois de mai à moitié dévoré par les vers, les mouches et les brochets. Thomas Valiquet avait vendu sa réserve de bois pour ne pas laisser les habitants dans le besoin. En plus de ses tâches, il se livrait à diverses autres activités entourant l'apiculture. Il enseignait dans diverses écoles ; il s'agissait de séminaires, tenus aux quatre coins de la Montérégie, et même plus loin parfois. Il donnait la seule véritable formation continue à l'école normale Jacques-Cartier. Il s'y rendait pour une semaine, une fois par mois, de mai à septembre, et enseignait aux agronomes en quête de rendements supérieurs pour leur production afin qu'ils améliorent leur pauvre sort. Le cours n'était pas obligatoire, ce qui frustrait Thomas Valiquet. Ce professeur laïc était exigeant avec ses étudiants. Il avait en horreur la paresse et l'inattention. Toutefois, il n'était pas de ceux qui n'aimaient pas répéter. Il préférait l'ignorance avouée par l'étudiant plutôt que la honte et le silence. Il aurait pu être curé, mais il ressemblait plus à un notaire, toujours en veston, prêt à plonger la main dans une ruche, sans filet ni gants. Il luttait avec les fonctionnaires des instances gouvernementales pour que l'instruction publique serve à améliorer les conditions de travail des agriculteurs de sa région ; il souhaitait qu'ils expérimentent diverses techniques modernes. Toutefois, beaucoup de ces concitoyens paresseux préféraient demeurer avec leurs coutumes archaïques en cette seconde moitié du XIXe siècle. Thomas Valiquet se rendait régulièrement dans le Vermont, mais surtout dans l'État de New York pour se procurer du matériel. Lors de ce voyage, en mai, à partir d'Albany, il avait fait l'acquisition de nombreux instruments, dont le nouveau modèle d'enfumoir inventé par Moses Quinby ; en plus des ruches, des reines et du *Bee Harper's Magazine*, il s'était procuré un catalogue publicitaire des principaux fabricants de produits apicoles. Il fit livrer tous ces équipements à sa résidence de Saint-Hilaire, la plus vieille demeure de pierres de la paroisse. Il se gardait lui-même aux faits des dernières avancées scientifiques en apiculture en se rendant dans divers congrès, foires et salons sur la côte est des États-Unis, et parfois même plus loin encore dans le continent. Il prit donc le train pour New York et s'embarqua ensuite sur le paquebot *Lafayette* à destination du Havre ; il s'agissait d'un navire à trois mâts de cent cinq mètres de la Compagnie générale transatlantique. Le remplacement de la roue par deux hélices durant la même année permettait de franchir la distance en treize jours à une vitesse moyenne de douze nœuds. La première journée de la traversée, Thomas rédigea deux notes. La première s'adressait à la revue parisienne *L'apiculteur* et concernait le développement d'un nouveau type de ruche à cadres mobiles de sa propre conception, surnommée la Fermière canadienne. La seconde note était une publicité qu'il préparait pour la *Gazette des campagnes* dans laquelle il faisait la promotion de son modèle de ruche. La description de la Fermière canadienne allait ainsi :

« Au-dessus de la planche à miel, je place quatre boîtes dont les côtés sont en verre ; le fond et le dessus sont en bois. Le fond, qui est une planchette mince, a une ouverture par laquelle les abeilles peuvent passer pour aller déposer leur miel. Il va sans dire que la planche à miel a des ouvertures vis-à-vis l'ouverture des boîtes en verre. Ces ouvertures de la planche à miel sont fermées à volonté. Les boîtes en verre offrent l'avantage de pouvoir être enlevées lorsqu'elles sont pleines, et remplacées par d'autres sans déranger le travail de la ruche ; les abeilles produisent ainsi un miel de première qualité, sous la forme la plus recherchée dans le commerce. Les boîtes sont ouvertes et protégées par une boîte mince. Elles se trouvent dans l'obscurité, condition indispensable au travail des abeilles. Enfin, toute la ruche est protégée contre la pluie par un toit mobile en planches. »

Il n'écrivit plus du reste du voyage ; l'exiguïté de sa cabine lui rappelait son passage à la prison de Montréal. Il avait été condamné pour conspiration, alors qu'un délateur l'avait accusé d'avoir participé à l'assemblée des six comtés du vingt-trois octobre 1838 à Saint-Charles. Il s'agissait d'un souvenir douloureux ; il avait dû se récuser pour sortir de cette injustice. Bien qu'il appuyât la cause des patriotes, il faisait partie des innombrables victimes des ragots à travers la province.

Thomas passait donc la majorité de la journée sur le pont avant du *Lafayette*. Le temps clair de cette fin d'été pavait la mer et laissait le navire avancer en ligne droite. Une brise sèche et froide obligeait les touristes à se vêtir plus qu'ils ne l'auraient fait sur la terre ferme. Thomas Valiquet discutait avec les autres passagers du navire. Plusieurs d'entre eux se rendaient à Paris, comme lui, soit pour prendre des vacances, soit pour commercer. Le soir, il s'asseyait au salon pour jouer au billard ou pour lire un peu tout ce que la bibliothèque lui révélait. C'est en parcourant le rayonnage des ouvrages techniques, alors qu'il retirait un exemplaire de l'*Encyclopédie du bâti agricole de France*, qu'il rencontra ce personnage qui s'adressa à lui sans ambages. « Vous êtes architecte ou agriculteur ? » lui demanda l'homme dans un français aux accents exotiques. Charles Dadant, de Vaux-sous-Aubigny, immigré quatre ans plus tôt à Hamilton dans l'Illinois, se tenait à un mètre devant Thomas Valiquet. Ce dernier le perçut immédiatement comme étant un illuminé. Son accoutrement le faisait passer pour un dandy dans son Illinois d'adoption, alors qu'à Paris, il recevrait le sobriquet de cow-boy.

– Je ne m'attendais pas à rencontrer ici un autre apiculteur, affirma Dadant.

– Moi non plus, quelle surprise de vous rencontrer, je vous connais par vos écrits, lui répondit Valiquet par politesse.

Durant cette troisième journée de traversée, ils discoururent sur la production de miel à Saint-Hilaire et à Hamilton. Thomas parlait du charme de sa montagne et de ses vergers, et des luttes avec les Anglais. Dadant lui racontait qu'il connaissait de nombreux francophones compatriotes. Il approuvait fortement les soulèvements contre la monarchie et trouvait ridicule la promesse de confédération que devaient signer les provinces réunies à Fredericton en juin de la même année :

– C'est avec les États-Unis que vous devriez vous confédérer, proposa-t-il.

Valiquet n'arrivait toujours pas à se positionner. La fin du traité de réciprocité avec les États-Unis faisait augmenter les prix des produits qu'il importait. Il ne croyait pas que le nouveau marché canadien arriverait à se suffire. Il voyait dans l'Amérique un ensemble géographique global qu'il voulait continuer à parcourir à sa guise. Depuis son expérience de 1838, il traitait peu avec l'administration coloniale britannique, mais se disait que tant qu'à être encerclé par les Anglais, les Écossais et depuis peu par les Irlandais, il donnerait sa chance à une association : « Qui vivra verra ! » La guerre de Sécession eut l'effet contraire chez les francophones. Il se répandait une idée d'instabilité chronique chez les républicains, alors que se construisait lentement l'unité canadienne.

– Les Pères de la Confédération espèrent donc ainsi sceller à tout jamais la singularité de notre nouveau pays, conclut Valiquet. Qu'est-ce qui vous a mené en Amérique ?

– Je vous raconterai ça demain, je suis fatigué, le bateau me tire mon énergie.

Les deux hommes se saluèrent et allèrent dormir.

Après le déjeuner, Valiquet et Dadant se retrouvèrent en proue du bateau, accoudés à la rampe. Le *Lafayette* crachait une épaisse fumée de charbon qui demeurait suspendue à l'arrière du navire jusqu'à l'horizon. Un jeune homme tenait dans ses bras un enfant à qui il montrait les vagues qui se rompaient sur la coque du navire.

– J'ai horreur de ces cabines, dit Valiquet.

– Vous pourriez être dans des geôles ?

– Je connais déjà et je ne sais pas lequel je déteste le plus. Aucune chance de couler derrière les barreaux.

Dadant conserva le silence quelques instants et reprit la conversation où elle s'était interrompue la veille.

– J'ai fui la dictature de Napoléon III. J'ai immigré en Amérique alors que s'affrontaient les unionistes au nord et les confédérés du Sud. Tout ça par pur principe philosophique.

Charles Dadant tentait de s'inspirer du modèle de Charles Fourier, le socialisme communautaire, expliquait-il. Il ne conservait qu'une idée de la vertu des idées de phalanstère de Fourier, c'est-à-dire que le capitalisme devait d'abord servir la communauté. Les individus devaient pouvoir ainsi profiter de leurs périodes de loisirs pour se consacrer aux arts et à la science. Il adhérait aussi à la Théorie des quatre mouvements, qui affirme que l'émancipation des femmes est l'unique façon d'arriver à un certain progrès social.

– Le miel entre parfaitement dans le schéma: nécessité, utilité, agrément. Les abeilles pollinisent les plantes, le miel sert à la cuisine et il est délicieux en bouche, affirma-t-il, le pouce, l'index et le majeur bien en vus devant lui.

Dadant conservait avec lui son exemplaire des idées de Fourier et il en discuta longuement avec Thomas Valiquet. Bien que ce dernier ne fût pas philosophe, ses nombreuses expériences permettaient un dialogue soutenu et une réflexion intéressante sur la façon de mettre en application certains principes du maître penseur. Il sortit son livre *Le nouveau monde industriel ou méthode sociétaire* de son sac.

– Je vais vous en lire un extrait. Charles Fourier estime que: « L'attraction passionnée, impulsion donnée par la nature antérieurement à la réflexion et persistante malgré l'opposition de la raison, du devoir, du préjugé, s'exprime en chaque être humain par l'intermédiaire de douze aiguillons. Les douze passions radicales, le libre essor de celles-ci conduit à satisfaire le besoin d'unité ou unitéisme, gage de l'harmonie universelle des humains entre eux et avec la nature. »

– Je ne suis pas certain de bien vous suivre, dit Valiquet, perdu dans toute cette théorie.

– Je vous explique, prenez l'abeille en exemple. Chacune d'elle jouit du travail collectif; la récompense, c'est le miel!

Dadant continua ses histoires, il narra ensuite des expériences de communes réussies et ratées. Il avait l'intention de se rendre un jour au Texas, dans la ville de La Réunion, pour participer à la commune de Victor Prospère Considérant, un compatriote de Salins-les-Bains. Actuellement, son travail ne lui permettait pas de faire ce voyage. La discussion allait ainsi sur le pont du *Lafayette*, ce nom sacré de la révolution américaine qui les inspirait tous les deux dans leur appréciation du monde ce jour-là.

– Je crois aussi que la confédération est un leurre. Macdonald nous fait passer en minorité, le parlement est une illusion. Ils ne peuvent pas juste faire la même chose avec nous qu'ils ont faite avec les Acadiens en 1755. Tout le monde est bien pauvre par chez nous.

Thomas défendait depuis quelques années la cause des agriculteurs en enseignant les rudiments de l'apiculture. À cette époque, il tirait, bon an mal an, de trois à six mille dollars en vendant son miel, et ce, avec des ruches de seulement cinq livres. Son invention, la ruche à cadres mobiles, le menait à Paris. Il faisait du lobby auprès du gouvernement de la province pour que le Ministère encourage la production apicole et subventionne la modernisation des ruchers existants. Il se heurtait à beaucoup de résistance et les nouvelles techniques trouvaient peu d'échos. Même Dadant semblait réfractaire à la ruche à cadres mobiles. Il continuerait de détruire la ruche à chaque fois pour vider le miel.

Au septième jour, Valiquet fit une présentation de sa ruche à l'avant du paquebot, qui attira un essaim. La majorité des passagers ne connaissaient absolument rien à la production de miel. Ils ignoraient que l'abeille logeait dans une boîte et ils étaient totalement surpris que ce soit les hommes qui les construisent.

– Les alvéoles en hexagone, c'est la forme naturelle qu'utilise l'abeille, la meilleure forme pour maximiser l'espace, disait Thomas Valiquet.

Dadant approuvait de la tête et profitait de l'occasion pour promouvoir ses idées :

– Une commune, c'est l'action systémique du plus grand nombre qui contribue à l'enrichissement collectif.

Son fils aîné, Camille Pierre Dadant, s'occupait maintenant seul des ruches. À l'âge de douze ans, il avait traversé l'Atlantique avec la famille. Dès lors, il se levait chaque matin à cinq heures et prenait le traversier qui le menait de l'autre côté du Mississippi à Keokuk, Iowa, pour vendre la cire et le miel. Charles, le père, explorait le monde apicole, Camille D. fils l'organisait, faisant un véritable commerce de ce produit qui propulserait l'entreprise familiale au sommet de la hiérarchie apicole américaine. Les voyages conjoints du père et du fils s'étalaient rarement au-delà d'une journée de char d'Hamilton. À deux occasions, ils étaient descendus pendant plusieurs semaines au sud sur le Mississippi ; ils avaient fait un premier arrêt à Saint-Louis pour y ouvrir un comptoir de vente dans une pharmacie. Le miel se vendait surtout comme médicament pour soulager les problèmes de sinus, de rhumatisme ou d'eczéma. Ils avaient vogué une fois jusqu'en Nouvelle-Orléans sur un bateau à vapeur. Lors de ce voyage, ils avaient fait la connaissance du jeune Pierre Aubin, un apiculteur venu s'installer avec sa famille à Cap-Girardeau pour y faire l'élevage des abeilles. La destination initiale devait être Bâton Rouge, mais le charme de cet ancien poste de traite et les besoins d'éleveurs d'abeilles avaient arrêté les Aubin à cet endroit. La route qui longe le fleuve s'étirait sur plus de quatorze kilomètres, bordés par un champ de rosiers sauvages. Les Aubin en tirèrent un miel vermeil qui aida à propager le nom de City of Roses à travers le Missouri et bien au-delà. Le récit que faisait C. P. Dadant de l'Amérique impressionnait grandement Thomas Valiquet. Il connaissait la Nouvelle-Angleterre et avait fait, une fois, un voyage à Chicago. Les possibilités de l'Ouest avec ses espaces immenses le faisaient rêver. L'éloignement de Londres et de Rome y jouait aussi un rôle. Combien des siens quittaient chaque mois les campagnes pour aller à Montréal, et depuis peu, pour aller travailler dans les manufactures du Massachusetts, du Rhode Island et de New York? Ils étaient beaucoup à s'imaginer qu'ils feraient fortune au sud, mais la majorité ne dépasserait pas ces États limitrophes.

– Vous savez, c'est la seconde fois que je traverse l'Atlantique. Je suis un peu effrayé par ce que je vais trouver, les libertés auxquelles j'ai droit ne sont pas coutumières en France. C'est une vieille société, et même la révolution n'a pas réussi à tout changer. Que des réactionnaires et des opportunistes comme ce Bonaparte ! déclara Dadant.

Thomas Valiquet était assis sur le bout d'un transat, son regard s'accrochait au large ; il avait les genoux écartés pour montrer son ouverture. Dadant se rongeait un ongle, le front bien caché par un chapeau gris en peau de mouton. L'alizé asséchait les joues que le soleil peinait à réchauffer.

– Les femmes, par chez nous, fournissent les hommes pour travailler la terre, les bras pour la lessive et la sueur pour le fourneau. Ma ruche, que je nomme Fermière canadienne en leur honneur, a un tempérament bien à elle. Elle est simple d'utilisation ; il suffit de l'installer en marge du potager. Elle promet une bonne récolte de cinq livres sans trop d'effort. Mon but est de donner un poids économique aux femmes de chez nous. Vous êtes catholique ? demanda Valiquet.

Dadant laissa passer un nuage.

– Pas du tout. Je crois au socialisme universel.

Valiquet sentait le besoin de s'expliquer.

– Par chez nous, je n'ai pas le choix. Je dois m'occuper de mes affaires et assurer le bon déroulement de mes activités, mais je ne m'éternise pas longtemps. Le père Léon n'aime pas mon idée de donner un pouvoir économique aux femmes d'agriculteurs, c'est pernicieux. J'ai expliqué cette évolution à l'archevêque et il n'a pas non plus aimé ce mot qui, pourtant, sert l'intérêt général. Ça permettrait même d'augmenter la dîme.

Le clergé, depuis la défaite des patriotes, avait pris du terrain dans tous les domaines et imposait un régime de conservatisme qui reposait sur des doctrines moyenâgeuses. Thomas Valiquet propageait de nombreuses idées qui rompaient avec le traditionalisme et, par le fait même, avec le gouvernement de la province, contrôlé en coulisse par le cardinal de Québec, ainsi que le gouverneur.

– Il y a deux façons de voir une colonie d'abeilles. Un régime ferme où chaque individu tient un rôle que l'on ne peut pas changer sans que tout s'effondre. Nous parlons ici de l'ordre naturel des choses. Je préfère voir la ruche comme un seul ensemble, une communauté où chaque membre fait partie d'un équilibre qui permet la création d'un projet commun, le miel.

Dadant l'interrompit.

– On oublie que les abeilles n'ont pas de passions, contrairement à nous, elles ne dérogent pas du plan de la communauté.

– Vous vous méprenez, monsieur Dadant, certaines paressent et d'autres se goinfrent ! lança Valiquet pour le taquiner en mettant un poing sur le genou de son vis-à-vis.

Dadant continua.

– Peut-être bien, mais ici, je parlerais plus de dysfonctionnement que de passions. Vous êtes un homme raisonnable, monsieur Valiquet, mais dans une hiérarchie sociale, les passions sont encouragées au profit de la majorité ; enfin, c'est de liberté d'expression que je vous parle.

Thomas Valiquet ne savait toujours pas pourquoi Dadant retournait en France. Par affaires ? Pour la famille ? Comme conspirateur ? Cela l'intriguait au plus haut point, car Charles Dadant semblait au courant des moindres gestes à la cour de Bonaparte, même si, en Illinois, il était éloigné du palais des Tuileries.

– L'impératrice Eugénie aurait déclaré forfait lors de sa partie quotidienne de tennis en raison d'un nuage d'abeilles qui aurait volontairement attaqué la balle au centre du terrain, dit C. P. Dadant, comme s'il lisait la gazette des princes et des princesses.

Valiquet s'informa par la suite.

– Vous allez bien au congrès, monsieur Dadant ?

– J'y vais, oui, mais je n'y assisterai pas. Je crois pouvoir vous faire confiance. C'est qu'il y a une forte compétition et j'aimerais bien conserver mon exclusivité. Une question de survie.

Il se redressa et s'approcha de Thomas pour lui souffler quelque chose à l'oreille.

– Je vais tenter une expérience : transporter des reines. Je dois rencontrer un apiculteur italien à Paris. Je lui achète des abeilles et je reviens avec elles en Amérique. J'ai tenté quelques fois l'expérience avec une agence, mais chaque fois, les abeilles me sont parvenues malades ou mortes ; c'était trop humide, je crois. J'ai décidé de tenter moi-même la traversée, et si j'arrive à trouver la bonne méthode, je pourrais en faire venir en grand nombre et améliorer notre production. Vous prendriez part à cette entreprise ?

Thomas Valiquet se montra prudent, mais il était tout de même honoré de cette offre. Si cette expérience s'avérait positive, il en ferait la promotion en Montérégie. Le transatlantique à vapeur accélérait le cours du monde. Tout autant que pouvait lui sembler petit son village, Valiquet se sentait plus grand ; il contribuait à cette marche du progrès sur le pont du *Lafayette*. Pourquoi ne pouvait-il pas faire de grandes choses ? Ne serait-il pas l'unique représentant apiculteur du Canada naissant ? À son retour, il donnerait suite à l'invitation des apiculteurs anglophones de Montréal pour faire partie de leur association. Il serait le premier francophone admis. « *Labor omnibus unus* – un travail commun pour tous. » Pourtant, ils étaient tous si petits en plein Atlantique. Était-ce le phénomène du voyage ? Le fait d'aller vers l'inconnu, ou pas tout à fait ? On l'attendait à Paris ; une adresse et une date. Il pensait à sa femme, Rose, et à ses deux filles, Anne et Geneviève. Elles ne voyaient que le Pain de sucre de la montagne, alors que lui se rendait à l'Exposition universelle de Paris, le centre du monde. Cette molle frénésie le marquerait à jamais. Elle lui offrait des perspectives nouvelles, des illusions dans plusieurs cas, il s'en doutait, mais l'enthousiasme le gagnait tout de même lorsqu'il regardait le ciel. Les idées communautaires de Charles Dadant l'inspiraient et il multiplierait les efforts à son retour pour améliorer le sort de la Fermière canadienne.

La gare du Champ de Mars donnait directement sur le palais de l'Exposition; les deux hommes se séparèrent. Charles Dadant devait loger plusieurs rues au nord, alors que Thomas Valiquet était pris en charge par la Société universelle d'entomologie, dont un représentant l'attendait à la sortie. Les deux hommes promirent de se retrouver, mais ce ne serait pas à Paris.

Chapitre 7

Cochon sauvage

*

Comment en étais-je arrivé là ? Chaque soir, alors que je retournais à la maison, je me remémorais les événements qui me poussèrent à partir pour ce coin reculé de l'Alberta. J'avais quitté ma ville natale en vitesse. En plus de mes outils, je jetai, au fond du camion, une valise contenant uniquement le nécessaire pour un week-end à Québec. Je voulais mener ma propre vie, avais-je dit à mon cousin Vincent à la descente des marches du balcon ; mais en vérité, je voulais surtout m'éloigner de lui. Pendant cinq ans, j'avais été son second et j'agissais toujours en fonction des indications de l'aîné. Furieux que mon départ ait suscité peu de réactions, j'avais roulé sans m'arrêter, ou presque, sinon quelques heures ici à l'ombre, et là sous les projecteurs d'une cantine aux murs lézardés. Une ligne droite blanche, comme un trait sur une ardoise, celle de mon passé. À l'ouest, à Rivière-la-Paix, j'avais espéré trouver du travail chez des membres de la famille éloignée, toujours versée dans l'art de l'abeille et du miel blanc. Ce miel était considéré comme le meilleur qui soit, et le plus pur. Seules les fleurs de trèfle trouvaient le temps de se développer durant cette courte saison estivale.

L'ensoleillement des journées d'été encourageait les abeilles à redoubler d'efforts pendant leur quart de travail, et elles remplissaient les ruches à un rythme soutenu. Je roulais depuis deux heures sur la route qui menait à Falher. Je me remémorais l'accueil misérable que m'avait réservé cette lointaine famille à mon arrivée, trois ans plus tôt : on m'avait offert un lit dans une tente-roulotte non chauffée, quelques dollars de l'heure, alors que je surpassais de loin en compétences le contremaître de l'époque. Il s'agissait d'un trou où se terrer en attendant. J'attendais quoi ? J'avais trimé ardemment pour devenir un apiculteur chevronné, avec Léopold et avec le cousin. Les traditions familiales ne m'avaient pas apporté la sérénité voulue. L'apprentissage avait été brutal. J'avais lutté contre la longueur des journées de travail, de l'aube au coucher du soleil, contre le langage arrogant et provocateur des journaliers, mais surtout, j'avais peaufiné ma façon de manier le fleuret ; l'esquive est la seule défense possible devant l'armée de centaines de milliers de pointes, prêtes à perforer le cuir, la chair et la confiance d'un apprenti. On ne devient pas mousquetaire sans cicatrices. La nature est brutale, mais n'est-ce pas ce qui fait la beauté d'un essaim d'abeilles ? La mort vous pend au nez lorsqu'elles s'envolent devant vous, telle une tornade de prairie. Même à vingt-cinq ans, seul au bout du champ, on chie dans son pantalon, mais on lève le couvercle de la ruche et on y plonge la main sans hésitation. Les abeilles respecteront votre témérité et elles vous désigneront maître de leur logis. Tout est dans l'air, elles nous respirent et nous étudient. Pour ces raisons, les oncles nous poussaient à besogner comme des ânes, à nous endurcir, à permettre cet accomplissement essentiel à la reproduction de cinquante pour cent des espèces de la flore terrestre. Serait-il possible d'exister sans elles? Sûrement, mais ce serait moins savoureux. Les apiculteurs de la famille discutaient rarement de scénarios catastrophes, mais lorsque tous les sujets avaient été épuisés, la virulence des parasites, la brièveté de la floraison de juillet et la crainte de l'apparition du syndrome d'effondrement des colonies d'abeilles, là, ils en venaient à l'apocalypse. Les hommes avaient trop bu et deux camps se formaient: le cousin Vincent et moi. Le premier ne pouvait envisager un monde sans mellifère, alors que moi, je m'en fichais un peu. Le cousin m'insultait et nous allions nous coucher éméchés. Pourquoi n'étais-je pas parti plus tôt? Différentes possibilités s'étaient offertes à moi, de nombreux fermiers m'auraient engagé; canneberge, canola, porc, n'importe quoi d'agroalimentaire. Mais non, j'avais décidé de rester auprès du cousin, de me lever jour après jour pour enfumer des ruchers. Cela me plaisait par moments. La routine, je l'appréciais un peu, particulièrement les samedis où je me sauvais avec mon camion au coffre rempli de pots pour me rendre au marché discuter avec les fermiers maraîchers. Je picolais tout l'après-midi et soufflais aux clients une haleine de vinho verde. « Qu'est-ce que je peux dire comme conneries sur le miel dans ces moments-là », me susurrai-je après avoir raconté une anecdote familiale comme le faisait le grand-père Camille. Je terminais la soirée à la Pizzeria du boulevard, avec Marc du comptoir d'ails et d'oignons.

Deux ans avant mon départ pour l'Ouest, j'avais tenté l'expérience de la grande ville. Ma dernière copine, Éloïse, commençait alors un baccalauréat en administration des affaires à l'Institut de tourisme et d'hôtellerie et, d'un commun accord, nous avions emménagé à quatre stations de métro de là. Elle m'avait charmé avec son sourire lors d'une fête des finissants au collège. C'est l'histoire officielle qu'elle donnait; la vérité, j'en étais un peu moins fier. Elle m'avait saoulé avec une recette de cocktail comprenant deux parties de dry gin, trois parties de tonic, une partie de jus de citron, une cuillérée de miel de trèfle et de la glace. Le tout broyé au malaxeur. Elle avait gardé mon verre plein, et tout ce que je m'étais rappelé au matin en voyant cette fille nue couchée à mes côtés, c'est la recette, que je m'étais permis de refaire avec les amis, vidant la bouteille malgré les bonnes intentions du début de la soirée: « On sera tranquilles, juste un. » Malgré la croyance populaire selon laquelle le sucre de miel contribuerait à la métabolisation de l'alcool par le corps humain, je m'étais levé avec un bon mal de tête. Je n'aimais pas la ville. Je n'appréciais pas la promiscuité — tout était trop près, trop bruyant, trop sale —, ni la solitude qui en résultait. Je baissais les yeux en croisant le voisin sur le trottoir. Je m'achetais des bouchons pour dormir et la senteur des poubelles me déplaisait, un vrai dépotoir. Le rapide déclin de la flore et le déroulement d'une tapisserie de briques avaient détruit toute la sérénité que je ressentais habituellement à l'automne, une étape annuelle qui allait de pair avec la mise en conserves des récoltes, le vin d'après-midi, la sciure de bois, le travail de charpenterie et bien entendu Noël, que je préparais longtemps à l'avance. Je n'avais pas envie d'un appartement qui me rappelait étrangement une alvéole avec, comme colocataire, un acarien qui s'incruste : le varroa. J'avais le sourire aux lèvres sur la route de Rivière-la-Paix : « Éloïse, Éloïse, petit acarien, petit varroa », je l'avais ainsi affublée de ce sobriquet. Inoffensif durant les premières semaines, ce nom de six lettres m'avait servi par la suite à dénigrer tous ceux qui me déplaisaient dans la rue. Varroa les chats, qui auraient dû se trouver dans la grange à dévorer les mulots, mais qui, au lieu, déchiquetaient des sacs de plastique verts pour manger les os d'un poulet bouilli ou lécher le fond d'un sac de tofu aux épinards et jalapeños. Varroa le motard qui, en plus de faire trop de bruit avec son silencieux, rince le moteur de son engin à trois heures du matin. Varroa les passants qui marchaient trois de large sur les trottoirs sans laisser l'espace pour passer ni à gauche ni à droite. Varroa! Éloïse n'y portait pas attention, elle avait une notion réduite de la signification de ce mot d'amour. Un acarien tout petit qui se vautrait dans la gelée du couvain. Je trouvais que cela lui allait bien, un varroa qui ne sort jamais de ce monde à six côtés. Éloïse sortait tout de même pour aller à ses cours et pour m'accompagner au marché. Elle passait la majorité de son temps à étudier ou à déplacer ses vêtements d'une pièce à l'autre. Elle faisait l'inventaire jour après jour de sa garde-robe. Elle la considérait comme étant paysanne; passant d'une ville agricole à la métropole, elle se devait de tout modifier. Les changements de mannequins dans les vitrines de l'artère commerciale lui faisaient repriser et découdre tout ce qu'elle avait confectionné la saison précédente. Je savais que je devais partir, la quitter un soir après l'avoir baisée. Nos rapports sexuels étaient devenus épisodiques, une fois par mois, presque programmés. Je devais faire un gros effort pour y parvenir, car je m'imaginais constamment comme un acarien s'affairant dans le rayon de la ruche. Au matin, j'avais mis mes choses en ordre et quitté Éloïse pour toujours. J'avais écrit sur un autocollant trifolié: « Adieu ! » Mais pour le temps que cette relation avait duré, j'avais lutté farouchement contre cette ville, tentant d'y faire ma place. Je n'étais pas arrivé à concilier l'exiguïté de son trois et demie de la rue Hochelaga. J'avais difficilement oublié le confort de la maison familiale en façade des champs. Je passais le plus clair de mon temps à travailler alors que j'avais cumulé différents emplois. Je m'étais tenu le plus possible à l'extérieur de l'appartement. J'avais occupé un emploi de camionneur où je livrais des matelas trop mous pour être confortables et trop larges pour les cages d'escaliers d'un édifice aux nombreux étages. J'avais donné une charge de cours dans un centre communautaire où j'enseignais les rudiments de l'agronomie aux bourgeois qui espéraient transformer leur carré de terre en Jardin de Métis. J'avais aussi fait du bénévolat les dimanches à l'Insectarium de Montréal, agissant comme guide-accompagnateur. Cette activité me revigorait chaque fois que j'entrais dans la salle des abeilles, alors que je retrouvais la sérénité. Quelques minutes avant l'arrivée des entomologistes en herbe, je m'enfermais et monologuais en solitaire. À l'ouverture des portes, je savais que j'impressionnerais petits et grands par l'étendue de mes connaissances et son mon ton solennel et feutré, qui rappelait la voix du grand-père. Je m'imaginais même impressionner le maître Georges Brossard, alors que ce dernier gardait les yeux ouverts sans un battement de paupières durant la présentation, les globes oculaires humectés par des sources thermales sous-cutanées. C'est l'impression que j'avais conservée durant les douze minutes de mon exposé sur l'abeille italienne. J'avais regretté de ne pas avoir pu lui serrer la main, devant compléter ma tournée du musée des insectes. L'entomologiste s'était retiré sans dire un mot. Aussi, je m'étais associé à un projet qu'un conseiller municipal m'avait proposé lors d'un souper à l'ITHQ, où je m'étais rendu pour encourager Éloïse. L'élu m'avait demandé si les abeilles pouvaient vivre en ville. Je n'avais pas su quoi répondre, certainement que oui. Mais la qualité du miel serait-elle adéquate à la consommation ? Y avait-il des fleurs ? J'avais pris sa carte professionnelle et mené mon enquête. J'avais déambulé dans les rues et les ruelles à la recherche de ruchers. Je sortais la tête par la fenêtre du camion de livraison lorsque je croyais repérer la cachette secrète d'un essaim d'abeilles. Ces dernières existaient donc en ville, au parc La Fontaine, par exemple, et même sur le toit d'une cantine à patates de la rue de la Montagne. Tout de même, il devait y avoir des fleurs en abondance pour créer un miel de bonne qualité. J'avais joint l'élu, et écouté la proposition qui consistait à créer des fermes urbaines qui devaient fournir avantageusement les moins bien nantis, et améliorer la qualité et la diversité de l'alimentation. J'avais proposé d'y réfléchir et de continuer mon investigation. Toujours au volant de la camionnette en pleine nuit sur cette route de Falher, je me souvenais de m'être très rapidement enthousiasmé. Je m'étais senti valorisé par quelque chose, en ville, qui mettait en valeur mes compétences. Il ne s'agissait pas de la production annuelle d'un bien de consommation, le miel, mais de la mise sur pied d'un réseau d'entraide. J'avais découvert, durant mon enquête, que diverses expériences avaient été faites partout dans le monde et qu'il en avait découlé de belles réussites ; il y en avait une à Québec, qui avait retenu mon attention : il s'agissait d'une combinaison de toits verts, de boîtes à fleurs ornementales et de jardins biologiques. Pour réellement aider un arrondissement, il me faudrait des milliers de ruches. J'avais revu mes ambitions à la baisse et cherché à fournir un seul quartier. Pour bien circonscrire ses possibilités de réussite, j'avais délimité un périmètre hexagonal au crayon-feutre mauve sur une carte que j'avais affichée au mur de ma chambre-salon. Chaque intersection accueillerait huit ruches éloignées par trois kilomètres de rues et de ruelles où je dénombrerais, à proximité, une quantité appréciable de fleurs sur les toits et les balcons, dans les jardins et les parcs. Les lieux devaient être sélectionnés avec précision. Ils détermineraient la qualité et le poids de la culture. Je cherchais aussi à contourner la problématique de l'enfumage dans un milieu hostile comme une ruelle bétonnée, où quantité de draps et d'édredons étaient susceptibles de sécher sur des cordes à linge. La première séance de consultation rassemblait le gratin du district Saint-Jacques : un banquier, un directeur commercial, un éditeur de journaux, un associé d'un important cabinet d'avocats, un diplomate d'une association touristique et un chef de cuisine renommé. Je ne m'étais jamais senti aussi à l'étroit dans une paire de jeans. Je repris contenance lorsque j'eus compris que tout le monde était là pour moi et qu'ils se fiaient à mon expertise. J'avais d'abord écouté chacun d'eux exposer à tour de rôle leur idée de grandeur en ce qui a trait à la production apicole. Ils avaient bien entendu cherché une formule pour paraître d'avant-garde, faire miroiter le quartier internationalement, être plus dynamiques que les Scandinaves, plus doués que ceux de la côte Ouest et pourquoi pas mieux nourris que les Français. Tous s'étaient entendus pour dire que l'héraldique montréalaise présupposait la réussite de ce projet ; les abeilles produiraient à partir du lys, de la rose, du chardon et du trèfle.

– S'il y a du trèfle, ce sera gagnant ! m'étais-je exclamé.

Le chef cuisinier, pris de patriotisme pour son île, avait mimé la préparation de sa future salade de fleurs et sucré son émulsion de poivron balsamique de deux gouttes de miel du Vieux-Port. Il revendiquait déjà des étoiles chez Michelin, un entrefilet dans le *Vanity Fair* et quelques photos dans le *Wallpaper* que l'on découperait à la lame de rasoir pour les suspendre dans le corridor, près des toilettes.

– Un centre-ville branché et vibrant, s'était esclaffé le conseiller municipal.

Seul le juriste avait osé soumettre certaines considérations légales, mais il s'était rallié aux autres, s'expliquant que le débat juridique qui entourerait ce projet serait toujours plus intéressant que ce dossier dont il n'arrivait pas à se débarrasser. Maintenant à deux mille cinq cents kilomètres de distance de Montréal, je trouvais l'idée saugrenue de rapprocher la ville de la campagne, ou plutôt d'intégrer la campagne à la ville. Mon idée à ce sujet est claire aujourd'hui. Les bourgeois, après avoir vidé les champs de leur contenu de Longueuil à Saint-Hilaire, planté maisons, lampadaires et cafés express, trouvaient dès lors la campagne trop éloignée et voulaient pouvoir en jouir tout le temps sans se déplacer, mais sans les odeurs ni les inconvénients. Pourquoi ne pas amener agriculteurs et abeilles dans la cour ? On m'avait demandé de produire un miel aux alentours du square Victoria. Les abeilles devaient se frayer un chemin entre les titres immobiliers, la progression du TSX, les couvertures des tabloïdes, les hauts et les bas de l'aviation mondiale et depuis peu, les rassemblements de camions de cuisine de rue à la mode. Je trouvais bien ridicule que l'on accepte de payer douze dollars pour un sandwich qui salirait notre veston. Moi, je buvais le café à un dollar et grignotais des sandwichs aux œufs de la cantine en inox de Pascal, immanquablement à la fabrique à midi, sirène hurlante. En ville, les touristes et les avocats risquaient de se faire attaquer par les guêpes, des têtes chercheuses de tapenades aux betteraves, de gelatos à la pistache, de relish à l'anis et d'autres délices sucrés de ces cuisines roulantes. Jusque-là, je réussissais à produire un miel polyfloral de grande qualité, quoique trop ambré à mon goût. L'opération charme avait fonctionné et les médias m'avaient interpellé tout au long du mois de juillet. J'avais participé à des entrevues pour des magazines de voyage, de mode, d'urbanisme et même pour un blogue prodiguant des conseils de soins pour bébé. J'avais spécifié :

– Il n'est pas recommandé de donner du miel à un bébé naissant.

Les abeilles butinaient, et l'apiculteur s'était félicité de son travail, assis sur une clôture de pierres taillée du centre-ville. L'aventure avait abruptement tourné après deux mois de récolte, au retour des vacances de la construction. Le propriétaire d'un quotidien, piquant de sa fourchette une particulière assiette fusion, avait été pris de convulsions lorsqu'une abeille, en désaccord avec son éditorial du matin, lui avait planté son dard dans le poignet. Dans cette mise en scène, l'éditorialiste s'était comparé à Socrate, « attaché à ses employés par la volonté du marché pour les stimuler comme un taon stimulerait un cheval ». Le jour même, il avait licencié trois cents syndiqués. Un journal concurrent avait titré : « Quelle mouche l'a piqué ? » J'avais reçu l'ordre le lendemain par messagerie texte de retirer les ruches et d'en disposer. Je m'étais trouvé naïf, alors que seuls les grands espaces et le silence du trèfle qui pousse me plaisaient réellement. Me plaire était peut-être fort, mais je ne m'en plaignais plus. Je revoyais alors la note laissée à Éloïse sur la porte du congélateur, une présence amie me manquait, mais j'avais choisi un autre itinéraire. J'étais donc retourné suivre la routine familiale qui se perpétuait depuis six générations. J'enseignais aux scouts durant les week-ends. Jeannettes et louveteaux de la région venaient subir leur initiation et recevoir leur effigie d'abeille à la fabrique. Pourquoi se transmet-on ces savoirs qui n'intéressent plus personne ? Il n'y a presque plus de fleurs aujourd'hui, on cultive du maïs et du soya ; à quoi bon propager de telles valeurs et de faux espoirs à notre descendance ? Avais-je manqué d'ambition ? J'avais pris le chemin de la facilité, aveuglé par cette prétendue fierté, celle suscitée par le passage de l'apprenti au statut de maître et par l'obligation de perpétuer la race. Non celle de l'*Apis mellifera,* mais celle des apiculteurs. Des êtres taciturnes, bien bavards autour d'un hydromel, mais toujours sur leurs gardes, à l'affût d'une éventuelle piqûre. De bonnes récoltes me redonnaient une certaine dignité. Je ne voulais plus perpétuer la tradition, ayant renoncé, à mon arrivée dans l'Ouest, à faire des enfants; aussi avais-je tiré un dard sur Éloïse. Je n'avais pas été suffisamment séduit par cet orgueil des âges précédents. Combien de générations avant que s'avachisse la lignée? Que les abeilles pondues par la reine ne soient plus assez aguerries pour voler ni pour climatiser la ruche en été? Qu'elles soient uniquement bonnes à se goinfrer de miel? Je traînais ainsi mon héritage depuis deux ans, comme un voile pour l'enfumage que l'on dépose sur la tête quatre fois par semaine. Pourquoi ce métier chaque jour, me demandais-je? Et puis, ce n'est pas si mal, finissais-je pas me dire; au moins, je suis mon propre patron. Je pensais à tous ces plombiers, à ces soudeurs qui sont employés des pétrolières tout au nord et qui vidaient le sol comme moi je vide une hausse. Chaque jour, je roulais de champ en champ, comme le dernier de la descendance, je n'avais toujours pas de nom. La route sombre s'étalait devant, je levai les yeux et des yeux exprimant la peur apparurent sous les phares de la camionnette. Cette peur se transforma en mort dans le regard de ce cochon sauvage que je percutai. Je freinai trop tard et la bête immense de cent quarante kilos s'enfonça dans le pare-chocs, sans toutefois atteindre le moteur. Grâce à mes bons réflexes, je réussis à ne pas heurter le volant avec ma tête, tendant les muscles de mes bras, aidés par la ceinture de sécurité que je portais par automatisme. Une fois le véhicule immobilisé, plus de vingt mètres plus loin, je me détachai, laissai le moteur tourner et sortis du véhicule. La grosseur du cochon sauvage m'impressionna ; jamais, auparavant, je n'en avais vu de si costaud. On chassait souvent cette bête dans le coin, mais il fallait un tireur habile pour l'abattre du premier coup. La forme que laissa la bête dans le métal me rappelait un masque de miel blanc que Camille m'avait donné. Il reposait sur la table du salon, servant à toutes sortes de choses autres, notamment de cendrier pour quelqu'un qui ne fume pas. Je n'y avais pas porté attention depuis quand ? Je n'ai jamais compris comment il fonctionnait. Pouvait-on voir le passé avec ? Son blanc tacheté et immaculé demeurait intact malgré les souillures et les déménagements et que je lui faisais subir. J'allai à l'arrière de la camionnette, ne pris pas le temps de sortir les feux d'urgence, car personne ne verrait, personne ne passait par là à cette heure du matin. Je sortis une corde synthétique fluorescente que je nouai autour du cou de la bête et je tirai. Je tirai. De toutes mes forces, je tirai. Je réussis après une demi-heure d'efforts à étendre le cochon sauvage dans le camion. Je dus pour cela accrocher la corde à la rampe de la plateforme pour arriver à hisser la bête. Ce n'était que cinq pieds de haut, mais toute cette chair, malgré ma bonne condition physique, qui me permettait de lever cinquante kilos, me mit à rude épreuve. Le cochon reposait sur les outils. Je m'assis, trempé, dans la cabine. Je mangerais du cochon durant les six prochains mois. Je n'avais toujours pas de nom, j'étais le dernier d'une suite ininterrompue. « Mais qui se préoccupe de la filiation, aujourd'hui, à part ceux qui s'intéressent à la numismatique ou à la généalogie », me demandais-je à voix haute. Je n'avais toujours pas de nom, mais je naîtrais...

Chapitre 8

L'abeille qui pique n'est pas la dernière

*

Camille balançait les jambes et ses talons heurtaient le rempart de pierres de la balustrade de la terrasse Dufferin. Il admirait la reproduction de la tour Eiffel construite pour l'occasion à l'aide de neuf cents pots de miel fournis par les organisateurs du VIIe Congrès international d'apiculture. Camille venait d'avoir quinze ans et accompagnait Uldéric, son père, à cette réunion de l'élite des apiculteurs du monde. On lui reconnaissait déjà une grande sensibilité au comportement de l'*Apis ligustica*. Certaines mauvaises langues racontaient que ses immenses oreilles longitudinales frétillaient à l'approche de l'une de celles-ci. Tout de même, Camille comprenait le comportement d'une abeille uniquement à la voir voler. On remarquait cette aptitude chez les apiculteurs accomplis, du jamais vu à un âge si précoce, disait-on. Il pourrait confirmer ses capacités alors qu'il se mesurerait à d'autres apiculteurs dans les divisions juniors lors des épreuves de dressage d'abeilles. La compétition comporterait plus d'une vingtaine d'épreuves; certaines, plus manuelles, s'adresseraient aux novices, comme l'écumage des rayons ou le lever du rucher. Camille participerait aux trois épreuves les plus difficiles : le transport de cinq kilos de miel, catégorie mille ouvrières, la course à obstacle avec des abeilles noires et enfin, le concours d'interprétation du langage. Il s'agit de demander à l'apiculteur de comprendre les plus petits signes de la gestuelle des abeilles. Son père l'inscrivit le matin, dès leur arrivée. Les délégations de tous les pays y participeront. Les hommes et les femmes seront installés dans des classes différentes. Assis au bord de la terrasse illuminée avec des ampoules General Electric, le jeune Camille, en attendant la compétition, s'interrogeait sur la raison qui poussait son père à le présenter à tout ce monde. Son opinion ne comptait pas lorsqu'il était question de ses fréquentations. La fabrique tenait lieu de forteresse, et seuls les officiers pouvaient entretenir des relations. Par contre, il avait souvent rencontré d'autres apiculteurs venus à Saint-Hugues ou à Saint-Hilaire pour discuter affaires, mais jamais il n'en avait vu autant se rassembler. Uldéric lui avait parlé d'un certain C. P. Dadant d'Hamilton dans l'Illinois. Camille devait le tenir en grand respect.

– Il est le plus éminent apiculteur d'Amérique, lui apprit son père.

Mais Camille ne s'en laissait pas imposer et ses habiletés au travail le rendaient prétentieux. À onze ans, il attirait déjà les abeilles à lui. Il levait ses bras dénudés qu'il avait enduits de pollen ou de sucre, approchait de la ruche, et des milliers d'entre elles venaient se poser sans crainte, donc sans le piquer. Cette connaissance lui venait d'une nuit au verger avec son père Uldéric et l'aïeul Ulric. Il avait fait semblant de dormir à même la plateforme du camion, le visage dissimulé dans la paille. Il avait écouté la conversation qu'avaient tenue les hommes. Ulric transmettait ses ultimes connaissances à Uldéric; il lui avait fait passer le test des trois énigmes. Camille n'avait pas compris toutes les subtilités de la cérémonie, les hommes s'étaient déplacés régulièrement autour de la colonie fondée dans le verger en haut de la Montée des Trente. Il avait un peu relevé la tête lorsqu'il avait entendu le vol frénétique de dizaines de milliers d'abeilles qui tournaillaient autour de son père. Elles l'avaient recouvert, certaines allant même s'introduire dans la bouche de l'homme. Camille avait eu peur et à tout moment, il s'était imaginé qu'il verrait se retirer les abeilles qui phagocytaient son vieux; chaque petite particule serait emportée pour remplir les alvéoles, qu'elles boucheraient d'opercules. Il avait eu du mal à calmer son excitation, qui le faisait respirer rapidement. Il avait continué à jouer au mort sur la plateforme du véhicule et avait eu l'air surpris lorsque Ulric lui avait pincé la cuisse pour le réveiller. La nuit suivante, il avait dormi de façon très agitée, ses ouvrières neuronales élaborant un plan jusqu'au lever du soleil. Une fois les chevaux d'Ulric sellés, Camille s'était rendu à la même colonie qui avait servi de théâtre la veille. Il avait laissé brouter Baptiste et Batoche, un fainéant et une trotteuse, alors qu'il s'était badigeonné de pollen à l'aide de marguerites et de menthes. Il avait ensuite levé les bras et convoqué les abeilles au repas, sans grande réussite. Quelques centaines seulement étaient venues s'approvisionner en pollen. Il ne s'était pas découragé et avait repris l'expérimentation le lendemain ; cette fois, il avait attiré un millier de farouches travailleuses, puis le surlendemain, elles avaient répondu comme des dévotes à la messe du dimanche. Ses bras couverts en entier ressemblaient à des tatouages sur les omoplates d'un marin de Sorel ; ses muscles se bousculaient entre le roulis et le tangage. Il n'avait pas osé bouger les bras, car il craignait une réaction en chaîne, qui aurait conduit les insectes à lui percer la peau cuivrée du milieu d'été. Le vrombissement avait rempli ses oreilles comme une mauvaise transmission hertzienne d'un RCA Radiola. Uldéric l'avait découvert à sa quatrième performance. Batoche était revenue seule à la maison au bas de la côte, alors qu'elle courait après son ombre. Craignant le pire, Uldéric avait enfourché la bête écervelée et grimpé au trot jusqu'à la colonie, à la recherche de Camille. À son arrivée, les abeilles recouvraient déjà la moitié du corps de l'enfant. Il avait récupéré l'enfumoir et déversé un nuage opaque et graisseux sur son fils, qui avait avalé une grande quantité d'abeilles. Elles avaient quitté le corps de l'enfant pour retourner aux fleurs du verger. Camille crachotait la boucane qui brûlait ses poumons. Uldéric l'avait sévèrement réprimandé à coup de branches d'érable sur les mains et les tibias. Il avait vociféré que cette activité était celle d'un fou :

– Ne connais-tu pas déjà le puissant poison que contient un dard ?

Jamais Camille n'avait encore été piqué. Il ne pouvait donc pas connaître l'intensité de cette douleur.

– Imagine-toi que dix mille abeilles te piquent en même temps, gamin, avait dit son paternel pour le sermonner.

Uldéric avait frappé les jointures du jeune apiculteur, qui avait pleuré comme une fontaine. Le sang avait coulé des mains de l'enfant, ses jambes s'étaient cabrées et des spasmes avaient secoué ses cuisses et ses épaules. Uldéric avait cessé lorsque Camille s'était péniblement relevé pour défier son paternel. « Pourquoi tu me frappes chaque fois que tu n'es pas d'accord avec ce que je fais ? Tu ne donnes jamais d'explications. Je ne suis pas une mule comme cette vieille Batoche. J'ai aussi droit à mes actions et à mes opinions. » Uldéric répondit sèchement : « La ferme et avance. » Camille en mettait un peu, son vieux ne l'avait pas battu à mort, mais il aurait bien aimé que son père soit plus tendre, comme sa mère, qu'il ne voyait presque jamais, puisqu'elle vivait chez ses parents avec les trois frères et sœurs de Camille. Il était en colère contre Uldéric durant le trajet ; le vieil homme était sur Baptiste et Camille, sur Batoche. Mais cette violence s'était dissipée au bas de la côte.

Aujourd'hui, à Québec devant le bronzé Château Frontenac, il remerciait le vieux de lui faire encore confiance. Il savait qu'Uldéric faisait de son mieux pour élever sa famille dont il avait la charge. Des coffres de maçonnerie épars rappelaient le ciment frais de la tour centrale de l'hôtel qui venait d'être inauguré. Excité de rencontrer ses semblables venus d'Europe et d'ailleurs, il se retourna et déposa le coude sur la rampe. Il voyait le port, le *Minnedosa* à quai, bateau de plaisance du Canadien Pacifique qui transportait les vacanciers à travers l'Atlantique. Irait-il de l'autre côté de l'océan un jour ? Outre la tour de miel qui ressemblait, dit-on, à celle de fer au centre de Paris, Camille ne connaissait encore rien du Vieux Continent. Les Européens sont-ils si différents des Canadiens français ? Comment est-ce, huit jours sur la mer ? Son regard tentait de percer au-delà de l'île d'Orléans, quelque part vers l'Orient. Il connaissait ce nom, peut-être un ancêtre, selon grand-père Ulric, qui avait quitté les côtes à une autre époque. Il ne détenait pas les réponses à ses questions. Il lui semblait qu'il commençait à peine à découvrir l'étendue du monde. Il n'avait pas souvent été plus loin que le bout du rang.

Là-bas, il était déjà quelqu'un ; chez lui, il faisait partie d'une lignée d'apiculteurs, d'une famille dont il serait un jour le chef, se disait-il, les yeux au ciel. Un cerf-volant dérivait vers trois jeunes filles vêtues de robes blanches et de couvre-chefs bleu marine. Elles se disputaient la corde menant à l'oiseau de papier tenu en laisse. Que peut-il y avoir de si plaisant à faire tourbillonner un bout de papier au gré du vent ? À sa dernière chasse avec le paternel, il avait abattu trois canards avec la carabine. La détonation avait accéléré ses pulsations cardiaques et lui avait donné une vive impression d'exister et une impression de contrôle sur son environnement. Il passait en revue les touristes qui observaient les différents produits vendus aux étals : des souvenirs, des Red Ensign, des porcelaines, des tissages, des écussons et du miel, des tonnes de miel. Ces gens étaient étrangement vêtus selon Camille, qui ne fréquentait que des cultivateurs. La foule, ici, se composait de notables, de voyageurs et de soldats britanniques. Le veston brun qu'il portait détonnait, puisqu'il avait l'habitude de porter de la laine et des jeans. Les soldats rouges le faisaient rire ; ils étaient probablement bien mal à l'aise sous leur accoutrement pour parader, et cette couleur criarde leur donnait l'allure de cibles faciles, en plein centre d'un champ de bataille. Camille s'imaginait à Bagot, détroussant à la Winchester ces miliciens comme s'il s'agissait d'un escadron d'outardes. Son père n'avait pas voulu qu'il porte son habit du dimanche. Il lui avait cherché un complet un peu plus urbain. Ils s'étaient arrêtés à la mercerie pour y trouver un costume qui le rendrait respectable avant de prendre la route provinciale vers la capitale. Il balançait toujours les jambes à la balustrade. Son apparence ne le dérangeait guère. Il savait qu'il pouvait compter sur ses capacités. Il se prenait déjà pour un adulte sérieux, un petit soldat fidèle, mais combien intrépide. Trois hommes s'approchèrent de Camille. Uldéric fit signe de la main à son fils de le rejoindre, et il fit les présentations.

En sa compagnie, un certain Patenaude, le président de cette édition de 1924 du congrès apicole et C. P. Dadant, apiculteur du centre des États-Unis, déambulaient. Longeant la rambarde, ils alimentaient une conversation qui s'étirerait au-delà du soleil qui se coucherait éventuellement derrière les Laurentides. Elle portait sur les difficultés de se procurer des abeilles au printemps pour recréer la colonie. Seuls quelques apiculteurs étaient capables d'élever des reines dans la province, le climat hivernal ne permettait pas de faire la culture intensive des abeilles, et le gros des stocks venait du Sud, c'est-à-dire de Floride, du Texas et de la Californie. Dadant en expédiait déjà de bonnes quantités par train, mentionnait-il. Camille interrompit son exposé :

– Je suis certain que l'on pourrait produire les abeilles ici si on se donnait la peine de financer les élevages ; vous seriez partant ?

Une abeille, à cet instant, vint se poser sur le nez de Camille et y enfonça son dard. « Ouch ! » Camille leva le poing en l'air : « Bande de salauds ! Lâches ! Comment avez-vous pu ? Elle était innocente. » Il regardait les trois hommes, et plus spécifiquement Patenaude, qu'il associait sans savoir pourquoi à Dracula. Il était piqué pour la première fois de sa vie. Dadant, Uldéric et Patenaude s'esclaffèrent. Uldéric dévisagea son fils et le sermonna, le poing en l'air :

– Tu es bien puni pour ton orgueil, toi.

Dadant porta son attention sur le jeune. Il était attiré par la franchise de Camille. Il lâcha :

– Ne vous en faites pas, je m'apprête justement à faire une annonce dans ce sens.

Patenaude, fin commerçant, s'approcha de Dadant. Il ne laisserait certainement pas les Paradis profiter de cette opportunité. Il connaissait l'étendue de la fortune de l'Américain et tentait de le séduire. Camille se frottait le nez. Il avait les yeux rougis par les larmes ; la piqûre ne lui faisait pas vraiment mal, mais son amour-propre souffrait jusqu'à la moelle. Il savait que les abeilles piquaient rarement sur le bout du nez. Elles s'en prennent généralement aux membres plus exposés, tels que les jambes et les bras. Il savait aussi qu'il venait de se mêler d'une discussion qui le dépassait. Il était souvent prompt à réagir à la place de son père, à prendre des décisions qu'il n'avait pas encore mûries. Il le trouvait tellement vieux et tellement sénile ! Il exagérait ; des fois, Camille trouvait Uldéric insupportable dans sa lente analyse des actions à prendre. Véritablement un homme du XIXe siècle ; il capitulait. Il ne croyait pas au hasard ni aux actions divines. Il savait parler aux abeilles, et celle qui venait de le poinçonner était guidée par un maître expérimenté qui agissait avec célérité. Le problème consistait à savoir lequel. Était-ce Uldéric, Sir Patenaude ou Dadant qui l'avait attaqué par le biais de cette abeille ? Camille n'osait pas se prononcer, chacun des trois détenait des motifs raisonnables pour commettre cet acte suicidaire. Et pourquoi sur le nez ? Question simple, mais ô combien importante ! Cet emplacement signifiait sûrement : « Ne mets pas ton nez n'importe où ! » Ou peut-être : « Tu es mal élevé ! » Ou encore : « Respecte le droit d'aînesse ; à ton âge, on attend que quelqu'un nous permette de parler. » Camille n'en resterait pas là, il répliquerait à la première occasion. Ils reprirent leur marche sur les planches de la terrasse, visitant un à un les étals des exposants. Ils observaient les trouvailles et les inventions parfois utiles, autrement loufoques. Camille marchait légèrement derrière. Craintif, il observait les trois hommes et il mettait en doute les motifs propres à chacun d'entre eux de l'avoir provoqué. Arrêté devant un présentoir de cierges et de Jésus de cire, il porta son attention sur Patenaude. Il était vêtu d'un costume noir, portait une montre à la poche et était coiffé d'un haut-de-forme à la mode dans le Golden Square Mile ; Camille trouvait cet accoutrement fastueux pour un apiculteur. Ses longs doigts crochus et son insigne d'arbitre n'auguraient rien de bon pour lui, si Patenaude désirait l'éliminer de la compétition. Il semblait fort habile à séduire l'assemblée, comme un haut magistrat de la Cour du banc du Roi, précis dans sa conclusion de l'exposé, maîtrisant l'effet de toge. Patenaude était le seul apiculteur de la province de Québec à détenir le grade IV international. Il supervisait les épreuves durant le congrès. Patenaude s'adressait à ses pairs :

– La semaine dernière, j'ai obtenu l'exclusivité chez Dupuis Frères. J'ai présenté à monsieur Dupuis la grande qualité du miel que nous produisons et il nous fera l'honneur d'être présent au souper de demain soir.

À l'écouter, Camille pouvait imaginer que son principal motif était de démontrer à Dadant qu'il avait un ascendant sur les Paradis, sur Uldéric et sur lui. Tout cela ne serait que politique. Son titre de Sir, disait-on dans la confrérie, il l'aurait obtenu en échange d'un masque de miel qu'il aurait confectionné. Il contrôlait déjà la distribution à Montréal, et imposait à la concurrence un prix très bas à la livre grâce à son immense capacité de livraison de miel. En réalité, il produisait peu par lui-même, il détenait peu de ruchers, mais achetait à d'autres producteurs une grande quantité de miel qu'il mélangeait pour enfin les embouteiller sous l'étiquette Patenaude Honey & Bee à Valleyfield. Camille trouvait le personnage antipathique, et il ne lui inspirait pas confiance. Uldéric avait déjà mentionné quelque chose à son sujet, qu'il intimidait les apiculteurs pour obtenir leurs récoltes à prix dérisoire. Il avait hérité de la ferme familiale, que ses aïeuls avaient bâtie depuis le début de la colonie. Et son titre de délégué principal de l'Association des apiculteurs s'était également transmis de génération en génération. Camille observait les cierges des sœurs d'Oka, de minces chandelles de six pouces, des cierges de quinze pouces et des lampions à deux sous. Patenaude aurait aussi voulu affirmer son titre de président du congrès, démontrant à tous qu'il serait l'unique ambassadeur auprès des délégations étrangères, soit les délégations allemande, argentine, espagnole, française, italienne, mexicaine et suisse. La religieuse vantait les mérites de ses lampions qui, grâce à leur bénédiction lors de la messe de Pâques, accompliraient le souhait de celui qui l'allumerait avec humilité. Camille acheta un lampion à la religieuse. Il tendit les sous et glissa le bout de cire dans la poche de son veston. Il rejoignit les trois hommes et vint se positionner à la droite de Dadant. Ce dernier était vêtu d'un manteau de cuir beige poilu par endroits, et d'un chapeau de cow-boy qui rappelait à Camille *La Caravane vers l'Ouest*, l'unique film qu'il avait vu de sa vie lors d'une exposition agricole, un an auparavant. Dadant ajouta :

– Nous avons beaucoup de difficultés avec la loque européenne.

Uldéric renchérit :

– On dit que les Anglais ont d'énormes problèmes à développer des colonies. Est-ce pour cela qu'ils ne sont pas présents ?

Sir Patenaude se tourna et tenta une explication, tout en défendant sa mère patrie :

– Vous avez raison, les Anglais n'ont pas présenté d'apiculteur, il semblerait qu'ils n'ont pas réussi à retrouver le rythme de production de 1914.

Certains apiculteurs rencontrés prétendaient que la loque s'était développée parallèlement à l'utilisation des gaz lacrymogènes. Cette combinaison de faits provenait des émanations putrides qui se dégageaient des ruches et que l'on associait à la toxicité de l'air dans les tranchées de Loos en 1915. Patenaude éluda cette question embarrassante et Camille reprit la parole, sans même se voiler le nez :

– Qu'est-ce que la loque ?

Dadant expliqua sommairement :

– Un parasite qui s'attaque au couvain. La reine arrête de pondre et il faut la remplacer dans chacune des ruches. L'autre problème est qu'il faut acheter ou produire de nouvelles reines.

Depuis le début de l'arrivée des Européens en Amérique, les apiculteurs font venir les reines d'Europe et, depuis peu, des États-Unis, qui en produisent maintenant en grande quantité, mais elles coûtent cher à transporter par train à travers le continent.

– L'idée est de croiser différentes abeilles pour produire des reines plus résistantes à votre climat, proposa Dadant.

– Une reine des neiges, lança Camille.

Dadant souriait et regardait le jeune apprenti :

– Ça lui irait très bien.

Le quatuor avançait lentement, invariablement ralenti par les rencontres hasardeuses que proposait chaque kiosque. Le soleil déclinait au bas de la falaise, laissant aux guirlandes de cuivre et d'ampoules le soin d'éclairer les exposants. On trouvait parmi ceux-ci des vendeurs de filets, de cadres, d'extracteurs, de thermomètres, de littérature spécialisée et de pots de miel aux armoiries de toutes les délégations. L'attention de Camille portait exclusivement sur l'Américain. Il savait qu'il se prénommait comme lui et qu'il était né en France durant le siècle précédent. Il savait aussi qu'il était le traducteur et l'auteur de nombreux ouvrages sur les abeilles. Le nom Camille Dadant apparaissait sur la couverture de plusieurs livres présentés chez un libraire scientifique. Le vieil homme semblait sincère, une lumière attentive lui jaillissait des yeux. Pourquoi, alors, l'avoir piqué ? Sûrement par défi, se disait Camille ; ou serait-ce uniquement pour le taquiner ? Le vétéran qui veut prouver à la recrue qu'il est toujours le plus fort mentalement ? Camille se plaisait à s'imaginer en cavale avec Dadant dans une prairie, le chapeau à la main, le cheval cabré et le soleil de cent mètres de circonférence derrière en tapisserie, à la recherche d'un passage pour se rendre au Pacifique. Il remballa son imaginaire lorsque Uldéric lui tapa l'épaule pour le faire avancer.

– Bon, celui-là, s'il m'a piqué, c'est uniquement pour me dire de me taire, se dit Camille pour lui-même.

Il appréciait tout de même son paternel, qui déployait des efforts considérables pour son éducation. Il n'allait pas à l'école, mais recevait des cours particuliers dans toutes les matières et son niveau scolaire surpassait celui de la moyenne des enfants de son âge. La majorité des gens autour de lui ne savait pas lire et encore moins écrire. Lui, il savait même conduire les machines. La balade se prolongea jusqu'à l'extrémité est du château, où ils séjourneraient encore deux jours. En allumant le lampion, il ferait le vœu de ne plus jamais être piqué sur le nez.

C. P. Dadant et Uldéric étaient assis aux premières loges, de simples bancs de pin. On nommait « loges » les espaces qui disposaient de bancs recouverts de molletons pour les fesses. Les deux hommes se remémoraient d'anciennes compétitions officielles, la plupart du temps dignes du Far West ; ils étaient perdus au bout d'un champ à se tirer des abeilles par la tête. Le décor changeait, mais la camaraderie était équivalente au nord comme au sud. Des arbitres amenaient les pots et les ruches devant eux. Uldéric se pencha vers Dadant et lui souffla à l'oreille :

– Vous étiez sérieux, avec votre reine des neiges ?

– C'est votre fils qui l'a suggéré, répondit Dadant.

– Il a beaucoup d'imagination.

– Il est doué, cela se voit, poursuivit-il sans tourner la tête vers Uldéric.

– C'est quand même moi qui lui ai enseigné.

– Et son caractère aussi vient de vous ? demanda Dadant.

– Je suis sûr qu'il va gagner, prédit Uldéric.

– Moi, je vous parie que Nash va l'emporter. Il a tout gagné au sud de la frontière l'an passé, même le concours que j'organise et où je tente de faire gagner mes fils, avoua Dadant.

Uldéric rit.

– Des fois, je crois que je suis trop dur avec le petit. Il ne mérite pas ça.

– Il a l'air solide, dit Dadant.

– Un peu trop ; vous pariez quoi ?

– Vos reines des neiges. Si je gagne, Camille vient travailler pour moi. Si je perds, je vous fournis cent vingt-cinq reines de plus, dont vingt-cinq à mes frais.

Uldéric répondit :

– Un contrat de deux ans pour Camille ou deux ans d'approvisionnement si je gagne.

Dadant approuva d'un hochement de tête :

– Ça fonctionne.

– Et vous m'envoyez sa paye.

– Vous ne lui faites pas confiance ? interrogea Dadant.

– Tout à fait, je parie sur lui.

Dadant sourit.

La compétition tourna un peu différemment de ce que Camille anticipait. Il avait terminé deuxième au transport de cinq kilos de miel. Il fut nonchalant en début de course avec les ouvrières, alors que l'Américain Nash les avait malmenées d'un bout à l'autre. Nash avait distancé chacune de ses abeilles d'un temps suffisant pour qu'elle puisse entrer et sortir de la ruche immédiatement. Camille avait envoyé toutes les abeilles en même temps, ce qui avait occasionné de la congestion et une certaine cohue à l'entrée. Ensuite, il termina troisième à la course à obstacles, alors que le vent de face, inférieur aux deux kilomètres à l'heure permis, avait ralenti ses abeilles noires. Au classement général, il était en seconde position derrière Nash, un protestant du Massachusetts. Il était plus grand que Camille, plus élancé, et d'un an son aîné. Derrière les compétiteurs, la moustache impériale de Patenaude était aux aguets, attentive à toutes tentatives de tricherie ou d'égarement.

Il ne tolérait pas les inconduites, les langages grossiers, ni les effusions de joie. Il élimina un Argentin qui avait retiré son chandail pour célébrer sa victoire au lever de la ruche de quatre-vingts kilos. Camille reçut un avertissement pour avoir profané le nom de Dieu, alors qu'une abeille noire avait décidé de prendre la poudre d'escampette. Patenaude officiait en anglais. Il se concentrait sur les épreuves et ne s'adressait à personne. Chez les femmes, une Kazakh trônait seule en haut du classement, avec cent points d'avance sur sa plus proche rivale. Elle aurait pu compétitionner chez les adultes. La dernière épreuve consistait à comprendre la gestuelle de l'abeille. Quatre d'entre elles paraderaient devant les concurrents et ils devraient en décrire la constitution. Patenaude tenait la ficelle qui ouvrait la porte des cages à abeilles. Chaque compétiteur se tenait à distance égale de deux mètres devant lui. Nash et Camille étaient au centre, directement face à l'arbitre qui demandait le silence à la foule. Le vent cessa de souffler. Camille plissa les yeux; il cherchait déjà à percevoir le comportement des ouvrières. Patenaude leva le bras gauche, propulsant simultanément son veston en l'air de la main droite à l'ouverture des portes. Les abeilles sortirent des boîtes et elles n'eurent pas le temps de faire plus d'un mètre que Camille décrivit leurs mouvements:

– Une abeille qui zigzague de droite à gauche, ça signifie qu'elle s'est égarée. Elle est fébrile lorsqu'elle pratique le mouvement de lacet. Lorsqu'elle vole en roulis avec deux coups d'aile vers l'avant et un vers l'arrière, ça signifie qu'elle a flairé un bouquet. Une trajectoire elliptique inversée atteste de son inquiétude envers le rucher.

Il décrivit ainsi la condition des abeilles plus vite que tous les autres concurrents, avec un ton et un argumentaire digne d'un professeur d'université. Camille avait cette capacité; pourtant, personne ne lui avait enseigné cela, c'était venu seul en observant les abeilles durant l'exercice de ses fonctions. Il reconnaissait la constitution d'une ouvrière posée sur son doigt en regardant son pelage: l'épaisseur, la couleur et la propreté de celui-ci. Il statuait ainsi sur l'état de la colonie. Un pelage gras ocre attestait d'un début de dysenterie, un pelage raide ou hérissé préfigure une malnutrition ou une frayeur. Il restait à l'apiculteur à déterminer de quelle ruche provenait cette abeille. Les finalistes restèrent pantois, regardant Camille célébrer sa victoire, alors qu'il ne leur avait pas laissé placer un seul mot. Généralement, cette épreuve était remportée par le premier qui identifiait deux abeilles sur quatre. Exposer l'état des quatre abeilles relevait du pur génie. Dadant félicita Uldéric, alors assis à sa gauche, dans les estrades.

– Vous aviez raison, il est vraiment doué.

Patenaude ne réagissait toujours pas. Il fixait le vainqueur, stoïque; il clignait des yeux, comme s'il tentait de changer la réalité. Comment avait-il fait? Même lui, l'arbitre, n'aurait pas identifié les quatre en même temps. Se pourrait-il qu'il y ait eu collusion entre les officiels? Et s'il annulait le résultat? C'est de sa gestion qu'on parlerait ensuite. Il n'avait pas le choix, il devait s'en remettre aux juges et à leurs cartes de pointage. Était-ce suffisant pour couronner le petit Paradis? L'épreuve était à peine terminée que Patenaude alla récupérer la feuille de pointage des mains du jury, puis grimpa à la tribune. Il s'approcha du micro et présenta d'abord la gagnante féminine: « Du Kazakhstan, sans véritable surprise, avec mille trois cents points, un record, Andrea Lubitz. » La foule l'acclama, elle se leva et alla rejoindre Sir Patenaude sur le podium. Il lui tendit une gerbe blanche et une médaille d'or. Elle portait un chemisier de soie aubergine, et ses longs cheveux étaient tenus comme une couronne. La foule hurlait. Suivait la remise du prix pour les juniors masculins; après une légère hésitation, Patenaude relut deux fois le pointage. Il nomma Camille Paradis comme étant le gagnant, avec neuf cent soixante-sept points, un de plus que Nash l'Américain. Camille se leva rapidement, les bras en l'air; son père se couvrit les yeux, exaspéré, sachant qu'il allait en entendre parler bien longtemps. Camille marcha rapidement jusqu'au podium et recueillit la gerbe bleue et la médaille d'or. Il se trouvait face à Andrea Lubitz, et lorsque ses yeux rencontrèrent ceux de la Kazakh, son cœur chavira. Il se sentit rougir et ses muscles réagirent comme ceux d'un pantin. Patenaude, tel un marionnettiste, les fit se tourner vers la foule dans un concert d'applaudissements. Camille découvrait cette nouvelle sensation, un objet viral qui vous attaque par le biais de l'air d'un environnement nouveau. Son esprit s'embrouilla et il fut pris de vertige.

Lorsqu'il entra dans la salle des Chevaliers de Colomb, Camille ressentait toujours cette chaleur au ventre. Rien à voir avec le surplus d'acidité que lui procurait la consommation de bières au miel de l'oncle, le vendredi, assis sur la clôture avec les manœuvres. Mais à cet instant, alors qu'il était immobile parmi les adultes, son estomac lui indiquait que quelqu'un lui souriait. Nerveusement, il chercha à travers la foule indisciplinée d'apiculteurs la provenance de ce geste de sympathie. Uldéric, Dadant et Patenaude serraient des mains en traversant l'assistance. Il ne leur prêtait plus attention, mais il suivit leur pas jusqu'à la table sur laquelle il n'y avait pas suffisamment de couverts pour lui fournir un repas. Il porta son regard sur les gerbes de glaïeuls qui lui indiquaient d'avancer jusqu'à la table suivante, où siégeaient de jeunes apicultrices. Les cinq filles lui souriaient, et la plus grande, coiffée d'une tresse française, l'invita à les rejoindre. D'un naturel gêné, il approchait les filles à la foire agricole uniquement pour profiter d'une meilleure vue sur l'arène au concours de l'attrapée du cochon au lasso. Sa panse l'avait dirigé vers cette table dont il s'approcha avec grâce. On jacassait dans plusieurs langues autour de lui. Il avança, et s'arrêta à quelques pas ; il ne connaissait rien de l'étiquette qu'imposait la diplomatie. Il mit sa main droite derrière son dos et la gauche à la ceinture, puis se cambra pour saluer ses vis-à-vis. Après avoir repris sa position d'origine, les épaules à l'horizontale, il clama à haute voix : « Camille apiculteur ! » Les cinq demoiselles, impressionnées malgré son allure provinciale, lui rendirent son sourire en hochant la tête ou en battant la serviette blanche, annonçant ainsi une trêve malgré toutes les velléités internationales propres à un tel congrès. Andrea Lubitz, la championne Kazakh, mit les mains devant elle en signe de salut. Tous les deux arboraient fièrement leurs médailles d'or qu'ils portaient sur le cœur. Camille comprit ce qu'elle voulait dire. Sans aucun préjugé, il s'assit sur une chaise rustique qui ne convenait pas au profil des convives. Il ne connaissait pas cette langue asiatique, ne savait pas où se situait le pays d'origine de cette étrangère, mais il passa des formalités d'usage à une formulation décontractée. Lubie, la nomma-t-il. Il tremblait et ne comprenait toujours pas ce qu'il lui arrivait. Toutefois, il se sentait comme un scout en situation de survie ; les différentes langues des étrangères sonnaient comme de mielleuses comptines à ses oreilles. Son estomac brûlait d'amour pour ces filles. Les six discutaient au rythme endiablé d'un charleston et Camille, comme seul faux bourdon de la tablée, s'imposa comme meneur de conversation, ce qui plut à la jeune Kazakh rougeoyante sous son fond de teint protocolaire. Camille, surexcité, avala quelques raisins grappillés devant lui. Il discutait à droite, avec une compatriote française du nom de Dulciné, des procédés originaux de production de la peinture à l'encaustique. Les deux partageaient cette même activité, c'est-à-dire de lier cire d'abeille et peinture le samedi matin au lever du soleil. À gauche, il comparait avec Elena le poids d'un dollar et d'une lire. Qui de George V ou du Duce valait le plus son pesant d'or ? Cette jolie Tyrolienne était pleine d'orgueil devant Camille en raison de l'expansion tous azimuts à travers l'Occident de l'abeille italienne ; en apicultrice érudite, elle lui enseigna que les jonquilles ornementales posées devant eux possèdent le pétale en forme d'alvéole. En plus, il improvisa et discuta de politiques commerciales et de nectar, autant que des différences inhérentes à chaque partie du monde représentée par la jeune délégation féminine ici présente. Son estomac lui donnait des ordres stricts, soit de conserver les épaules droites, de garder le sourire et d'avoir l'oreille attentive, malgré l'inimaginable complexité de la conversation en vortex. L'orchestre trépignait sur l'estrade, les invités ajustaient leur cancan à ce rythme américain et utilisaient les pavés à la forme d'orgues basaltiques comme jeu de marelle.

– Le trombone permet de jouer fort, mais l'important est le jeu de coulisse, disait Camille en mélomane, les yeux plongés dans ceux de Lubie.

Camille et Lubie trouvèrent refuge dans un entrepôt derrière les cuisines. Des sacs de betteraves en poudre étaient empilés dans tous les coins. Assis sur l'un d'eux, Camille et Lubie se tenaient par la taille, une ultime récompense, comme un trophée que l'on tient maladroitement par la base à la suite d'une première victoire. La porte s'ouvrit de quelques centimètres, une main s'introduisit par l'ouverture et pointa les amoureux. À cet instant, Camille comprit tout ce qui avait entraîné cette suite d'événements, les papillons au ventre, l'adrénaline, la facilité à s'exprimer et la joie de vivre. Il comprenait enfin la chimie des phéromones qui s'opérait dans les airs, entre les êtres et lui, entre Lubie et lui. Pendant qu'il l'embrassait, il ouvrit un œil, tendit la main et la referma aussitôt sur l'abeille lancée de la porte pour lui piquer le nez. Son père Uldéric avait manqué son coup. Comme apiculteur, Camille surpassait son paternel ; il savait aussi charmer les demoiselles et devint encore plus prétentieux. Il mit l'abeille dans sa poche et se concentra à nouveau sur les tendres baisers de Lubie.

Chapitre 9

Apiphile

*

Ce mercredi soir-là, Chartier répondit à un drôle d'appel. Il était à la maison et s'occupait à nettoyer son véhicule tout-terrain dans le garage. Au téléphone, le répartiteur du 9-1-1 l'informait qu'un incendie était signalé au centre-ville de Saint-Hugues. En premier répondant et pompier volontaire, l'appel lui était destiné. Chartier ne put s'empêcher de sourire. Au centre-ville ! dit-il pour lui-même. Ça correspondait à quatre quadrilatères entre la rue Yamaska et la rue Saint-Germain. Il déposa la pompe à l'huile sur l'établi, s'essuya les mains et sortit dans la cour face à la maison. Chartier se gratta l'arrière de la tête, puis la barbe. Quelle surprise de voir le terrain de son voisin Olivier en flammes. La maison était intacte, c'était le gazon sous un hêtre qui brûlait. Qu'est-ce qui se passe ? Il ne prit pas le temps de fermer les portes de chez lui, il traversa la rue et s'engagea dans l'allée pavée de la demeure d'Olivier. Il contourna la maison par le trottoir de dalles qui la ceinturait et il bifurqua à droite pour la longer jusqu'au dévidoir à boyau logé sur le côté nord-ouest. Le feu crépitait et une forte odeur d'accélérant s'en dégageait, ce n'était pas du napalm, mais pour Saint-Hugues, c'était toxique. On ne voyait personne alentour. Les flammes éclairaient les hautes branches. Chartier se demandait qui avait bien pu mettre le feu au terrain. Et qu'est-ce qui brûlait à présent ? La terre sous le gazon calciné ? Il devait avoir absorbé pas mal de gazoline. Ça ressemblait à une fin de Saint-Jean dans un camping du coin. Olivier ne paraissait nulle part. Chartier marchait vers l'arrière de la maison et effleurait de la main le mur de planches blanches sur sa droite. Il se heurta à Pierre, le voisin en diagonale, apiculteur et cousin de Vincent, le propriétaire de la fabrique, qui cherchait aussi le dévidoir.

– Qu'est-ce que tu fais ici ?

– La même chose que toi.

– Il est où, Olivier ?

– Je ne sais pas.

– Je vais m'occuper de le trouver. Tu t'occupes d'éteindre ça, ordonna Chartier qui pointait le terrain qui flambait toujours. Il a dû mettre toute la bonbonne de gaz, pour que ça brûle de même...

– OK, dit Pierre à Chartier.

Il prit le boyau d'arrosage, ouvrit le robinet et s'élança, à l'assaut de l'incendie de pelouse, à l'aide d'un maigre jet. Chartier poursuivit sa recherche à l'arrière de la maison. Au centre du terrain, Chartier découvrit une vétuste table de plastique blanche sans chaise et un jardin de plants de tomates matures. Aucune lumière ne provenait de la maison. Chartier tenta d'ouvrir la porte-fenêtre, mais elle était verrouillée. Il colla son visage à la vitre pour voir à l'intérieur. Rien ne bougeait. Aucun signe de vie. Mais où était-il ? se demandait Chartier. Sa voiture était devant la maison et à cette heure, comme d'habitude, il aurait dû travailler dans le garage, comme lui-même faisait avant ce coup de téléphone. Pourquoi avait-il mis le feu à son terrain ? Il n'était sûrement pas très loin. Il allait revenir. Chartier connaissait bien Olivier, ils se côtoyaient souvent le soir dans leur atelier ; ils parlaient de mécanique. Olivier était monteur de lignes, un gars rationnel, pour ce qu'il en connaissait jusqu'ici. Il retourna sur ses pas, pour voir ce qu'avait pu faire Pierre le pompier. Alors qu'il tournait le coin, il entendit un gémissement ; les plants de tomates grondaient, comme s'ils voulaient dissuader un cuisinier de les ébouillanter pour faire des marinades. Les gémissements reprirent de plus belle. Chartier courut sur les dix mètres de gazon qui le séparaient du jardin. Les gémissements s'amplifiaient à mesure qu'il s'approchait des plants de tomates. Il pénétra entre ces grandes plantes qui masquaient sa vue et se dirigea vers le centre du bosquet. Les tiges le dépassaient en hauteur et aucune allée centrale ne semblait aménagée. Chartier repoussait les branches qui lui effleuraient le visage ; une tomate mûre se détacha et roula derrière l'inspecteur. « Aahhhh ! » entendait l'inspecteur. Un corps se tordait sur la terre dans une talle de plants de tomates. Chartier n'y voyait presque rien ; la nuit était sombre, sans lune. Le ciel était voilé par des nuages qui annonçaient une possible averse au matin. Il voyait juste assez pour reconnaître son voisin Olivier et comprendre qu'il se tordait de douleur.

– Qu'est-ce qui se passe ?

Chartier n'obtient d'Olivier qu'un long gémissement. Il était sur le dos et se tenait la tête à deux mains.

– Arghhh ! Je me suis fait piquer.

– Quoi ? Piquer par quoi ?

– Des guêpes !

– Quoi ?

Chartier doutait que de si petits insectes puissent mettre Olivier à terre.

– Des guêpes. Cent m'ont attaqué.

Chartier remarqua qu'Olivier s'était entaillé la jambe, son jeans déchiré laissait paraître une coupure ensanglantée. Il empoigna le blessé par les épaules et l'aida à se relever. Olivier se tenait toujours l'arrière du crâne. Chartier traîna le blessé jusqu'au-devant de la maison, empruntant le trottoir en sens inverse. Ils y trouvèrent Pierre, déjà assis sur les escaliers du balcon. Un escabeau carbonisé reposait de travers devant lui. Olivier se laissa tomber sur la plus basse des marches et commença le récit de son histoire.

– Je voulais couper la branche avec le nid. J'ai attendu la nuit pour que les guêpes soient bien endormies et j'ai grimpé dans l'arbre ; j'ai scié la branche, mais lorsqu'elle a cassé, j'ai glissé et je suis tombé avec la branche. Je me suis entaillé le mollet sur une racine, je crois, dit-il en passant sa main sur sa plaie. Je n'ai pas réalisé tout de suite que les guêpes sortaient du nid, elles m'avaient reconnu et elles venaient m'attaquer. J'ai couru jusqu'au garage, j'ai récupéré un bidon d'essence et un allume-feu et je suis retourné au nid, les guêpes me poignardaient derrière la tête, une dizaine déjà, je ne voyais plus rien. J'ai vidé la canisse et j'ai mis le feu. Je suis parti à courir, car elles me poursuivaient toujours. J'ai fini par m'effondrer dans le jardin.

Pierre éclata de rire.

– Tu t'y es pris d'une drôle de façon.

– Tu aurais fait ça comment, toi ?

– D'abord, je me serais attaché à l'arbre, comme tu fais dans ta nacelle, j'imagine, dit Pierre.

Chartier ricanait dans sa barbe.

– C'est toi l'expert, lâcha-t-il.

Pierre reprit.

– Il y a plusieurs façons de déloger un nid de guêpes ; la plus efficace, c'est l'asphyxie à l'aide d'un sac à poubelle que l'on met par-dessus le nid. Quelques jours de chaleur, le manque d'air et la condensation ont raison de ce guêpier. La torche est aussi efficace, mais les dommages collatéraux peuvent être terribles. Mettre le feu à un nid de guêpes implique que le papier va s'envoler et mettre le feu un peu partout. Et toi, debout sur la branche, la torche dans une main, je crois que ce serait aussi risqué que la scie. À moins d'être pyromane et de créer un feu assez chaud pour tout consumer en quelques instants, il faut savoir que les guêpes vont sortir de la ruche. Avec de l'eau, c'est moins spectaculaire ; on peut se tenir à distance et asperger le guêpier avec le fusil à pression pour le percer et l'imbiber. Le problème, c'est que les guêpes s'enfuiraient et construiraient un nouveau nid en quelques jours. On peut aussi noyer les guêpes à l'intérieur du nid. L'opération demande une bonne dextérité. Il faut user de précision et de force pour insérer profondément le bout du boyau d'arrosage dans l'orifice du guêpier et bloquer ainsi l'unique sortie. Il faut aussi éviter de se faire attaquer par les trois gardiennes à l'extérieur. La suite est simple. On fait tourner le dévidoir à boyau et on s'élance à l'attaque du nid, tel un pompier en alerte. On introduit le boyau et on retourne près du mur. Il ne faut pas ouvrir beaucoup le robinet pour éviter que la structure de papier se désagrège rapidement. On observe le spectacle. Les guêpes se noient avant que le guêpier tombe au sol. Il faut attendre vingt-quatre heures pour s'approcher à nouveau et pour ramasser le papier, car il faut s'assurer que les guêpes soient inoffensives.

Olivier grattait toujours l'arrière de sa tête enflée.

– Je crois que j'ai besoin d'une petite bière.

– Ça va aller, lui demanda Chartier ?

– Je crois que oui.

Pierre et Chartier saluèrent Olivier. Ils lui conseillèrent d'aller se doucher et d'appliquer de la calamine sur ses piqûres. Elles auraient désenflé au matin. Pierre coupa par le terrain pour retourner chez lui et Chartier traversa la rue. Il retournait à sa quincaillerie et à son garage. Les guêpes et la fumée lui avaient donné soif. Dans le garage, il prit une canette dans le réfrigérateur sous l'établi, l'ouvrit et en prit une gorgée suffisante pour bien se rincer la gorge. Il la déposa et retourna au moteur. Cette histoire de guêpes le ramena dans sa jeunesse, alors qu'il avait environ huit ans. Une sortie de classe à Montréal pour visiter le nouvel insectarium.

Chartier se tenait en file entre le gros Martin et Julie, et ils attendaient tous pour entrer dans la salle. La porte était close ; madame Lussier discutait avec une jeune animatrice responsable des tournées d'élèves dans la nouvelle institution muséale consacrée à l'entomologie. Elle tentait de calmer les étudiants dissipés. Ils attendaient tous l'arrivée du maître des maîtres : Georges Brossard. Cette activité scolaire les mettait pour la première fois en contact avec autant d'espèces de bestioles. Dans la cour derrière chez lui, Chartier découvrait chaque été les rapides cloportes gris sous les dalles de patio et les dangereux perce-oreilles ; il ne connaissait personne qui s'intéressait aux bestioles, aux coccinelles, aux sauterelles vertes, aux fourmis, dont il inondait les entrées de souterrains, entre les déchirures de l'asphalte. Il se disait qu'il valait mieux les tuer, car à la fin de l'été, le bitume serait rempli de sable, comme la plage d'un camping pour véhicules récréatifs. Il s'intéressait également à la merveilleuse libellule, le plus grand des prédateurs, selon son *Atlas des insectes junior* ; sa bestiole préférée, c'était la redoutable mante religieuse. Il avait réussi à en capturer une et à la présenter en classe lors d'un cours d'écologie. La mante fit sensation :

– Elle ne peut pas prier ! Il lui manque une pince, disait Martin pour me narguer.

La grande quantité d'espèces d'insectes rencontrés lors de cette visite les bouleversa. Elle les aida à repousser les limites de leur imagination lors des subséquents cours de dessin, où ils tisseraient des toiles et planteraient des dards dans les yeux d'arachnides. Ils diversifieraient les façons d'accoupler, de tuer et de torturer leurs figurines de plastique. La porte s'ouvrit enfin, Anne-Marie demanda d'aller à la salle de bain. La bande se mit en marche et pénétra dans cette pièce circulaire aux allures de laboratoire chirurgical, où les apprentis docteurs peuvent assister à des naissances douloureuses, éloignant chaque fois les limites de l'effroi. Georges Brossard les observait stoïquement, son menton pointait vers la droite ; sa crinière, comme celle d'un fauve, illuminait tel un Satellipopette. Devant lui, il y avait une table rectangulaire sur laquelle reposaient un bassin d'eau, une sarracénie, et de nombreux vivariums. Ces derniers renfermaient des spécimens d'abeilles et de diverses autres bestioles, dont la célèbre mygale chasse-peur. Leurs yeux n'en avaient que pour ces vivariums. Leurs fronts ne dépassaient pas tellement le bord de la table et l'entomologiste souriait en leur disant bonjour à chacun d'eux. À l'aide de son regard, il calma la foule, non parce qu'il avait de l'autorité, mais parce qu'il réconfortait les jeunes en vue de cette expérience épique qu'il leur ferait vivre dans quelques instants. On attendait toujours Anne-Marie, et lorsqu'elle arriva, la jeune animatrice présenta succinctement le conférencier, lisant l'impatience sur les visages. Georges Brossard commença en narrant sa première incursion dans le fabuleux monde des insectes ; pendant son enfance, son père s'était appliqué à lui expliquer les choses de la vie pour alimenter sa curiosité. Il parlait et il dévissait le couvercle d'un pot empli d'*Apis* qu'il vida dans le bassin d'eau. Il s'agissait d'un geste cruel. Les enfants le regardaient, éberlués, et poussèrent en chœur un « oh ! ». Brossard expliqua que lorsqu'il était petit, les abeilles se noyaient dans une cuve de fer, plus grande que celle-ci, qui servait à nourrir les animaux de la ferme ; son père lui avait montré comment les récupérer une à une en tendant le doigt. L'abeille, reconnaissante d'être ainsi sauvée, ne piquait pas. Il fallait lui laisser le temps de sécher ses ailes. La débonnaire ouvrière repartait trouver son rucher. À tour de rôle, les jeunes firent cette expérience, grimpant tour à tour sur une marche, à gauche de la table. Chartier recueillit l'une d'elles à l'aide de son index et le temps s'interrompit. Il plongea son regard dans les globes oculaires de l'insecte et il s'imagina lui donner l'ordre de s'envoler, d'effectuer deux vrilles, de contourner le maître et d'aller harponner en plein front son ami Martin. Elle ne répondit pas, seules ses ailes vibraient sensiblement pour s'assécher. Il se permit tout de même de la flatter, ce qui attira l'attention du maître.

– Les abeilles sont des êtres sociaux qui apprécient également l'affection qu'on leur porte. Prenez exemple sur votre ami.

L'abeille termina sa toilette, fit aller ses ailes et alla se poser sur la plante sarracénie. Lorsqu'elle pénétra l'urne, elle y resta prise, attirée par le nectar sécrété par le piège. La classe émit un « ohhh ! ». Chartier descendit de la marche et retourna se poster derrière Gros Martin. Georges Brossard continua sa présentation sans se préoccuper de l'abeille ; il monologua sur les particularités des colonies.

La sonnerie du téléphone sortit Chartier de sa rêverie ; encore le répartiteur du 9-1-1.

– On signale un AVC chez votre voisin ; vous pourriez aller recueillir une déposition ?

Depuis qu'il travaillait dans ce village, il avait reçu des appels de toutes sortes, surtout des méfaits occasionnés par des gens intoxiqués par l'alcool et des accidents de machineries, mais recevoir deux appels qui concernent chacun de ses voisins immédiats le rendait perplexe. Quel diable les a piqués en cette soirée d'août ? Il faisait chaud, d'accord, peut-être plus qu'à la normale, assez pour qu'il se promène en bras de chemise déboutonnée, mais de là à causer un incendie, puis de là à avoir un accident vasculaire cérébral. Chartier déposa à nouveau la pompe à l'huile, prit une gorgée de bière et se dirigea vers le voisin Pierre. Il n'eut pas le temps de faire deux pas que celui-ci apparut en nage sous la lumière du garage, ses mains et son chandail salis par de la terre.

– Qu'est-ce qui se passe ?

– Léopold a fait une attaque. Il est tombé et Vincent l'a conduit à l'hôpital.

– Vous n'avez pas attendu l'ambulance ? demanda Chartier, qui connaissait déjà la réponse.

– Tu sais à combien de temps nous sommes de Saint-Hyacinthe, répondit Pierre.

– Tu as raison ; alors raconte...

Pierre s'approcha du réfrigérateur qu'il pointa et demanda à Chartier :

– Je peux ?

– Oui, vas-y pour deux.

Pierre sortit deux canettes de pilsner locale et en tendit une à l'inspecteur.

– Ouf. Quelle soirée bizarre !

Pierre se laissa choir dans une chaise de parterre tressée vert et bleu. Chartier se calma aussi et enfourcha son VTT, la bière à la main. Il prit une gorgée et posa sa canette dans le porte-gobelet.

– Oui, une drôle de soirée. Ça fait quoi... trois ans que l'on se connaît ?

– Genre.

– Je crois qu'il t'appréciait pas mal, Léopold.

– Tu crois ?

– Oui, il me parlait toujours de toi. Il disait toujours que le petit avait de l'avenir.

– J'espère qu'il va s'en tirer.

Une lueur sombre passa dans les yeux de Pierre. Chartier pensa que l'homme devant lui revoyait la scène et qu'il avait peu d'espoir que Léopold s'en remette.

– Donc, si tu me racontais ce qui s'est passé ?

Pierre prit une nouvelle gorgée, brassa la canette pour connaître la quantité de liquide qu'elle contenait toujours. Il se demandait s'il devait commencer l'histoire ou se servir une autre bière. Chartier insista.

– Alors...

– Vincent et Léopold étaient sortis dans la cour de la maison depuis presque une heure et m'avaient laissé faire la vaisselle et ranger la cuisine. Ils n'avaient pas dit ce qu'ils allaient faire, je me disais qu'ils allaient traiter des ruches contre le varroa ou quelque chose comme ça. On a trouvé une colonie infectée la semaine dernière.

– Donc, il s'est écoulé environ une heure entre leur sortie à l'extérieur et la tienne.

– Oui, environ. On a fini de souper vers vingt heures quinze et il faisait noir quand je suis sorti. Une heure, oui.

– Et quand tu es sorti ?

– Je les cherchais. La fabrique, de l'autre côté de la cour, était endormie. Mais j'entendais gémir, du côté de la machinerie, à l'arrière de la grange, au milieu du terrain. Je me suis précipité vers les cris et je suis tombé sur Léopold au sol ; il ne respirait plus et Vincent tentait de le réanimer. J'ai figé là. Je regardais la scène sans rien dire. Vincent ne m'avait pas vu à ce moment-là. Après trois séries de massage au thorax, Léopold a recommencé à respirer. C'est là que j'ai repris connaissance. Je me suis approché et j'ai aidé Vincent à remettre Léopold sur pied ; enfin, on l'a traîné sur nos épaules jusqu'à la voiture. Il était pas mal trop lourd, juste pour l'un de nous.

– Tu sais pourquoi il s'est effondré ?

– Je ne sais pas précisément. Vincent a juste dit qu'il avait manqué de souffle en transportant une ruche. Il était pas très en forme, Léopold. Il pouvait engloutir une tarte à lui tout seul après le souper.

– Donc, tu corrobores la version de Vincent ?

– Il a fait une déposition ?

– Ce n'est pas lui qui a appelé ?

– Non, c'est moi, juste après le départ de Vincent.

– Je vois.

Chartier se leva.

– Tu en veux une autre ?

– OK.

Il tendit une canette à Pierre.

– Jusqu'ici, ça m'a bien l'air d'un AVC. On va attendre à demain les conclusions du docteur. Mais parle-moi un peu de Vincent.

Pierre fit bouger son cou dans tous les sens. Il se sentait tendu et voulait relaxer ses muscles, chose que la bière, faible en alcool, n'arrivait pas à faire.

– Que dire de mon cousin... ça reste entre nous.

– Oui, bien sûr, affirma Chartier.

– Bien... il est rude avec tout le monde, il se fout de tout le monde, surtout de son père, Léopold, qu'il traite comme un chien.

– Et Léopold ne se défend pas ?

– Eh bien, c'est que Vincent a souvent raison, enfin, pour la santé de son père, je parle. Sinon, il est souvent sur mon dos aussi.

– De la jalousie.

– Oui, je crois. La tradition familiale veut que l'on gradue maître très jeune. Vincent n'a toujours pas gradué. Il a peur que Léopold me laisse son héritage.

– C'est quoi, l'héritage ? La fabrique à miel ? demanda Chartier avant de boire à nouveau.

– Entre autres.

Pierre réfléchit un instant à ce qu'il pouvait dire et à ce qu'il ne pouvait pas dire. Léopold lui en avait dit beaucoup ; il connaissait les trois énigmes qui, dit-on, étaient proposées dans la famille depuis que Uldéric avait obtenu ce privilège d'un certain Valiquet, qui pratiquait l'apiculture à Saint-Hilaire. Pierre savait aussi que par les masques en miel se transmettaient les savoirs des autres générations, que l'on pouvait consulter au fur et à mesure que les compétences et les expériences permettaient de comprendre. Pierre avait un de ces masques dans sa chambre, celui de miel blanc que lui avait donné Camille ; il s'agissait du visage d'un enfant de Rivière-à-la-Paix. Pierre savait que Vincent avait tenté plusieurs fois de le lui voler ; comme ils habitaient à la même adresse, c'était un peu difficile de dissimuler le crime. Vincent était un être dangereux et perfide. Il était le meilleur apiculteur et il traitait ses semblables de vile façon. Vincent faisait tout pour s'approprier le savoir des autres ; Pierre croyait avoir vu sept masques dans un coffre au sous-sol de la maison, dont un masque aux reflets vert mentholé. Quelqu'un, probablement déjà à l'époque de Basile, avait construit une porte dérobée derrière la chambre froide sous la maison. Chaque génération passait-elle à la suivante le code du coffre ? se demandait Pierre. Après la cérémonie du masque ? Il ne croyait pas que Vincent lui ferait ce privilège, si jamais Léopold ne s'en remettait pas. Et il ne lui laisserait pas faire son portrait en miel. Malgré tout, c'était son point faible, il voulait tous les masques pour lui. Il parlait souvent du masque *Centaurea cyanus*, le visage de Camille que Léopold avait moulé pour l'éternité, le repos du plus grand apiculteur de la famille au XXe siècle. C'était peu dire. Il contenait la recette de la fameuse Reine de miel. Celle que créa Camille à la fin des années 1930. Celle qui mit fin à la vie de la mère de Léopold de façon tragique. Personne ne savait où était rendu ce masque. Léopold et Vincent lui avaient tout raconté, après plusieurs bouteilles de vin, de bière ou de grappa au miel. Pierre ne savait pas si tout cela était vrai, mais pour l'heure, il ne pouvait rien dire à Chartier.

– Entre autres, répéta-t-il. Des objets, des trésors, des souvenirs…

Chapitre 10

Exposition universelle

*

À la descente du train, à la gare du Champ de Mars, Charles Dadant se précipita vers la sortie. Il s'arrêta à un kiosque à journaux pour acheter une gazette économique et disparut dans une allée, entre deux commerces. Thomas Valiquet marchait seul, sa ruche sous le bras, lorsqu'un grand homme vêtu d'écarlate s'approcha de lui.

– Bienvenu à Paris, monsieur Valiquet.

Celso serra d'une longue main filiforme celle de Thomas, et l'entraîna vers la sortie. Thomas n'avait jamais rencontré le maître Celso, qui se tenait sur sa droite. De celui-ci se dégageait une aura de bonté, comme une lune qui éclaire le sentier à un randonneur égaré. Il avait la prestance d'un patricien, mais sa moue en perpendiculaire lui retirait un peu de ce sérieux antique. Une grosse bague d'ambre paraissait à son index. Ou serait-ce une pierre de miel ?

– Une marche ne vous effraie pas, j'espère ?

– Pas du tout, je suis un peu ankylosé après tout ce trajet, ça me fera le plus grand bien, répondit Thomas Valiquet.

Il avait une bonne consistance physique, il marchait beaucoup pour s'acquitter de ses tâches de fonctionnaire, comme postier surtout, pensait-il. Il travaillait la terre et en plus, il montait à cheval pour se rendre au verger. Une fois par mois, il grimpait le mont Saint-Hilaire, peu importe la saison, des fois seul, des fois en groupe. Le voyage d'une dizaine de jours en mer, de New York au Havre, avait endolori le bas de son dos, mais après des étirements musculaires, il serait prêt à concourir.

– Nous passerons donc par le site de l'expo, vous verrez où vous ferez votre démonstration dans quelques jours. Nous irons ensuite au siège de la société pour vous y faire subir trois épreuves.

Les deux hommes marchaient côte à côte, alors que la ville de Paris grondait. Thomas Valiquet se souvenait d'avoir ouvert l'enveloppe et d'avoir lu les félicitations parce qu'il avait été sélectionné pour représenter le Canada avec son modèle de ruche la Fermière canadienne à l'Exposition universelle de Paris de 1867. Il participait à cette compétition avec d'autres apiculteurs internationaux. C'est la Société d'entomologie de Paris qui avait sélectionné son modèle de ruche. Dans cette lettre, on spécifiait qu'il devrait faire une présentation devant public, mais jamais il n'avait été question d'épreuves. La lettre était signée par Henri Mamet.

– Que devrai-je donc accomplir ?

– Patience, vos ambitions seront récompensées au moment venu, dit Celso sans se tourner vers son interlocuteur.

Il était là pour présenter sa ruche, mais son principal désir, depuis sa discussion avec Dadant c'était de se procurer des reines italiennes. Il ne voulait pas le dire à cet homme, surtout qu'il ne connaissait pas ses ambitions. Il cherchait à deviner ce que serait cette énigme. Il avait l'habitude de déchiffrer les mauvaises adresses sur les lettres à la poste, lorsqu'un correspondant indiquait le numéro de porte subséquent à celui du destinataire. Mais ici, le secret était total. Celso était comme un bloc de granit. Pour Thomas, l'*Apis mellifera ligustica* représentait sa nouvelle quête. Il réfrénait son excitation, il ne voulait surtout pas montrer à quel point il était à l'aise ; il prenait un air circonspect, que son col roulé accentuait. Il pensa à ses filles, qui auraient adoré se promener dans les jardins, dans le dédale de pavillons.

– C'était bien, le bateau ? Je n'ai jamais mis les pieds en Amérique.

– Assommant ; je suis habitué de bouger tous les jours, d'aller à cheval et de transporter quelques ruches, affirma Valiquet qui mentait à moitié.

– Ici, vous ne vous ennuierez pas.

Celso affirmait que plus de trois mille exposants participaient aux célébrations. Thomas Valiquet était émerveillé par toutes les choses qu'il découvrait depuis son arrivée. La ville de Paris s'ouvrait, tel un casse-tête en bois de cent morceaux devant un enfant de huit ans ; c'était la plus extraordinaire de toutes les expériences. L'implacable progrès s'affichait partout, des orateurs grimpés sur des caisses clamaient des louanges et distribuaient des tracts aux visiteurs. La ville était bien différente de ce que lui avait dit Dadant, accoudé à la balustrade du pont du transatlantique *Lafayette*. Il avait utilisé les mots de Prospère Considérant : « Paris, c'est un immense atelier de putréfaction où la misère, la peste et les maladies travaillent de concert, où ne pénètrent guère l'air ni le soleil. » Cette citation ne cadrait pas avec ce qu'il avait sous les yeux. Il était à Paris, lors de l'édition de 1867 de l'Exposition universelle organisée par l'empereur Napoléon III. Il présenterait son modèle de ruche, mais il ne s'attendait pas à une compétition en bonne et due forme. À quel endroit aurait lieu l'intrigante épreuve ? se demandait Valiquet. De quoi pouvait-il s'agir ? À moins qu'il ne s'agisse d'un jeu d'habiletés d'esprit ?

– Vous employez toujours des reines européennes ? Vous les appelez abeilles noires, si je ne me trompe pas ? demanda Celso.

Valiquet, sans réfléchir, s'élança en toute franchise.

– Effectivement, les apiculteurs utilisent encore celles-ci. J'aimerais employer des reines italiennes, mais il est impossible de s'en procurer à Montréal. À ce que l'on m'a dit, elles auraient de la difficulté avec notre climat en plus.

Celso reprit.

– C’est compréhensible, elles viennent de Ligurie, près de chez moi, de la côte de la Méditerranée, dans la région de Gênes, entre la Côte d’Azur à l’ouest et la Toscane à l’est. C’est plutôt montagneux. Elles sont dociles et résistantes, et ce sont des travailleuses acharnées. Un défaut : elles sont gourmandes. Il y a beaucoup d’intérêt pour celles-ci actuellement, comme Dadant vous l’a expliqué. On cherche tous à vous les expédier, mais bientôt, ce ne sera plus nécessaire.

Valiquet cessa de marcher et regarda attentivement Celso. Il ne savait pas s’il devait porter attention à cette révélation, qui le mettait en relation avec Dadant. Était-ce une situation fâcheuse ?

– Oui, monsieur Dadant m’a informé de son intérêt pour l’*Apis ligustica*. Il a disparu à la sortie du train et je n’ai aucune idée de ses intentions.

Toujours en marchant, Celso expliquait qu’une quarantaine de nations étaient réunies pour cette exposition universelle, qui présentait les plus grands progrès scientifiques et technologiques au monde, sur une superficie de soixante-sept hectares. « L’industrialisation devait mener le monde et participer au progrès social. Le gouvernement serait formé par l’artiste, le savant, l’artisan et le chef. Tous, ils veilleraient à l’amélioration de la condition des prolétaires », lisaient-il dans un dépliant de papier crème, distribué dans l’allée et signé par le conte

Claude-Henri de Rouvroy de Saint-Simon, décédé depuis quarante-deux ans.

– Vous y croyez ?

– Pas vraiment, hélas... répondit Celso.

Celso et Thomas Valiquet déambulaient entre les pavillons nationaux, construits autour du palais, par vingt-six mille ouvriers en deux ans. L'empereur lui-même remettait les médailles à son effigie aux plus brillantes découvertes, trois par catégorie. Thomas Valiquet était plutôt sceptique face à toutes ces machines et à leurs utilités. Il appréciait ses domaines de connaissances : l'agronomie et l'apiculture.

– Vous en pensez quoi, de l'abeille italienne ? demanda Celso.

Valiquet, le visage fendu d'un large sourire, dit :

– Peut-on arrêter le progrès ?

Après la traversée du terrain de l'Exposition universelle, ils marchèrent en direction des officines de la Société.

– Vous allez désormais appartenir à la plus ancienne confrérie scientifique.

– Une société secrète ? demanda Valiquet.

– Pas tout à fait, nous sommes visibles, mais on ne s'intéresse pas vraiment à des collectionneurs d'insectes. Donc à quoi sert le secret ? La Société a été créée il y a près de quatre cents ans. Elle est née à Gênes ; les Liguriens la nommaient Zena. Sa fête est le vingt-quatre juin. Déjà, durant la Troisième guerre punique, Gênes était un lieu important de commerce du miel sur la Méditerranée. Les cérémonies s'y pratiquaient, alors que les Génois s'étaient installés aux abords de la mer Noire et en Crimée. C'est à cette époque que la confrérie s'est établie en véritable société, avec son sceau et sa charte. Mais ce n'est que durant le 1er Empire français que le siège de la Société universelle d'entomologie a déménagé à Paris.

– Très bien, mais vous faites quoi, dans cette société ?

Celso sourit et montra ses dents ivoire.

– Disons que c'est une société d'intérêt. On veille les uns sur les autres. Parfois, nous sortons les dards et nous piquons.

Valiquet acquiesça d'un signe de tête. Il pensait à tous ces agriculteurs à qui il tentait d'apprendre quelques rudiments d'apiculture. Cela le décourageait, qu'ils ne s'intéressent pas à la composition d'une ruche, à la propolis, ou encore, à la composition de la famille des mellifères. Il se concentra à nouveau sur les propos de Celso, qui marchait à pas calculés dans l'allée bordée de kiosques. La société était donc un club pour gentilshommes lettrés. Thomas était impressionné. Faire partie d'une quelconque tradition et partager des connaissances avec de grands personnages, ça le détendait ; il relâchait ses épaules et ça lui faisait prendre un pas plus saccadé, comme s'il pouvait maintenant rêver un peu, délivré de ses tâches quotidiennes.

– Vous aurez la responsabilité de perpétuer les traditions en Amérique, monsieur Valiquet. Nous sommes les gardiens de la pollinisation des fleurs. C'est une lourde responsabilité, vous savez, dit Celso en se tournant vers Valiquet, l'air sévère. Vous serez le seul d'entre nous dans cette contrée de neige.

À la sortie du terrain de l'exposition, ils traversèrent la rue et pénétrèrent dans une ruelle qui les menait à une entrée dérobée. Devant la porte, Celso, en clair-obscur, annonça la suite du plan à son invité.

– C'est le temps de votre initiation, monsieur Valiquet.

Il suivit Celso par plusieurs corridors et passa des dizaines de portes de chêne ; ils débouchèrent sur une cour intérieure où un immense tilleul trônait en son centre. Seule une pierre ovoïdale posée sur deux billots pouvait témoigner plus assidûment du temps passé, puisque l'arbre planté ici l'avait été à l'époque de Samuel de Champlain. Au-dessus d'une arche ouvrant sur un corridor intérieur, une mosaïque présentait un vignoble où un homme aux longs cheveux faisait face à un lionceau. Celso et Thomas s'assirent sur la pierre. Alors que le premier ramassait une feuille brunie qu'il déchira, le second déposa un pot de miel à ses pieds. Sous le tilleul, trois ruchers d'égale hauteur dormaient à l'ombre du géant. L'endroit possédait une aura que Valiquet cherchait à définir. L'immortalité, peut-être ?

– Je vais commencer par une devinette à laquelle, j'imagine, vous saurez répondre facilement.

Valiquet acquiesça et Celso enchaîna :

« De celui qui mange est sorti ce qui se mange. De celui qui est fort est sorti ce qui est doux. »

Formé au collège classique, Thomas n'eut aucune difficulté à répondre :

– Qui a-t-il de plus fort que le lion ? Qui a-t-il de plus doux que le miel ?

Celso répondit :

– Bien vu, monsieur Valiquet, en pointant la mosaïque qui représentait Samson.

Ni l'un ni l'autre ne savait qui avait inventé cette énigme.

– Elle est dans ce bouquin depuis des lustres. Elle me fait toujours sourire. Vous imaginez, déchirer un chevreau de vos mains ? Et le texte prétend que c'est un exploit facile. Mais Samson était possédé, non ?

Leurs rires se dispersèrent par les galeries de pierres et furent étouffés par les hauteurs de l'arbre. Celso reprit :

– Paraît-il que l'on pose cette énigme aux éleveurs d'abeilles depuis saint Ambroise.

Celso avait répondu à cette question lorsqu'il habitait Milan, dans un parc, pas très loin de la cathédrale, à une autre époque.

– J'étais jeune. C'est un Suédois du nom de Carl Gustaf Thomson, venu enseigner l'apiculture en Lombardie, qui m'initia. Il descendait d'une longue tradition d'apiculteurs, qui furent les premiers à illustrer l'anatomie de l'abeille.

Thomas Valiquet connaissait les écrits de ce scientifique. Que les connaissances de Celso viennent du Nord, alors que l'apiculture était bien établie partout en Italie depuis César, surprenait Valiquet. Celso avait travaillé dans une usine d'armement comme magasinier et il avait entretenu des ruches aux quatre coins de la ville. L'usine employait trois mille travailleurs. Valiquet imaginait son mentor faisant fortune en se promenant à cheval, un panier d'osier accroché derrière, rempli de carafes de miel. Cela rendait moins amères les dures journées à fabriquer des canons, qui allaient déchirer les corps par la suite.

– Du miel urbain, c'était une belle époque, disait Celso de façon nostalgique. Aujourd'hui, c'est plus compliqué, beaucoup de parcs et de jardins ont cédé la place à des constructions, et on se préoccupe de moins en moins des fleurs.

– Et vous ? demanda Celso. Vous sauriez inviter ces abeilles à venir vous parler, ici, dans votre main ?

Valiquet connaissait un peu le même parcours. Il avait appris sur le tas, « comme on dit par chez nous ». Il travaillait comme journalier, de ferme en ferme, et il s'était vraiment intéressé à la chose vers dix-neuf ans. Ses premières ruches lui avaient causé bien du souci. Il en avait perdu deux sur trois le premier hiver, mais il avait persévéré. Il appréciait toujours grandement la mécanique des abeilles. Thomas tendit la main vers les ruches, tout en continuant de regarder Celso. Les abeilles sortirent des ruchers en file disciplinée. Elles étaient peut-être une centaine. Elles firent le tour de l'arbre, et une quinzaine vinrent se poser dans la paume de Thomas Valiquet. Les autres volaient sur différentes elliptiques. Thomas souriait. Il posa les mains sur la dalle de pierre ancestrale.

– Je crois que j'ai bien réussi, je suis à Paris, à discuter avec vous. Et si vous me disiez quelle est cette dernière épreuve ?

Celso lui tendit le pot de miel qui reposait au sol entre les deux.

– Vous allez m'immortaliser. Le lieu est bien choisi. Si vous réussissez, je réaliserai un de vos souhaits. Quel sera-t-il ? demanda Celso.

Valiquet remonta ses manches et fixa l'italien sans hésiter.

– Je veux cent reines italiennes au printemps prochain.

Et il plongea la main dans le pot.

Ils entrèrent dans le salon, qui possédait toujours les charmes du style Empire. Il y avait des cartes du monde comme tapisserie ; une bibliothèque à quatre rayonnages occupait le mur du centre, et sur une dizaine de tables, des insectes, et surtout des abeilles, reposaient, épinglées à une pierre derrière des vitres. Sur le bureau du président paraissaient trois pots de miel. Henri Mamet, président de la Société universelle d'entomologie et le révérend Langstroth se levèrent et accueillirent Valiquet d'une solide poignée de main. Valiquet fut sensible à cet accueil chaleureux et trouva plus qu'agréable l'ambiance que dégageait ce formidable cabinet d'entomologiste. Il admirait ces deux hommes vêtus exactement comme dans les gazettes; le révérend en veston noir, Mamet dans un complet olivâtre ajusté avec un foulard bourgogne. Fallait-il qu'il en soit autrement? Tous ces clichés étaient réunis ici, comme si ce rassemblement de 1867 à Paris signifiait un quelconque début de camaraderie entre tous les peuples civilisés. Thomas Valiquet connaissait Lorenzo Lorraine Langstroth, avec qui il correspondait de Saint-Hilaire, dans la province de Québec, depuis qu'ils s'étaient rencontrés dans un congrès apicole dix ans auparavant. Aussi correspondait-il avec Greenfield, au Massachusetts. La barbe blanche et grise du révérend, comme deux nuages moelleux, avait toujours amusé Valiquet. Les deux empruntaient des parcours similaires, ils enseignaient dans des collèges, mais la comparaison s'arrêtait là pour Valiquet; le Canadien français était catholique et Langstroth était un bon protestant. C'est l'image qu'il s'en était toujours fait; il le tenait en grand respect. Il s'agissait d'un esprit rationnel de scientifique et de père de famille. Les deux travaillaient à développer un modèle de ruche. Les deux souhaitaient que cette invention améliore les capacités de production des apiculteurs. Toutefois, la situation des agriculteurs était différente au nord de la frontière, où les méthodes n'avaient pas évolué depuis cent ans. Valiquet y menait la délégation apicole et il devait présenter son prototype de ruche. Il en était fier et la défendrait chèrement, cette Fermière canadienne. Elle n'avait pas la complexité de la ruche du révérend, mais elle ne servait pas le même but ; elle devait apporter un revenu supplémentaire aux femmes canadiennes-françaises. Mamet apporta un café à chaque convive, des expressos noirs allongés, dans des tasses de porcelaine unie. Valiquet regarda Mamet lorsqu'il s'approcha. Ses lunettes de lecture attachées au cou par une chaînette en acier, ses favoris noirs garnis à la demie des joues et son front, telle une encyclopédie ouverte à la page du mot « intellectuel » appelaient à l'écoute et au respect. Il s'était demandé comment il serait perçu à Paris lors de la traversée en bateau. Comme des cousins ? Des parents éloignés ? Maintenant dans le salon, le président Mamet le présentait comme un citoyen britannique, ce qui le plaçait en haut de l'échelle des nations, ce qui était en partie vrai, même s'il y avait un océan de distance entre Westminster et le potager. Il se l'avouait : devant ces diplômes accrochés aux murs, ces milliers de livres et la richesse du mobilier, il se sentait étranger dans ce salon. Ces trois hommes provenaient de lointaines traditions, alors que lui souffrait du syndrome du colonisé. Il ne voulait pas faire de vagues. Il voulait agir avec retenue. Il essayait. Tout de même, il se savait bon apiculteur et sur ce sujet, il pouvait défier n'importe qui. Il relevait la tête. Ces hommes ne l'auraient pas invité dans cet endroit précis, en si petit nombre, s'ils n'avaient pas vu en lui un égal, ou au pire, un rival sérieux. Valiquet fut pris d'orgueil à cette pensée et refoula pour un moment sa contenance provinciale. Il était ici pour l'aventure, avait-il dit à Dadant, alors qu'ils étaient accoudés au bastingage du *Lafayette*. Assis sur des chaises basses, sans accoudoirs, Celso, Langstroth, Mamet et Valiquet sirotaient le café. Des feuilles et des fleurs de trèfles ornaient les coussins. Henri Mamet déposa sa tasse qui émit un cri strident au contact de la surface de verre de la table basse. Il prit la parole d'un ton officiel, comme s'il s'adressait à la cour impériale.

– Ce jour marque le début d'une nouvelle ère pour l'union apicole. Monsieur Valiquet, nous sommes honorés de votre présence. Messieurs Langstroth et Celso témoignent avec moi de votre adhésion à l'association en tant que membre honoraire et fier ambassadeur du Canada. Le révérend vous a chaudement recommandé. Il vous dit d'une extrême générosité, vous qui n'avez pas cherché le profit dans vos échanges d'informations avec lui. Ses compétiteurs auraient sans doute payé pour vos lettres. Vous êtes un homme de bien, monsieur Valiquet. Et c'est pour cela que nous vous concédons le titre de maître. Et monseigneur Celso, les épreuves ?

– Réussies haut la main. Je ne suis pas certain, toutefois, que je peux répondre à ses désirs, annonça Celso.

Valiquet ne tiqua pas. Il attendait la suite.

– Que voulez-vous dire ?

– Monsieur Valiquet désire cent reines italiennes pour la prochaine saison. J'aimerais bien l'aider. Mais vous savez que mes ruchers sont ici, en Europe.

Ce qui laissait cette responsabilité à un seul des membres présents : Langstroth.

Le révérend ne disait toujours rien. Sur le marché d'Albany, cent reines valaient entre deux mille et trois mille dollars, si elles demeuraient en santé. Il regardait à tour de rôle chacun des hommes, comme s'ils parlaient une langue étrangère. Il attendait qu'on le sollicite directement. Puis, voyant que Celso se reposait après une tâche accomplie et que Mamet nettoyait ses lunettes à l'aide d'un foulard olive. il ajouta :

– D'abord, j'aimerais vous féliciter pour votre nouvelle citoyenneté canadienne.

Tous lui emboîtèrent le pas : « une jeune nation, un début d'apprentissage, une identité à construire... espérons que ça durera », lui dirent-ils. Lui, il se retint de leur rappeler les années de guerre civile que vécut chacune de ces jeunes républiques ! Il n'en fit rien, mais il reprenait ainsi confiance, même s'il se sentait en observation. Langstroth relança le débat.

– Malgré tout le bien que l'on dit de vous, et malgré votre nouveau rang de maître, vous croyez que cent reines vous seront utiles, qu'elles ne décéderont pas au premier faux pas ? Et Dadant, vous lui avez fait la même demande ?

Mamet reposa à plat ses mains sur le bureau. Thomas Valiquet était au fait de la rivalité entre Dadant et Langstroth, lesquels souhaitaient conquérir le marché du miel américain. Il ne voulait pas se retrouver entre les deux, mais il semblait être trop tard pour cela. Il avait la fibre du fonctionnaire plus que de l'homme d'affaires, même s'il réussissait à écouler sa production annuelle de miel, qui rapportait une jolie somme en espèces sonnantes. Il ne se sentait pas bon menteur et préférait trahir son ami au lieu de s'enfarger dans une fausseté qui risquait de ruiner la confiance que lui témoignaient les trois hommes réunis devant lui.

– Nous en avons discuté, mais je ne suis pas d'accord avec lui.

L'industrialisation américaine amenait les capitalistes à chercher toujours de meilleures méthodes pour produire plus. Thomas, lui, cherchait quelque chose qui fonctionnait « mieux » pour l'ensemble de la communauté. Il repensait à Dadant et à leurs échanges sur le *Lafayette*. « Vous devez garder le secret », avait-il ordonné. Il s'entendait mieux avec Dadant qu'avec Langstroth, même s'il considérait le second comme étant plus prévisible et plus structuré dans sa démarche scientifique. Thomas était tiraillé depuis cette conversation. Il n'avait pas oublié ce que lui avait révélé Dadant, sur les communautarismes, sur la place de l'homme dans la nature, sur ces nouvelles voies idéologiques qui arrivaient lentement dans la province. Il percevait ce que Dadant voulait protéger. Qu'est-ce qui est le mieux ? Chacun son lopin de terre ? Un qui posséderait tout et offrirait le travail aux autres ? Et cette troisième voie qui dirait : nous possédons tout, ensemble ? Mais tout était loin, maintenant qu'il avait rompu la promesse faite sur le bateau ; il se sentait coupable. Il ne dissiperait pas cette confusion dans son esprit ce matin-là. Il s'en remettrait à son leitmotiv : l'éducation devait mener les hommes vers un futur meilleur. Ils auraient ensuite le choix. Naïveté, se dit-il en relevant la tête et en admirant le charisme des hommes devant lui. Ce genre d'aristocrate ne laisse aucune chance aux plus faibles ; il se sentait plein de doutes. Puis, il se reprenait ; je vais leur montrer que j'en suis capable, malgré leur allure revancharde, et malgré le protestantisme impie. Il se motivait comme il le pouvait, même si l'émotivité n'avait jamais été un bon stimulus pour lui. Elle lui faisait perdre la tête la plupart du temps, comme un couvercle de chaudron qui est soulevé par la vapeur d'eau, et qui laisse déverser le contenu sur le poêle. Il respira et se calma.

– Je veux cent reines pour montrer le bienfait qu'elles peuvent apporter.

– Vous croyez donc au progrès ?

– Tout à fait, je ne lutte que pour ça. J'aimerais aussi faire des expériences avec ces abeilles, les rendre plus résistantes au froid.

Langstroth sembla intrigué. Et se retourna vers Valiquet.

– Vous pensez les croiser ?

– Et pourquoi pas ?

– Dans ce cas, je vais vous aider ; au printemps, vous aurez vos abeilles. Mais je pose une condition : vous devez respecter la règle, la seule qui compte parmi nous. Vous ne pouvez apprendre qu'à un seul apiculteur comment faire un masque, ce sera votre seul apprenti.

– D'accord, dit Valiquet.

Les hommes applaudirent et se levèrent, et chacun vint serrer la main au nouveau membre.

Chapitre 11

Beignes au miel

Leurs regards se croisèrent à la hauteur de la 23e Rue, dans l'autobus qui arpentait l'avenue du Parc. À sa descente à Union Square, il eut la plus grande surprise de sa vie lorsqu'elle l'aborda en français : « Camille, est-ce bien toi ? » Elle l'observait de loin, quelques passagers monotones les séparaient. Le goût de la bouche juvénile d'Andrea jaillit à la mémoire de Camille : « Andrea, c'est toi ? » Son premier amour, il la retrouvait trente-cinq ans plus tard, en plein milieu de Manhattan. Andrea et Camille, fort surpris de ce hasard, perceptiblement, retenaient leurs pulsions. Ils échangèrent d'abord une poignée de main, puis après avoir bifurqué sur la 14e Rue, se serrèrent dans leurs bras comme des écoliers maladroits. Ils clopinaient bras dessus, bras dessous, et ils s'embrassèrent sans se quitter des lèvres, de la 13e Rue jusqu'à la 9e Rue. Ils traversèrent les artères, sans s'arrêter devant les voitures. Lorsqu'elle lui suggéra simplement : « Tu montes ? », ils coururent à travers Tompkins Square, jusqu'à l'appartement d'Andrea. Ils gravirent les marches trois à trois jusqu'au cinquième étage. Hors d'haleine, ils engloutirent la boîte de beignes au chocolat achetée par Camille plus tôt dans la matinée, dans une nouvelle chaîne de restauration rapide. Assis à la table de la cuisine, elle lui racontait qu'à la suite de leur rencontre au sommet apicole de Québec, elle était retournée auprès de son père, un respecté chef de clan nomade qui bravait les Soviétiques, affairés, à cette époque, à sédentariser les populations du Kazakhstan. Très jeune, par sa grâce et son intelligence, Andrea s'était glissée dans les palais et accueillait les princes de partout dans le monde. Son père lui reconnaissait un grand talent pour la diplomatie et pour l'apiculture. Andrea et Camille ne pouvaient que bien s'entendre, avec leurs doigts brunis par le cacao. Elle lui parla de la steppe, des milliers de ruches que son père déplaçait sur des chariots tirés par des poneys kazakhs. Son transit par l'Europe de l'Ouest et sa venue à Québec avaient relégué sa jeunesse aux histoires folkloriques. Elle avait interrompu sa vie de nomade de caravane entre la Chine et la mer Caspienne. Elle avait appartenu à la Grande jüz, la horde du Sud ; désormais, elle préférait les ambassades, les bateaux transatlantiques et les costumes d'apparat. Lorsque Camille, il y a trois décennies, avait posé la première fois son regard sur elle, Andrea portait une robe confectionnée par un couturier milanais à Istanbul, du nom de Gennari, avec, en relief rouge, *Pyrus sieversii*, une pommette rustique de l'Altaï. En 1931, elle était nommée secrétaire aux langues étrangères de son pays lors de l'Exposition coloniale de Paris. Les bolcheviks menaient d'intenses répressions et une famine avait entraîné la mort d'un million trois cent mille Kazakhs. Durant cette pompeuse exposition, la délégation moscovite, sous les ordres directs du Politburo, avait revendiqué une doctrine anticolonialiste. Andrea Lubitz avait tenté de faire réagir l'opinion publique française en distribuant des pamphlets sous la Porte Dorée, mais elle ne trouvait que peu d'appuis parmi les huit millions de visiteurs. Pire, elle attirait l'attention des communistes, qui l'avaient menacée. Elle avait demandé l'asile politique et elle était restée à Paris, où elle travailla comme ménagère, puis comme garçon d'étable, et où elle avait commencé la production de miel avec quatre ruches de cinq livres. Elle échangeait son miel contre du beurre et de la farine d'avoine. L'arrivée des chars allemands l'avait décidée à s'embarquer pour New York en 1940. Elle s'était souvenue de son premier voyage en Amérique et elle avait voulu profiter de cette chance de repartir à zéro et de faire la traversée vers l'ouest pour la seconde fois. Avec son nom allemand, elle ne redoutait pas personnellement les nazis, elle voulait partir à l'aventure et suivre quelques-uns de ses amis nomades, c'est-à-dire ceux qui rêvaient de parcourir ce Nouveau Monde non pas comme ils l'avaient fait dans les steppes d'Asie à dos de cheval, mais assis sur le toit d'un train, un sac de pommes comme unique baluchon. Andrea livrait ainsi à Camille ses quinze années new-yorkaises, ville qu'elle ne quitterait jamais plus. Elle connaissait le grand air des prairies infinies et elle préférait, depuis son débarquement à *South Street Seaport*, le cosmopolitisme qui régnait en ville. On y retrouvait des gens de partout, et même un Canadien français qu'elle n'avait pas vu depuis leur amourette dans les cuisines du Château Frontenac. Il l'écoutait sans bouger, les oreilles tendues. Ils continuèrent à discuter et à s'embrasser entre deux gorgées de café turc. Camille aurait bien plongé une cuillère de miel dedans, mais ne se risqua pas à interrompre son hôte pour en demander.

Camille parcourait de la pointe de ses doigts effilés les poils blonds du mont de Vénus de cette Kazakh du nom d'Andrea Lubitz. Depuis deux jours, ils n'étaient pas sortis de l'appartement qu'elle louait sur l'Avenue B dans Alphabet City. Il se plaisait énormément, lui couché à plat ventre sur le lit, et Andrea dos au mur, nue, les coudes sur les genoux et une cigarette qui pendouillait à ses lèvres asséchées par trop d'amour. Il l'observait. Elle était haute sur pattes, avec des cuisses rondes et musclées par des milliers de kilomètres parcourus à cheval. Camille revenait pour la troisième fois de sa vie à New York. Il venait d'abandonner l'apiculture et passait par les États-Unis pour voir du pays, avant de s'installer à Falher ; c'était son plan. Lorsqu'il croisa Andrea, il déambulait dans les rues depuis trois jours, à dormir sous les escaliers ou dans les parcs. Il avait le moral, même si le métier lui manquait, mais pour une raison qu'il ignorait toujours, il devait voyager. Cette aventure avec Andrea ne le bousculait pas trop. Il n'éprouvait aucun remords vis-à-vis de sa femme, il n'avait plus de relation sérieuse avec elle depuis un certain temps. On ragotait abondamment là-dessus chez lui, mais il s'en foutait. Il logeait sa famille dans une maison de briques sur deux étages au large balcon, où jouaient les enfants sans surveillance. Dans sa rue, on racontait que Camille se rendait chaque année au lac pour coucher avec des bûcheronnes. Au champ, les apiculteurs savaient que Camille ne dormait que d'un œil, ce qui lui permettait de prévenir les attaques d'ours. Il aimait complimenter les dames, mais son faciès sérieux lui conférait l'apparence de quelqu'un qui était à son affaire, qui ne pouvait hélas chercher une aventure. Il en aurait bien vécu quelques-unes, dans des cantines ou dans des foires agricoles, mais sa vie se résumait presque entièrement à son travail, quinze heures par jour. Il donnait à la terre, mais recevait peu des hommes. Et il n'entretenait une femme que par us et coutumes. Il aurait souhaité être marin, il se voyait inspecter le bastingage de nuit, alors que la mer et le ciel unis formaient un rideau phosphorescent. Il profitait de ce bon temps facile avec Andrea ; elle ne semblait pas demander autre chose que de l'affection, et un peu d'humour ;

dans ce dernier domaine, Camille se considérait comme étant un expert. Il lécha ses doigts chocolatés avec sa langue de la taille d'une spatule. De son côté, Andrea travaillait dans une magnétothèque, où des étudiants, pour la plupart, venaient écouter des enseignements sur bobines. Andrea classait les bandes magnétiques, surtout par langues, quelques fois par diamètres; les plus utilisées servaient à apprendre l'italien, le cantonais et le farsi. Elle devenait une vraie Yankee, écoutait du bebop et rêvait d'un *penthouse* en bordure du parc. Elle fricotait, elle charmait les hommes, mais elle ne baisait jamais avec eux. Sauf avec lui, son premier amour. Elle ne coucherait avec personne d'autre, se jura-t-elle. À quoi bon? Elle n'élèverait pas de gosses, et elle ne voudrait pas piquer la liberté de Camille. Pourtant, elle l'aurait suivi n'importe où ce matin-là. Mais durant la sieste d'après-midi, elle se réveilla. Il ronflait comme un chameau qui partage la vie de tribu. Elle abandonna ainsi ses espoirs de relation à long terme. Elle ne savait pas ce qui l'attirait chez Camille; sa coupe de cheveux en raie, ses yeux pers ou ses longs monologues sur l'art de dompter les abeilles? Lorsqu'ils baisaient, elle aimait se faire nommer Lubie la folle. Dans les autres moments, ils s'échangeaient d'un bout à l'autre de l'appartement une bobine audio qu'Andrea avait empruntée sans dire un mot. Le magnétophone fut plus difficile à transporter; mais la famille Yun, de l'étage d'en dessous, d'une lointaine parenté ouïghoure qui immigra à l'ouest à partir d'Alma-Ata, un peu avant la guerre, servit de porteur en échange de son aide pour remplir des papiers pour l'immigration américaine. Elle perfectionnait la diction de son français grâce à des exercices de prononciation enregistrés sur ruban. Cette langue qu'elle susurra aux oreilles des consuls pendant des années, avec un soupçon d'épices d'Asie sur la langue. Lorsqu'il lançait la bobine, Camille devait prononcer une phrase en fonction de la vitesse à laquelle elle roulait, et lorsqu'Andrea la renvoyait, elle répétait la même phrase à l'envers.

– *Squeeze without kiss a like is cheese without pie apple.*

Bien souvent, la bobine se retrouvait sur une mauvaise trajectoire, qui déracinait les amoureux de leur coin d'appartement, où leurs corps s'entrechoquaient pour la récupérer. Les mains capturaient les replis chaleureux du corps de l'autre, et les langues s'enfourchaient jusqu'à la chute violente sur le lit. Et Camille reprenait son cri : « Lubie la folle ! »

Depuis qu'il avait quitté le Lac-Saint-Jean, ses idées ne s'étaient pas peaufinées plus qu'il le fallait. Elles partaient des yeux d'Andrea, passaient par la tabagie d'en bas et revenaient aux seins de Lubie. C'était la première fois, pensait-il, qu'il s'adonnait à une vie de débauche. Il se corrigea. En quoi avait-il une vie de débauche ? La stricte obéissance à la cause des abeilles, dictée par l'autorité familiale d'Uldéric, l'amenait encore aujourd'hui à se flageller de remords. Il faut aussi dire que les activités illicites étaient assez rares autour de lui. Il prenait plaisir, pour une première fois de sa vie, à ne pas se lever avec l'aube. Il avait mis fin aux journées interminables à suer au soleil et à geler sous la lune. Même cet appartement non chauffé lui paraissait une oasis, comparée à la dureté du sol de la tente au bord du lac. Il caressait les cheveux d'Andrea cousus de fils d'or et de fils blancs. Ces derniers lui rappelaient qu'il avait fait presque cinquante tours du soleil. Il était convaincu que la trajectoire elliptique de la Terre autour de son étoile, à trente kilomètres par seconde, y était pour beaucoup dans l'amollissement de ses chairs; le corps d'Andrea, lui, résistait encore bien à la gravité. Il fêterait son anniversaire dans une semaine. Andrea ne voulait pas lui dire où elle le mènerait, mais il n'appréciait pas les restaurants trop « sociale », comme il disait à l'américaine. Il souhaitait aller traîner sur les quais, manger du caviar et sentir le sel de mer. Andrea l'emmènerait sans doute dans un palace asiatique, ou s'il était chanceux, dans un bistro français; ils iraient déguster un foie de veau et des légumes en julienne avec une bouteille de Côtes du Rhône.

– Pourquoi tu fais cette tête, chéri? demanda Andrea. Toujours aussi rébarbatif aux découvertes?

– J'en ai que pour toi, ma Moyen-orientale, rétorqua-t-il.

– Je suis américaine maintenant, lui répondit-elle.

– Alors, je ne veux plus de toi, lâcha Camille en grimaçant.

Il se leva et alla chercher la bobine, qu'il fit rouler vers Andrea. Au même moment, il reprit le jeu de la phrase à l'envers.

– J'en ai que pour toi, ma Moyen-orientale.

– *Orientale-moyen ma toi pour que ai J'en*, répéta Andrea sans la moindre hésitation.

– Tu es trop forte pour moi.

Camille retourna dans le lit, et la bobine, lancée en sens inverse, heurta le ventilateur, ce qui modifia l'axe dans lequel il poussait la brise. Andrea vint rejoindre Camille, brinquebalant les hanches pour émoustiller son homme. Elle se juxtaposa au-dessus de Camille qui était nu, couché sur le dos.

– T'aurais pas dû quitter tes abeilles, toi, dit-elle. Tu es malheureux, cela se voit. Tu n'arrives pas à te concentrer sur autre chose.

– Je me concentre sur toi.

– Tu me baises, ce n'est pas pareil. Je suis certaine qu'au fond, tu penses à un enfumoir ou pire, à une reine de miel.

Andrea se rembrunit et s'assit à côté de Camille :

– C'est pas moi, ta reine ?

– C'est une vieille histoire, Andrea. Une autre fois.

Camille se tourna sur le ventre pour ne pas croiser le regard de la Kazakh. Il prit une cigarette dans le paquet et l'alluma. Elle s'assit directement sur lui, et caressa le bas de son dos et ses fesses sans poils.

– Je veux t'exciter, annonça Lubie.

– Ce n'est pas une ruche, ça va que dans un sens.

Elle le chatouilla. Camille perdit son mégot dans le cendrier et se retourna sous elle.

– Raconte-moi encore l'histoire des cinq voleurs, demanda Lubie.

– Encore celle-là ? interrogea Camille.

– Oui, c'est la meilleure ! Comment tu chasses les bandits à l'aide de cent mille abeilles.

– D'accord, je suis l'homme au dard d'acier.

Andrea et Camille furent pratiquement renversés à l'intersection de la 7e Avenue et de la 37e Rue par un support sur roulettes qui contenait des robes à pois, poussé par deux quinquagénaires en bras de chemise. Ils s'annoncèrent en italien : « *Attenzione* ! » mais même si elle avait le cœur chaud, Andrea dut pousser Camille, stupéfait, pour les éviter. En cette journée ensoleillée, le Garment District ressemblait à une ruche, avec l'effervescence que procure un printemps sec et prometteur. On s'affairait à remplir les vitrines des boutiques avec les confections de la saison d'été, et Andrea perdait le pas sur Camille à chaque mannequin.

Il n'était pas dépourvu d'intérêt pour l'habillement ; sa dernière occupation consistait à lier d'infimes fils pour rétablir la production dans plusieurs usines de la région de Cowansville, dans les Cantons-de-l'Est. Il n'avait pas mis beaucoup de temps à apprécier la qualité des tissus fabriqués à New York, comparativement aux pauvres tissages de Montréal. Une marche russe jouée au piano, et qui parvenait aux oreilles des passants, donnait encore plus de rythme aux travailleurs du textile. Alors qu'à une autre époque, Andrea trouvait cet hymne d'une lourdeur idéologique, il sonnait beaucoup plus comme une mélodie de liberté en ce mercredi après-midi, pour elle comme pour des milliers de juifs immigrés de Russie et d'Europe de l'Est. Camille était étourdi, Andrea l'interpellait beaucoup plus que cette Babel qui grouillait comme cent mille colonies d'*Apis*. Il se demandait ce qu'il faisait là ; un lit dans un appartement, d'accord, mais la ville ne lui plaisait guère, malgré la rassurante présence d'Andrea dans Midtown Manhattan. Uldéric, son père, lui avait toujours déconseillé la ville et il s'en était toujours tenu éloigné.

– Tu ne sais pas ce que tu vas y trouver, mais ça va tous nous laisser de travers, avait-il dit pour le sermonner, dans le camion, au retour de Québec, trente-cinq ans plus tôt.

Uldéric avait enchaîné :

– Tu vois que la ville, ça ne sert qu'à nous brûler les lèvres ; les filles, ici, elles ne portent pas de chapeau ni de foulard. Une étrangère, en plus, Camille…

Il réfléchissait à ce passé, pendant qu'Andrea parcourait du bout des doigts les cintres métalliques qui tenaient des bustiers bourgogne coussinés. Il ne fallait pas exagérer, Uldéric avait été naïf à l'époque à Québec. Il l'excusait, mais il étouffait tout de même, il n'enviait rien, finalement, à cette capitale du monde, qui érigeait sous ses yeux le siège social de l'Organisation des Nations Unies. Nous vivions une époque faste pour les fleurs ; chaque balcon possédait les siennes, les abeilles volages se laissaient amadouer et butinaient d'un pot à l'autre. En tête de ligne, le Waldorf-Astoria affichait complet, défiait la logique de la 4e Avenue et allouait dix chambres gratuites à des ouvrières indispensables sur le toit du célèbre hôtel. Pourquoi son père avait-il peur de l'étranger ? Il l'aimait bien, Andrea, mais comment pourrait-il lui rester lié ? Elle postulerait dans quelques semaines pour un emploi de traductrice dans cette nouvelle institution internationale, à quelques minutes de bus seulement. Lui, il avait cinquante ans et il était toujours à la recherche d'un emploi. Il pourrait devenir débardeur, mais ce travail plus rude que le précédent ne l'enchantait guère. À quoi bon ? Allait-il se chercher une situation encore longtemps ? L'éducation transmise par les frères était là pour ça, accepter sa place dans le monde, telle qu'elle se présentait à l'adolescence, et ne pas en dévier. Nous sommes prédestinés à être à notre place et ainsi, on s'évite de trop réfléchir. Camille commença de façon précaire à lire des romans et à rêver durant les soirées d'hiver. Il me faudrait une cause, se disait-il, alors qu'il percevait son visage dans une vitre, la main droite sur la fesse d'Andrea, en pâmoison devant une paire de souliers vernis. « Je devrais me raser. » Sa barbe imparfaite et grisonnante lui donnait une allure des tropiques, comme s'il avait été soumis au typhus ou à la malaria. Il respira profondément. Andrea perçut sa détresse. Elle le prit par la main.

– Que se passe-t-il ?

– Je dois partir.

Andrea le regardait droit dans les yeux. Camille pleurait.

– Je dois sortir d'ici, je ne me sens pas bien.

– Retournons chez moi, tu prendras le train demain.

– Je ne veux pas retourner tisser.

Lorsque les amoureux se dévêtirent, une fois dans l'appartement, Andrea reprit le jeu.

– Mon thé t'a-t-il guéri ta toux ?

Et elle envoya la bobine vers le fond de l'appartement ; Camille courut récupérer la bobine à deux mains, se redressa et grimaça, sans savoir comment prononcer cette phrase à l'envers. Il la leva au-dessus de son épaule comme un trophée et montra Andrea du doigt. Il avait repris un peu d'appétit et son spleen s'atténuait, à mesure que Lubie lui transférait à nouveau ses phéromones.

– On va jouer d'une nouvelle façon.

– Laquelle ?

– Le lancer du disque.

Camille fit un tour sur lui-même et lâcha mollement le poids qui passa à un mètre d'Andrea et sortit par la fenêtre ouverte. Il heurta la brique en face et tomba à rebond dans la ruelle. Andrea et Camille se précipitèrent à la fenêtre et observèrent le ruban sur le ciment, cinq étages plus bas, la boîte crochue par l'impact. Il la chatouilla et s'élança.

– Le dernier rendu en bas fait la vaisselle.

Ils dévalèrent les escaliers trois marches à la fois et Camille hurlait.

– Je suis fou ! Fou ! Lubie ! Je suis fou !

Andrea le plaqua au deuxième palier et Camille heurta une porte qui résonna sous son poids. Il plia un genou et repartit à la suite d'Andrea, qui le devançait de six marches. Ils sortirent par la porte de service et entrèrent de nuit dans la lugubre ruelle. Elle s'arrêta devant la bobine et se tourna, victorieuse, les bras en l'air et les seins au vent.

– J'ai gagné.

Camille la prit dans ses bras, l'assit sur une caisse, et ils firent l'amour.

L'autobus roulait en ligne droite vers l'ouest, le long du quarante-neuvième parallèle, par les chemins étroits et enserrés par les conifères. Camille était exaspéré. À cinquante ans, que faire ? Les histoires de la province ne l'intéressaient guère, il était trop paysan pour ça. Il voulait des histoires concrètes, mais il avait peu d'entregent. Il lui aurait fallu des jours de préparation, mais il n'y avait que la nuit que son intellect performait ; le jour, il se consacrait aux élevages. À New York, le bourdonnement incessant de la ville l'empêchait de dormir ; les nombreuses langues que parlait Andrea, pendant son sommeil, et qu'il ne comprenait pas, l'effrayaient. Il avait abordé de nombreuses problématiques au cours de sa vie. Sa compréhension des abeilles dépassait largement celle des humains qui, selon lui, se plaisent à entrer en compétition les uns avec les autres de façon outrancière, sous prétexte de mieux communiquer et de mieux interpréter les lois. Pour lui, les principes de la nature, contrairement à ce que les autres croyaient, étaient assez, sans vouloir dire vulgaires, simples de compréhension, ou du moins, elles étaient faciles à mettre en pratique. Mais les humains sont-ils toujours dignes de leur nature ? Il avait échappé à l'appel militaire une première fois, parce qu'il avait le pied cassé et une seconde fois, en 1943, parce qu'il s'était marié. Certains l'avaient trouvé bien lâche, mais il avait prétexté qu'il gardait en sécurité les ruchers des Bosch, qui risquaient d'envahir les basses terres de Gaspé jusqu'au lac Saint-Pierre. Il n'avait pas le courage d'utiliser une mitraillette, même s'il aimait l'odeur de la poudre à canon; il n'avait même pas le courage de tirer à la carabine au bout du champ. Uldéric disait souvent de son fils, alors qu'il le voyait relever, de ses faibles muscles, la clôture à vache qui lui écorchait les biceps: « C'est un bon petit soldat, il sera capitaine. » On le suivait par temps venteux pour attacher les ruches, pour qu'une tornade ne puisse pas les emporter. Il avait soulevé un tracteur à l'aide de ses omoplates, couché dans la boue, pour faire sortir d'en dessous le fermier Jean, avant que s'enflamme le pétrole qui giclait des tuyaux percés du bloc-moteur. « Andrea, à quoi bon? se demandait-il. Elle sera toujours le reflet de ce monde qui m'effraie et qui dérape. Pourquoi aller vivre à dix mille kilomètres d'où je suis né? Dans combien d'années en serai-je fier? Mais c'est ce que je m'apprête à faire. Ma vie s'altère et se détériore, alors que les générations précédentes disparaissent. Hier encore, j'assistais à la mise en terre d'un aïeul qui ne sera pas nommé dans les livres d'histoire ni dans ceux de la paroisse; les mots d'adieux ont été brefs et délétères, une touche moins éternelle qu'une motte de lichen sur du granit poreux. »

Un homme posa son journal sur le comptoir, tira le tabouret qu'il enfourcha. Le pâtissier lui faisait dos. Il s'affairait à remplir une boîte.

– Deux caissettes de beignes royaux.

Le pâtissier ne se retourna pas, brocha le contenant immaculé et refit la même opération pour la nouvelle commande. L'homme débita :

– Il y a eu un accident à la fabrique. Il y a deux camions qui se sont rentrés dedans et il y a trois cartons de cyanure qui se sont déchirés. Il y a deux morts et le fils à Berthiaume est brûlé dans la face. On dit que l'on voit les os de sa mâchoire.

Le pâtissier se retourna et déposa les boîtes : « Deux dollars », ajouta-t-il. L'homme sortit un billet de sa veste de coton brune et le déposa entre les contenants. Le pâtissier le récupéra et le glissa dans la caisse. Il jeta un coup d'œil au quotidien, la couverture annonçait la rémission complète du pape Pie XII grâce au traitement du professeur Galeazzi-Lisi avec de la gelée royale. L'homme devant lui parlait du nuage de poudre qui s'était élevé au-dessus des camions, qui avait brûlé la peinture des véhicules et laissé la terre nue autour.

– Camille, Camille, m'écoutes-tu ?

Il était plongé dans cette histoire miraculeuse provenant de Rome.

– Ah oui ! Rivière-la-Paix... c'était le môme à qui ?

– Peu importe, son père est mort, c'était le fils Berthiaume. Il aimait bien tes beignes.

Camille geignit, il ne souhaitait guère être rattaché de quelque façon que ce soit à cet incident malheureux.

– Je vous avais prévenu que c'était dangereux et contre-productif de détruire les ruches comme ça.

– J'y suis pour rien, je fais ce que le boss nous dit de faire ; lui, il calcule que c'est moins cher d'acheter du neuf à chaque fois, je ne fais pas ce que je veux.

– C'est quand même toi le contremaître, poursuivit froidement Camille. Je ne pense pas qu'il fait le même calcul aujourd'hui. J'espère que c'est la fabrique qui va dédommager la famille.

– J'imagine... Je ne peux pas tout faire, mais je peux t'offrir un job drette là. J'ai deux hommes à remplacer pour quatre semaines. Je te laisse même vendre des beignes entre les ruches.

Le contremaître n'abandonnait toujours pas. Camille bougea la tête à grande vitesse en signe de négation :

– J'ai arrêté ça il y a un bout, tu vois pas.

– Je t'offre mille dollars, renchérit le contremaître.

– Je croyais que c'était toi le meilleur apiculteur dans le coin, répliqua sèchement Camille.

– Meilleur après toi, riposta l'homme.

– Est-ce que j'ai l'air d'un apiculteur ? J'ai arrêté ça il y a quatre ans déjà, je cuisine des beignes maintenant ; fini ce temps-là.

Le contremaître ne se décourageait pas devant le refus catégorique de Camille. Il savait que la fraternité le ramènerait au rucher. Il continua d'insister :

– On a besoin de toi pour terminer la récolte et remettre de l'ordre. Il n'y a plus personne qui a confiance. Si tu venais faire juste un petit tour demain, serrer des mains et expliquer pourquoi on ne doit pas tuer les abeilles de même...

Après la passation de ses savoirs à Léopold, Camille avait délaissé la pratique apicole pour devenir journalier dans une usine de filature de tissus. Il trouvait bien insatisfaisant de travailler pour d'autres entrepreneurs, surtout lorsque le salaire permettait juste de se payer de quoi à manger. La formule classique, encouragée par son père à la fabrique, l'avait toujours placé en compétition avec tout le monde. Ou était-ce son orgueil? Probablement que son talent inné pour l'apiculture lui avait fait fuir toutes les situations où il n'avait pu tenir le premier rôle. Être un simple exécutant ne lui apportait aucune satisfaction. Sans demander l'avis de sa femme, il était parti à l'Ouest vendre des beignes au miel, seul mets qu'il avait appris à cuisiner. Vers l'âge de huit ans, il manqua une courbe, alors que la laisse de cuir, reliée au frein de sa boîte à savon, se déchira. Le véhicule percuta violemment le mur de briques du comptoir postal. On l'avait placé aux soins de sa grand-mère Ilda, près du four, à éplucher les patates, une jambe dans le plâtre. Il détestait cette corvée, mais se révélait plus perspicace lorsqu'Ilda préparait ses beignes pour le *brunch* dominical. Elle lui avait expliqué comment bien prendre la pâte, comment la rouler et, enfin, comment la badigeonner de miel. Il avait appris en douze leçons, soit les trois mois qu'il eut la patte plâtrée. Ilda répétait la recette que Camille ne cessait de remettre en question.

– Pourquoi trois tasses de farine ? Et pourquoi en enduire le comptoir ? Pourquoi étendre le miel au pinceau ?

Ilda lui répondait inlassablement :

– Faut pas se *bâdrer* avec ça, Camille, c'est ça, la recette.

Il n'oublia jamais comment faire. Maintenant, il avait rejoint la communauté francophone de Rivière-la-Paix, à l'autre bout du pays, en marge des Rocheuses. Il achetait le miel d'une autre branche de la famille Paradis. Le plus grand producteur de la région n'était pas réputé pour sa générosité envers ses employés. Il exploitait cinq mille ruches et produisait, à cette époque, un miel de trèfle reconnu à travers le monde comme étant le plus doux et le plus sublime. Le « *Canadian Snow White Clover* » se vendait jusqu'en U.R.S.S., exploit rarissime à l'époque. De nombreux membres de la communauté apicole francophone de la région de Girouxville offrirent à Camille un travail au rucher, mais son affection pour ces petites bêtes l'avait abandonné. Piqué dix fois au cours de sa vie, il n'avait plus la flamme. Il avait décidé qu'il ne voulait plus courir, mais profiter du temps à loisir. Son commerce de pâtisserie, il l'ouvrait un peu avant le dîner et en sortait toujours avant quinze heures. La nature avait cessé enfin de le contraindre à se préoccuper d'elle. Il l'avait toujours caché, son père en avait sûrement fait autant, mais il craignait que son relâchement à s'occuper des ruchers entraîne un cataclysme, une famine sans précédent. Il exagérait, mais il se voyait comme un rouage essentiel dans le processus de régulation de la planète Terre. Qu'il était prétentieux à cette époque ! Il développait toujours une certaine culpabilité lorsqu'il portait son attention sur un autre sujet. Il avait changé un peu d'opinion depuis, mais c'est certainement la raison pour laquelle il était blasé de tout. Comment se lasser d'Andrea ? s'était-il demandé tout au long des deux mille sept cents kilomètres d'autobus qu'il avait parcouru entre Manhattan et Falher. Il trouvait la réponse dans la solitude, à lire des classiques français et grecs, à la lueur de la chandelle. Il délaissait les romans américains d'après-guerre, qui ne le représentaient plus, les personnages étaient, la plupart du temps, urbains et cosmopolites, lui qui évitait de connaître le sort du voisin. De l'égoïsme certain, qui ne l'empêchait pas d'aider, les lundis, un cousin à réparer des voitures qui dépassaient l'âge normal de fonctionnement. Des cent cinquante dollars qu'il réussissait à réunir chaque semaine, il en envoyait cinquante à sa femme à Drummondville. Camille céda et répondit :

– OK, mille dollars, des bottes neuves pis mes beignes, et je commence dans deux jours.

L'homme releva la tête :

– Pourquoi pas demain ?

Camille ouvrit le tiroir-caisse et s'empara des vingt dollars qui s'y trouvaient. Il retira son tablier et sortit d'une armoire une boîte contenant huit pots de gelée royale.

– Allez, je ferme, je vais à Rivière-la-Paix tenter quelque chose pour le môme à Berthiaume. Quelque chose que je croyais ne plus devoir faire de ma vie. Après tout ça, je retourne chez moi.

Le téléphone sonna. Camille franchit les huit pas qui le séparaient de l'appareil vissé au mur de la cuisine. Au cinquième tintement, il décrocha.

– Bonjour. Monsieur Camille ? demanda la voix féminine à l'autre bout. J'ai besoin de vos services ce matin ; vous êtes libre maintenant ?

La voix de l'interlocutrice chevrotait et cachait mal son angoisse.

– Plus ou moins, dit Camille. Mais que puis-je pour vous ?

La famille de Camille, ses deux filles et sa femme Céline, était allée se balader en voiture avec Cyril et son fils adoptif, Léopold, venus déjeuner plus tôt. Camille prenait toujours son temps pour terminer la lecture des actualités et pour consigner dans son journal ses dernières idées ; c'était son rituel dominical.

– J'ai un problème d'abeilles, monsieur. On m'a dit que vous pourriez m'aider. L'exterminateur ne travaille pas aujourd'hui et je n'ai pas beaucoup de sous pour le payer.

– Qu'est-ce qu'elles ont, les abeilles ?

– Elles entrent dans la cuisine par un trou près du poêle. Vous pouvez faire quelque chose ?

– Bon, enlevez le ragoût du feu et éloignez-vous du poêle. J'arrive.

Camille nota l'adresse. Il raccrocha, reprit son cahier et termina de noter sa réflexion. Il était réapparu à la maison il y a une quinzaine de jours. Il avait pénétré dans le salon et s'était assis entre ses deux filles, qui jouaient à la courte paille sur le plancher. Ni l'une ni l'autre n'avait reconnu cet étranger, mais elles ne s'en étaient pas formalisées, il y avait une familiarité chez cet homme, comme chez tous les autres ; en bas âge, on accepte les autres sans se poser de questions. Sa femme, elle, avait avalé sa salive et camouflé ses pieds nus sous sa robe de laine, gênée de ne pas avoir pu se préparer adéquatement. Ils étaient restés ainsi pendant une heure, avant que la petite Estelle les ramène à la réalité : « J'ai faim. » Camille et Céline se regardèrent, se demandant : « Que fait-on ? » et se levèrent derechef.

– Oui, quoi ? Je vais chez le boucher, dit-il, disparaissant dans le couloir.

– Oui, je vais faire bouillir des légumes, ajouta Céline en se levant du fauteuil.

La vie reprit de cette façon. Deux semaines passèrent et Camille n'avait toujours pas de travail. Il ne voulait pas retourner à la fabrique à miel. Il pensait retourner dans le textile, comme agent de commerce, il aimait la route. Il déposa sa plume, tout en demeurant dans ses pensées. Il ne se préoccupait pas de son avenir, pas de ce qu'il allait faire, pas de ce qu'il adviendrait de ses mains. Depuis son départ du Lac-Saint-Jean, sa romance avec Andrea et sa production de beignes, son esprit tergiversait sur la valeur qu'il souhaitait donner à sa vie. Il ne souhaitait pas y mettre fin, loin de là, mais maintenant qu'il était au midi, il cherchait à comprendre où il se situait. Depuis sa rentrée à la maison de Drummondville, il profitait de cette heure le matin pour consigner une histoire dans son journal. Il commençait à étoffer la généalogie familiale, personnage par personnage. Il remontait jusqu'à loin, très loin, quatre cents ans auparavant, à Perche, en France. La première page de l'album s'ouvrait sur la tombe de Pierre Paradis. Lors de leur retour du Lac-Saint-Jean, ils s'étaient arrêtés, Léopold, Louis Bossé et lui, à l'île d'Orléans, lieu auquel il était profondément attaché. L'ancêtre y avait défriché quelques arpents. Louis Bossé avait photographié la pierre tombale lors de ce passage. Camille rapatriait toutes les archives possibles, le passé ne l'intéressait pas encore, mais il souhaitait comprendre pourquoi l'apiculture était tombée sur sa famille comme la brasserie sur les Labatt. Qui introduisit cette pratique ? Et pourquoi on tenait tellement à perpétuer cette tradition ? Voilà le mot, c'est ça. Dans son encyclopédie, au mot *tradition,* on pouvait lire : « conserver le souvenir de ce qui a été et le devoir de le transmettre et de l'enrichir ». Nous ne sommes pas si différents des abeilles, finalement ; celles d'entre elles qui ne transmettent rien sont éliminées. Nous, nous jetons les indésirables à l'hospice, à la rue ou en prison, nous sommes beaucoup plus cruels. Une mémoire collective, est-ce à cela que sert la famille ? Et si on veut en sortir ? J'y suis arrivé, mais je reste piqué à vie. Camille tournait les pages, s'aidant d'un peu de salive qu'il prélevait de son index. Il avait oublié le téléphone. Nous sommes beaucoup plus forts unis. Qu'est-ce qui poussa Basile Aubin-Paradis à installer cette ruche dans le jardin ? Un voisin, un agriculteur, un survenant lui avait suggéré de produire du miel ? Un précurseur dans notre région, sans contredit ; Camille cherchait à comprendre, et Rose-Ilda Bouvier-Paradis, sa grand-mère, livrait plus d'informations que quiconque. Il admirait la plume soignée de cette dame ; cette note lui donna de l'entrain :

« Que ton plaisir soit dans le travail, sur la toile ou dans l'argile, par la plume ou sur la lyre, exalte ton idéal ! Tope ! »

Mais pourquoi a-t-il changé de nom ? Puisqu'il n'avait pas la réponse, il entreprit de rédiger une apologie de son père Uldéric.

Camille reprit ses esprits. Il enfila son veston noir en tweed et ajusta, devant le miroir, le col de sa chemise. Il prit sa montre qu'il attacha à son poignet et enfila son pardessus gris ; il allait peut-être pleuvoir. Il descendit le balcon et emprunta la rue, qu'il remonta en plein centre. Seules les ombres des vêtements à sécher s'animaient dans le quartier. L'odeur de la lessive lui paraissait la même que celle qui filtrait par la fenêtre, le matin où il avait quitté Andrea sans dire un mot. Il comprenait maintenant pourquoi il était parti pour l'Ouest, il devait retrouver son rythme. Il ne pouvait fonctionner correctement sans une certaine discipline, un horaire, quelque chose sur quoi se concentrer l'esprit. L'apiculture lui avait toujours apporté ce réconfort, cette routine. Possiblement que c'est le manque de reconnaissance de son métier qui l'avait fait abandonner. On identifiait rapidement un cultivateur professionnel à une panoplie d'icônes stéréotypées ou pas, ça avait peu d'importance, mais lorsque quelqu'un évoque le métier, il nous vient à l'esprit rapidement une tomate, un tracteur, des sillons, un arrosoir ou un râteau. L'apiculteur, lui, est pris avec un insecte comme image. La majorité de la population redoute le bourdonnement silencieux entre les deux vitres de la cuisine. On redoute ce petit corps qui peut injecter du venin à l'aide d'un aiguillon lorsque l'on tente d'ouvrir le moustiquaire de la fenêtre pour chasser cette ouvrière déboussolée, emprisonnée par ces barrières translucides. Cette indifférence ou cette incompréhension, qu'il sentait chez cette dame vers laquelle il se dirigeait, lui avait fait accrocher le voile. La rue serrée par la brique offrait un passage à ses pas pressés. Elle habitait sur la rue Sainte-Thérèse, à quelques pâtés de maisons. Il sonna, et madame Paul lui ouvrit.

– Venez, venez. Le poêle est par ici.

Camille entra et suivit la dame jusqu'à la cuisine. Elle lui indiqua la fente par laquelle les abeilles sortaient, attirées possiblement par la chaleur ou l'odeur sucrée du bouillon.

– Ça sent bon.

Il se pencha à la droite du poêle en fonte.

– Ce sont des guêpes, pas des abeilles.

Il se releva et regarda madame Paul. Elle ne semblait pas comprendre ce qu'il disait.

– Des guêpes, ça pique quand même.

– Vous avez un journal ? demanda Camille.

Elle alla au salon et revint avec *L'Express* de Drummondville, qu'elle lui tendit. Il retourna au poêle, s'agenouilla et commença l'opération. Il roula le journal et cogna un coup de la main droite, tout près de la fente. Quelques secondes s'écoulèrent et une guêpe sortit comme un portier de taverne un lundi soir sans achalandage. « Pow ! » fit le journal, écrasant la guêpe contre le mur. Camille cogna à nouveau contre le panneau de *presswood* et attendit encore quelques secondes. Une autre guêpe sortit de la fente ; il la tua elle aussi. Il répéta l'opération quarante-six fois, accroupi pendant une vingtaine de minutes. Lorsqu'il se passa soixante secondes après le coup et qu'aucune nouvelle guêpe ne sortit, Camille proclama l'opération réussie ; il se releva, ouvrit le poêle et y jeta *L'Express*, sali par de la chair de guêpes.

Chapitre 12

Centaurea cyanus

⁂

Le valet taxi roulait en direction de l'aéroport Benito Juárez avec Stefanía et Cuauhtémoc à son bord. Stefanía, assise derrière le conducteur au veston marine, se tenait la jambe droite sur le siège de façon à faire face à Cuauhtémoc, songeur, assis à sa droite. Elle s'était jetée dans la voiture pour lui parler. Son mari muet quittait la maison d'un pas précipité.

– Quand reviendras-tu ? lui demanda-t-elle.

– Dans trois jours, au plus tard dans une semaine.

– Je ne comprends pas la raison de ton voyage, Cuauhtémoc. Tu m'avais dit que tu arrêterais de courir après ces masques, et te voilà reparti.

– C'est le dernier, après... répondit-il.

– Après quoi ? demanda Stefanía, tout en replaçant une mèche de cheveux qui lui descendait dans le visage derrière son oreille.

Elle regarda la circulation au travers de la vitre avant.

– Après le voyage, nous en reparlerons. Après...

Elle reporta son attention sur son époux.

– J'ai l'impression que tu as tout décidé et que tu ne veux pas me consulter. Qu'est-ce qui t'arrive, Cuauhtémoc ? Je croyais que tu voulais partager ta vie avec moi !

Cuauhtémoc regardait défiler les devantures de béton des édifices commerciaux qui bordaient l'autoroute.

– Je change, dit-il, alors qu'il se retournait vers sa femme, Stefanía. Je vieillis. Tu viendrais avec moi vivre en campagne ?

– Tu es sérieux ? Tu veux quitter la compagnie ? Les affaires vont bien, non ?

– Ce n'est pas la raison. C'est moi. Prends le temps d'y penser, s'il te plaît, lui demanda-t-il, alors que la voiture se garait au terminal de l'aéroport international.

– Toi aussi, Cuauhtémoc, pense à nous.

Elle ne voulait pas qu'il parte. Ils s'embrassèrent, mais non pas comme chaque matin, au départ pour le travail, alors qu'ils se laissaient à la sortie de l'ascenseur de la tour Iturbide. Il la prenait alors par la taille et elle mettait ses mains dans les poches de son trench gris, et ils se souhaitaient la meilleure des journées. Dans le taxi, seules leurs lèvres se touchèrent ; Stefanía retint une larme, mais Cuauhtémoc ne décela rien. Il était déjà dans l'avion, à trente-cinq mille pieds au-dessus du Mexique, à réfléchir à ce masque *Centaurea Cyanus*, la raison de son voyage. Sans dire autre chose, il sortit, ferma la porte, salua Stefanía de la main au travers de la vitre et récupéra sa valise sur roulettes et un écrin de cuir que le valet lui tendait sur le trottoir. Cuauhtémoc prit la direction du terminal et du bureau d'enregistrement.

Assis dans l'avion en première classe, Cuauhtémoc posa l'écrin de cuir sur ses genoux. Il l'ouvrit et le masque était là, une pâle constellation de bleuets flottait à l'intérieur du miel. Les cavités circulaires ouvertes lui faisaient penser aux yeux d'un ours. En dessous, un nez aquilin, comme une pierre polie, donnait du caractère et une certaine jeunesse à cette bouche souriante. Cuauhtémoc referma le coffret, qu'il déposa à sa droite, entre le mur de la cabine et lui. Il se sentait si près du but. Il allait confirmer la provenance de ce masque. Bien sûr, le fait de laisser sa femme Stefanía en plan lui causait des remords, mais tout cela s'achevait ; elle le suivrait à la campagne, et de toute façon, ils auraient toujours l'appartement en ville et le condo à la mer. Ils pourraient profiter des mêmes privilèges. Cuauhtémoc était bien assez riche, et il garderait des parts dans la compagnie. Le trajet dura cinq heures et dix minutes ; à Montréal, deux cents Mexicains revenant à la maison attendaient pour remplir leurs déclarations et faire tamponner leur passeport. Cuauhtémoc avança seul jusqu'à la cabine de l'agent du service frontalier du Canada. De la main droite, il tirait sa valise roulante, et sous son bras gauche, il tenait l'écrin de cuir. Il présenta ses documents.

– Vous êtes ici en touriste ? demanda le douanier qui lisait en même temps le formulaire d'immigration.

Il dévisagea le voyageur.

– Oui.

– Vous resterez combien de temps ?

– Sept jours.

– Vous transportez quoi, dans cette boîte ?

– Un masque de miel.

– C'est un cadeau ?

– Non, je viens le faire évaluer.

– Donc, vous venez travailler ?

– Non, pas exactement, c'est une œuvre d'art que je viens faire authentifier.

– OK. Ça, je comprends, mais vous savez qu'il vous faut un document qui atteste de sa provenance ? Et du miel en plus.

Cuauhtémoc comprit qu'il en avait trop dit. L'agent fronçait les sourcils et le regardait avec sévérité.

– Rendez-vous à la porte à droite, ici, derrière.

L'agent remit le passeport à Cuauhtémoc sans l'estampiller. Il prit le téléphone et prononça un code pour annoncer le voyageur. Il continua son chemin jusqu'au bureau des Services frontaliers du Canada. À l'intérieur, deux agents vêtus de gris lui expliquèrent ce qu'on lui reprochait. La pièce de miel possédait les caractéristiques de quatre objets prohibés à l'importation. Substance vivante, produit de la ferme, œuvre d'art sans certificat d'authenticité, pièce archéologique d'origine inconnue.

– Qu'est-ce que vous faites avec ça ? demanda le major.

– C'est une œuvre d'art, répondit Cuauhtémoc.

– Vous ramenez ça du Mexique ? Ça ressemble à un masque funéraire.

– Sans doute, mais c'est du miel, cette œuvre a été faite ici en 1949.

– Ici, vous dites ? Que faisait-elle au Mexique ?

Cuauhtémoc leur raconta la découverte du masque au couvent et détailla les recherches qui avaient conduit à la découverte de la provenance de celui-ci. Il avait rencontré la direction des sœurs Clarisses, mais la seule information qu'elles avaient voulu lui transmettre fut un nom : « Juanita ». Les analyses de laboratoire réalisées pour connaître la consistance du masque l'avaient mené sur plusieurs pistes. Les principaux ingrédients de ce visage doré clair, le trèfle et la fleur de bleuets, attestaient d'une production artisanale. La culture de ce fruit se pratiquait dans de nombreux pays, mais la pureté de cette variété diminuait le nombre de candidatures. Il avait fait de nombreux voyages infructueux pour finalement retrouver la source de celui-là. Cuauhtémoc présenta aux agents une copie en format PDF d'un article de la revue *The American Bee Journal,* daté de 1949, qui avait le plus attiré son attention. Le récit provenait de la *Province of Quebec,* et répertoriait les différents types de production. On y vantait la qualité supérieure de son miel en raison de la résilience des apiculteurs qui, malgré la dure saison hivernale, réussissaient à maintenir de grandes colonies en s'approvisionnant en abeilles aux États-Unis. Le sous-titre *Blueberry Field* l'avait fait réagir. L'auteur, un certain Louis Bossé, narrait son expérience au Lac-Saint-Jean avec deux apiculteurs du nom de Paradis. Cette traduction du français par les éditeurs Dadant révélait l'attrait de ce coin reculé pour les variétés florales abondantes. Bossé racontait son parcours en camion, son week-end à Saint-Félicien et les talents de l'oncle et du neveu pour l'apiculture. Cuauhtémoc s'était demandé s'il pouvait bien s'agir d'eux. Combien d'apiculteurs travaillaient à cette époque dans la province ? Dix mille ? Une note personnelle consignée par l'auteur en milieu de chapitre lui avait laissé présumer qu'il avait enfin découvert l'objet de sa quête. Le jeune journaliste avait écrit :

« Malgré la grande confiance et la camaraderie que Camille et Léopold me témoignèrent, je n'ai pu que constater ma déception lorsqu'ils me déposèrent à l'hôtel avant de m'annoncer au travers de la portière que les non-initiés ne pouvaient comprendre le rituel pratiqué ce soir-là. »

Le reste du document comprenait les histoires entourant le Congrès apicole, et des informations au sujet de la faune et de la flore bordant le lac.

– Je crois avoir enfin trouvé l'origine de ce masque ici, en Montérégie. Il y a un an, j'ai communiqué avec un apiculteur de Saint-Hugues nommé Vincent.

L'un des agents des douanes feuilletait le passeport vert de Cuauhtémoc, avec ses étampes et ses visas d'une vingtaine de pays. Il avait préalablement visité le Dakota, Salta, la France normande, et prévoyait se rendre en Russie. Il rêvassait souvent, s'imaginant que son masque avait été introduit au Mexique dans la valise de Lev Davidovitch Bronstein en 1937, mais il omit de leur révéler cette idée loufoque. Il expliquait aux agents, calmes et attentifs, que Vincent devait le prendre à la sortie. « Tu me reconnaîtras à l'abeille sur ma chemise », avait-il écrit. Il révéla ses communications avec cet apiculteur, qu'il soupçonnait d'appartenir à la même famille que le créateur du masque. Les agents fouillèrent son ordinateur et son téléphone portable, ils lurent ses courriels et ses messages textes. Leurs communications par Internet avaient toujours été brèves et remettaient à plus tard les véritables explications. Cuauhtémoc avait demandé : « Je cherche un apiculteur du nom de Paradis fabriquant des masques de miel », et l'apiculteur avait répondu que cette recherche semblait vouloir aboutir. « Pouvait-il le rencontrer ? » L'apiculteur avait répondu que n'importe quel moment, entre deux ouvertures de ruchers, lui convenait. Ils avaient pris rendez-vous à l'aéroport, et confirmé la date par courriel. L'apiculteur allait patienter en attendant le voyage, avait-il écrit, une façon polie de conclure la conversation. Sa recherche devait s'achever ce midi, à son arrivée à Montréal. Il allait élucider le mystère qui le tenait en haleine depuis vingt-huit ans. Les agents relâchèrent Cuauhtémoc, après qu'il eut passé trois heures dans la salle d'interrogatoire. À la guérite de sortie, il n'y avait aucune trace de Vincent l'apiculteur, qui devait venir le chercher. Il lui téléphona.

– Tu as un problème ?

– Non, juste un retard. Je prends une voiture et j'arrive.

Cuauhtémoc s'attendait à ce que Vincent lui offre de venir le chercher à nouveau, mais lorsque la communication s'interrompit, il comprit que cet homme ne se montrerait pas plus généreux. Il comptait donc sur le GPS de la voiture de location pour le mener à Saint-Hugues, une course de quatre-vingt-treize kilomètres.

À sa sortie de la voiture, Vincent était tel que se l'imaginait Cuauhtémoc : favoris grisonnants, yeux clairs exorbités, chemise lignée. Il remarqua l'effigie de la fabrique, une abeille. Il tendit la main, alors que l'apiculteur tournait déjà les talons et laissait Cuauhtémoc le suivre, sans repères ni sympathie. Ils marchèrent sans prononcer un mot jusqu'à la cafétéria de la fabrique, une petite pièce meublée avec un réfrigérateur blanc, un micro-ondes et une armoire au mur comprenant six portes de mélamine blanche ; il y avait des empreintes de miel sur les poignées. Vincent invita Cuauhtémoc à s'asseoir. Il alla au comptoir, prit deux tasses de café qu'il déposa sur la table devant son invité mexicain. Le soleil de fin d'après-midi entrait par rayons timides dans cette pièce orientée vers l'est.

– Je suis désolé, mais on m'a gardé à la douane.

– Vous m'avez déjà dit ça tantôt.

Vincent poursuivit sur un ton de réprimande. Il monopolisait la discussion. C'est lui qui allait poser les questions.

– Vous avez semé tout un émoi dans la communauté apicole. J'ai échangé à ce sujet avec beaucoup de mes amis, en Loire, au Yucatán, à Minas, et j'en passe. Tous demandent qui a bien pu vous apprendre cela. Aucun d'eux n'a admis vous avoir transmis quoi que ce soit. Vous saviez déjà de quoi il s'agissait lors de ces rencontres, ont-ils dit. Et ce ne sont pas des informations qui circulent sur Internet. On se passe ça un peu comme des hameçons au milieu du lac, sans regards ni oreilles étrangères. Ce n'est rien de formel, une simple initiation qui dit : c'est la fin pour moi et le début pour un jeune. C'est un trophée, pour la persévérance d'un apiculteur qui a voué sa carrière à reconstruire, année après année, ce que la nature détruit chaque hiver. On s'accorde l'honneur de pouvoir se reposer, parce qu'il y a quelqu'un qui va continuer à notre place.

Vincent s'approcha du visage de Cuauhtémoc, au-dessus de la table. Il reprit en haussant le ton :

– Ce n'est pas fait pour la décoration d'un club social ni pour les musées. C'est un souvenir qui célèbre les anciens. Tu comprends, le Mexicain ? Tu n'aurais pas dû te servir de ça pour ta gloire. C'était du privé. Tu vas oublier ça...

Cuauhtémoc écoutait, il avait voyagé pour en apprendre davantage. Les autres apiculteurs se montraient sympathiques, croyant, à l'inverse, que la tradition devait se célébrer comme étant une promotion pour l'apprenti, et non pas comme étant la mise au rancard du maître. Les apiculteurs espéraient tous profiter de cette visibilité pour augmenter la valeur de leur marchandise, et faire consommer le miel en plus grande quantité. Aujourd'hui, les apiculteurs étaient réduits, pour survivre, à la location d'espaces sur les terres agricoles ; leurs ruches pouvaient ainsi polliniser les plantations d'espèces mellifères. Vincent, un bras déplié sur la table, semblait proposer un bras de fer. Ses yeux lançaient des dards. Cuauhtémoc ne s'attendait pas à cette acrimonie de la part de Vincent. Les reproches lui réchauffaient le sang. Il se retenait, Vincent ne l'avait pas encore insulté. Ce Canadien était l'unique personne qui pouvait faire avancer sa quête. Il fallait donc encaisser, son tour viendrait. Vincent recula sur sa chaise, tira sur ses manches de chemise et prit une gorgée de café.

– J'admets que je n'ai pas toujours la même vision que mes confrères. Tu pourrais me traiter de conservateur et tu ne te tromperais pas. Mais les traditions, vous savez ce que c'est, par chez vous...

Vincent se tut. Il assumait son tempérament particulier, sa propension au silence devant les étrangers, mais pas cette fois-ci ; aussi assumait-il son réflexe d'éviter les conversations sentimentales. Sa femme disait qu'il aurait pu être marin, qu'il aurait pu être des mois sans adresser la parole à personne, puisqu'il était un être taciturne. L'exemple par le travail demeurait un leitmotiv familial, quoique pas toujours à propos dans les hautes sphères apicoles. Il n'usait pas suffisamment de diplomatie et se trouvait souvent isolé. Il n'en demeure pas moins qu'il avait, à ses côtés, cet homme qui venait le consulter à propos de la fabrication de ce masque, fait il y a plus de cinquante ans, et donné à une nonne mexicaine du nom de Juanita. Cela, il le savait, Léopold le lui avait raconté à son initiation. Mais Cuauhtémoc demeurait un mystère. Comment avait-il appris ?

– Raconte-moi un peu ton histoire...

Cuauhtémoc se racla la gorge et se replaça les fesses sur la chaise.

– Mes parents sont des avocats de Cuernavaca. J'ai d'abord fait des études à l'Universidad Catolica en génie mécanique avant d'aller à Stanford en Californie. Après ma graduation, j'ai travaillé pendant deux ans dans la *Silicon Valley*, mais comme Mexicain, je ne me sentais pas confortable dans cet univers anglophone. Avec l'informatique naissant, j'étais emballé par les possibilités d'affaires que m'offraient les millions de Chilangos du Distrito Federal, alors en plein accroissement asymétrique.

Vincent connaissait la suite, le vernissage et la médiatisation outrancière de sa collection, qui avait révélé son parcours au grand jour. Il s'était enrichi rapidement en vendant des ordinateurs personnels américains aux compagnies nationales mexicaines : ciment, pétrochimie et téléphonie. Ce que Vincent ne savait toujours pas, c'est comment Cuauhtémoc avait découvert le procédé de fabrication des masques. Mais ça ne servait à rien de le brusquer afin qu'il révèle ce secret. Il tournait autour du pot.

– Elle vient d'où, votre compréhension des abeilles ?

– Ma famille trempait dans le miel il y a bien longtemps déjà, alors que la ville de Québec n'avait pas encore été fondée. Nous appartenons à une vieille famille de notables de Tlatelolco qui, dit-on, contrôlait le cartel du miel dans la capitale aztèque. Ma famille importait le miel de la péninsule du Yucatán et de plus loin encore au sud. La cire servait à élaborer les moulages pour les différents métaux, surtout l'or, dont la famille était un acheteur compulsif. Ce précieux nectar permettait d'entretenir de bonnes relations, et au gré des mariages, de faire entrer notre famille de commerçants dans la théocratie. Le miel était transporté dans des jarres, de Campeche jusqu'à Tenochtitlan. Même après la conquête, raconte-t-on, ma famille se serait maintenue dans les hautes sphères de la vice-royauté, grâce à ses importations et à la qualité du produit. Elle avait donné cinq mille cierges pour l'inauguration de la cathédrale Asunción de María en 1657. Un peu avant la révolution mexicaine de 1910, les Herrera avaient quitté la capitale pour aller un peu plus au sud, alors que le chef de la famille avait été nommé juge pour cette région. Je suis le premier à déroger de la lignée familiale de juristes. Mon père, orgueilleux Latin, ne s'était pas obstiné très longtemps avec moi, l'ingénierie était un métier noble. Il a usé de tous ses contacts pour faciliter ma bonne marche vers les meilleures universités américaines.

Vincent en connaissait plus maintenant sur son interlocuteur. Il réfléchissait.

– Ça ne me dit pas ce que vous savez faire avec les abeilles.

– J'ai eu mon premier contact avec elles quand j'étudiais à Stanford, au département d'informatique et de communication ; on travaillait au développement d'un système de collecte de données. J'avais un partenaire de classe qui venait de Chico, au nord de Sacramento. La vallée est reconnue comme étant des plus propice à l'apiculture et à l'élevage de reines, considérant la pluie, le soleil et la quantité d'espèces mellifères.

Vincent connaissait déjà cette ville, car un oncle y travaillait le miel dans la ville voisine, qui se nomme Paradise ; un parfait hasard. Le compagnon de classe de Cuauhtémoc, Jorge, voulait trouver le moyen de réaliser une étude du vol nuptial de la reine abeille.

– Jusqu'à récemment, on croyait encore que la reine était fécondée par un seul faux bourdon, mais les plus récentes études confirmaient que la reine recevait les spermatozoïdes d'une dizaine d'entre eux, et presque vingt, parfois. Jorge voulait être le premier à le démontrer grâce aux rayons infrarouges. Les équipements nécessaires n'existaient pas encore, la miniaturisation commençait à peine avec les nouveaux types de processeurs. Jorge était ingénieur et s'occupait de construire la machine, alors que je m'occupais de la programmation du logiciel. Grâce à la thermographie, nous voulions comprendre le vol nuptial sans devoir marquer la reine, uniquement par la température des corps. En avril, nous nous sommes installés dans les bois, pas très loin de la colonie, sous une bâche, et nous avons attendu la sortie de la reine. Elle était sortie de la ruche une première fois et s'était arrêtée à un mètre ; elle était restée là et avait enregistré sa position, celle de la ruche et du soleil. Elle était retournée à l'intérieur et elle était ressortie une heure plus tard ; mais cette fois, elle ne s'était pas arrêtée.

– Oui, je connais cette histoire, dit l'apiculteur.

– On voulait savoir où elle allait et on a décidé de la suivre avec des capteurs de mouvements et un appareillage acoustique. On voulait connaître exactement ce qui allait se passer.

– Et vous avez réussi ?

– Je ne sais pas ce qui est arrivé, j'ai jeté mes écouteurs tellement le son m'imprégnait. Il y a eu une quantité incroyable de bourdonnements, comme une flotte de bombardiers, avec des pointes de vitesse à vingt kilomètres à l'heure, et au rythme de deux cent soixante battements d'ailes à la seconde, puis des « clac, clac, clac » à répétition ; les membres des faux bourdons éclataient chaque fois qu'ils remplissaient la spermathèque de la reine. Le thermomètre infrarouge fonctionnait et les abeilles s'agglutinaient en boule de feu durant quelques secondes, puis la nova a explosé. Il y en eut probablement des milliers en l'espace d'une minute. Il faisait environ dix-sept degrés Celsius autour de quatorze heures trente.

– Ce sont des légendes, ça ! Une vingtaine au plus.

– Je ne sais pas, mais ce fut ma première expérience avec les abeilles. Je ne pourrais pas en dire plus, mais je crois que c'est à ce moment que j'ai développé un intérêt pour elles.

Vincent n'était pas dupe. Il reconnaissait que cette histoire que lui contait Cuauhtémoc était sensationnelle, mais il ne faisait pas de lien entre cette expérience et sa facilité à fabriquer des masques. Il avait assez attendu.

– Je peux le voir ? dit Vincent.

– Voir quoi ? demanda Cuauhtémoc, l'esprit toujours en Californie.

– Le masque, bien sûr.

Cuauhtémoc mit une main dans sa poche de veston et en sortit un coupon unifolié qu'il tendit à Vincent.

– Il va falloir aller le réclamer.

Sur le coupon, Vincent pouvait lire : lot 4395-A, récupérable dans les quatre-vingt-dix jours ouvrables, sur présentation des pièces justificatives suffisantes. Comme s'il s'agissait d'un billet de loto non gagnant, il fixait le coupon et s'imaginait les possibilités qu'il n'aurait jamais. Cuauhtémoc, en face de lui, se blâmait. Il n'avait pas pris de photo de ce masque lors de la soirée de vernissage de sa collection. Ça n'avait servi à rien de montrer les articles de journaux aux agents, sinon faire toute une histoire et de le voir confisqué. Il aurait mieux fait de dire qu'il s'agissait d'un cadeau pour un ami. Et puis, ça n'aurait sans doute pas fonctionné. Les douaniers du Mexique avaient-ils une attitude si laxiste ? Ils l'avaient laissé entrer plus de vingt fois avec ce type d'objet ! Ou les Canadiens étaient beaucoup plus zélés ?

– C'est une blague ? lâcha Vincent.

– Il est à la douane.

– Quoi ? Tu veux dire que je dois aller le chercher avec ce coupon ?

– Oui.

Les deux hommes buvaient leur café sans rien dire. Cuauhtémoc attendait que Vincent se ressaisisse et l'invite à faire une balade jusqu'à l'aéroport. Mais son vis-à-vis ne bronchait pas. Vincent se demandait ce qu'il ferait de ce masque. L'accrocherait-il dans le salon ? Il le désirait plus que tout.

– J'ai quelque chose pour toi, dit-il à son invité après quelques minutes de silence.

Il se leva, quitta la pièce et laissa Cuauhtémoc seul. Des sons métalliques lui parvenaient de la cuisine, comme si on ouvrait et refermait de larges portes de classeurs. Des bruits de pas pressés et des ordres qui annonçaient la fin de la journée parvinrent au Mexicain, toujours à table. Et une porte claqua deux fois dans un intervalle de trente secondes, ce qui fit sursauter Cuauhtémoc. Des journaliers sortaient pour retourner à la maison. Vincent entra enfin dans la cuisine et déposa un contenant devant Cuauhtémoc. La boîte vibrait imperceptiblement, au vol léger de la plus grosse des reines.

– *Apis dorsata,* dit Vincent, présentant son cadeau. Elle mesure plus de vingt millimètres et provient des Philippines. Elle a échappé de justesse au typhon. Elle est un peu têtue, mais se comporte correctement avec ceux qui savent la prendre, expliqua l'apiculteur, le sourire aux lèvres.

Cuauhtémoc ne sut quoi répondre. Il ne comprenait pas en quoi consistait ce jeu ; les apiculteurs employaient des métaphores liées à l'univers apicole et on se demandait souvent s'ils parlaient sérieusement ou s'il s'agissait d'un joyeux calembour. Plusieurs fois piégé, il s'attendait maintenant à ce genre de duperie. Il laissa parler l'apiculteur.

– Vous la nommerez comment ?

– Pardon ? demanda Cuauhtémoc.

– Elle s'appellera comment ? Anatole ? Juliette ? Yvonne ? Il faut lui donner un nom, à cette reine de miel.

Cuauhtémoc joua le jeu et fit mine de réfléchir.

– Gloria, elle se nomme Gloria.

Vincent poursuivit :

– J'aime bien ça, Gloria... Très hispanique, pour une Asiatique. Dis-moi maintenant comment tu as appris à fabriquer des masques. Quelqu'un t'a montré ?

Cuauhtémoc se rembrunit. Il n'avait pas trouvé de réponse à toutes ces questions par sa faute, mais il devait collaborer et fournir certaines explications supplémentaires. Il avait craint que l'on révèle son secret à la presse, mais il savait que l'apiculteur recherchait l'anonymat du rucher et non pas l'ivresse de la galerie d'art. Une légère crainte le troublait toujours, accentuée peut-être par Gloria, qu'il tenait en cage entre ses mains. Cuauhtémoc devait montrer patte blanche. Il n'était pas dans une position pour demeurer silencieux. Il n'avait pas parcouru une telle distance pour rester silencieux.

– Comment avez-vous fait votre premier masque ? C'est le masque qu'a fait Léopold de son oncle Camille qui vous a inspiré ? Fleurs d'avocat, si je ne me trompe pas ? demanda Vincent.

– J'ai eu un coup de chance, j'y suis allé par instinct. J'ai montré le masque à un ami apiculteur, le vieux Roberto de la ville de Cárdenas. Il m'a tendu un pot et m'a dit : « Essaye, mes fils sont partis. » Mes mains étaient sûres d'elles, et fabriquaient cette œuvre sans que je les dirige, comme si elles étaient possédées.

L'apiculteur ne broncha pas, l'abeille frétillait sans cesse et Cuauhtémoc se remémorait les événements.

– J'étendais le miel du bout des doigts, comme on étend une crème d'aloès sur une brûlure. Je prenais soin du visage émacié de Roberto.

– D'habitude, c'est le maître qui conserve le produit fini, affirma Vincent afin de coincer son visiteur.

– Il me l'a offert. Roberto est décédé dans la semaine. On l'a trouvé le nez dans la poussière du plancher. Ses ruches étaient vides, ses abeilles étaient parties pour un autre champ, oublié à jamais. Les tournesols étaient desséchés.

Cuauhtémoc fit une pause, regarda Vincent dans les yeux et poursuivit :

– Je me suis demandé si c'était moi qui lui avais pris son âme. J'ai compris par la suite que lorsqu'un apiculteur transmettait son savoir, il en était fier. La fierté de la tradition et de la continuité, celle qui maintenait le maître en vie. Roberto ne voyait presque plus, des cataractes dues au soleil du tropique du Cancer. Il est mort heureux parce que quelqu'un prenait le relais. J'ai organisé le service funéraire.

Cuauhtémoc en avait assez dit. Il changea les rôles.

– Et vous, vous disiez que l'on vous a obligé ! Comment était votre oncle ? Et votre père ? demanda Cuauhtémoc.

Vincent déglutit un instant, prit une gorgée de café.

– Je veux dire comme apiculteur, précisa le Mexicain.

– Durs. Ils poussaient les abeilles dans nos têtes comme des dards, avoua Vincent.

– Et vous n'avez jamais songé à vous en aller ? Peut-être ne vous l'auraient-ils pas permis ?

– Non, Léopold n'a jamais dit clairement que nous étions obligés de rester, mais il se serait opposé à mon départ, si j'avais décidé de partir.

Vincent pianota sur la table de sa main gauche.

– À la maison, Léopold exigeait que tout le monde se vêtisse de la même façon, soit un habit de jeans et une chemise assortie, avec l'abeille cousue à la poitrine. J'ai compris à l'âge de six ans que je ne pourrais jamais quitter la fabrique. En plein été, je me promenais en short et, déçu de ne pas aller aux champs avec les grands, j'avais décidé de prendre une douche. Je me suis rendu à l'entrepôt, et sous un baril, j'avais ouvert la champlure au-dessus de ma tête. Mon premier bain de miel. Ha ! ha ! ha ! Ma mère m'a frictionné à l'alcool pendant une heure pour m'enlever cette glu. Mon père m'a emmené aux champs le lendemain.

– Il a eu peur que vous recommenciez ? demanda Cuauhtémoc.

– Non, il m'a attaché sans voile au milieu de la colonie, alors qu'il vidait les hausses. J'ai pissé dans mon pantalon au début, et après, j'ai compris qu'elles ne me piqueraient pas, elles sont douées pour la reconnaissance faciale. J'avais réussi une première épreuve. Après ça, je crois que je n'ai jamais songé à faire autre chose.

Léopold l'avait taquiné toute la journée, et malgré le soleil, il ne l'avait abreuvé qu'au retour. Il avait le teint rosé comme le rosbif de grand-mère. Vincent tenait sa tasse à deux mains. Il regardait son invité. Il jeta un coup d'œil à la cage.

– Vous êtes allé au Lac-Saint-Jean ? enchaîna Cuauhtémoc.

– Pour me baigner et manger des bleuets, répondit-il.

– Donc, vous avez souvenir d'un masque de miel aux bleuets ? Vous vous souvenez de celui qui l'a fait ?

Vincent lorgna brièvement Cuauhtémoc. Il dit :

– Vous croyez vraiment que vous avez le masque du visage de Camille. Je ne sais pas où vous l'avez trouvé, mais c'est mon père Léopold qui l'a réalisé en 1949. Pourquoi il ne figurait pas dans ta collection officielle ?

– Je n'en connaissais pas la provenance. Et je ne voulais pas vous dévoiler toute mon histoire. Je voulais qu'il y ait un certain mystère entourant ma création artistique.

– Il me faudrait le voir, peut-être que nous aurions tout faux !

– Mais à défaut de l'avoir, vous me laisseriez faire votre portrait ? J'en serais fier, affirma Cuauhtémoc.

– Non, certainement pas. Vous parlez de fierté. J'imagine que vous avez appris pas mal sur notre univers. Vous sauriez flatter cette reine ? Gloria, comme vous l'appelez affectueusement. Vous ne devriez avoir aucun mal à la taquiner un peu. Et puis, pourquoi pas. Si vous réussissez, je vous laisserai faire mon portrait.

Cuauhtémoc ne savait quoi répondre. Ses mains humides tremblaient. Était-ce la fatigue du voyage ? Son regard fixait la cage, il ne se posait pas de question, comme il l'avait fait plein de fois, alors que chacun des apiculteurs lui avait lancé un défi ; la dernière fois, ce Yucateco d'un mètre quatre-vingts lui avait ordonné de mettre ses mains nues dans la ruche. Il déverrouilla la boîte et releva la portière métallique. L'abeille sortit de la cage avec hésitation. Elle tournoya trois fois au-dessus de la table en signe de reconnaissance et vint se poser sur le bord de la tasse à café de Cuauhtémoc. Les deux hommes observaient les pattes de Gloria se frotter ensemble, détectant des particules de sucre. Le temps était suspendu. Chacun attendait la suite. Cuauhtémoc avança un doigt.

– Je dois vraiment la flatter ?

– Oui, oui, et puis après...

Il avança son index, qu'il mit sur Gloria qui ne bougea pas, et il flatta trois fois son dos poilu. Il sourit à Vincent.

– Et voilà, c'est fait.

– Je ne crois pas que tu l'aies vraiment domptée. Désolé, amigo.

Une flèche du nom de Gloria alla se planter dans le cou de Cuauhtémoc.

– Ouch ! cria Cuauhtémoc. Pourquoi m'a-t-elle piqué ?

– C'est moi qui viens de le faire, c'est ma reine de miel et non pas la tienne.

Cuauhtémoc se massait le cou à l'endroit où Gloria avait planté son dard. Son cou enflait à vue d'œil. Vincent prenait de petites gorgées de café et observait l'étranger. Cuauhtémoc sentait sa respiration s'emballer. Ses mains tremblaient, puis son corps. Il convulsa durant quelques secondes avant de s'endormir, la bave aux lèvres. Gloria voltigea librement dans la cuisine, jusqu'à ce que son unique maître la remette dans sa cage. Vincent glissa ensuite le coupon de la douane dans sa poche de chemise et termina son café. Cuauhtémoc dormait, bien adossé sur la chaise, le visage vers le plafond.

Chapitre 13

Ambroisie

*

Je quittai Montréal un sept décembre, le jour d'une importante chute de neige, la première de l'hiver. Je laissai derrière moi ces festivités annuelles qui ne m'inspiraient pas trop, comme à l'habitude. Avec, cette fois-ci, quelque chose de différent, par rapport aux années précédentes : je ne commençais pas les vacances de Noël la langue à terre. Le travail acharné des derniers mois, combiné à la faible luminosité et à une exagération du nombre de soirées interminables, entraînait invariablement, depuis cinq ans, ma disparition rapide après le dessert du réveillon ; je m'en allais rejoindre le confortable canapé, bien installé devant un film en noir et blanc. Pourquoi je choisis un sept décembre pour filer en douce ? C'était un calendrier datant de 1954, retrouvé dans les archives familiales chez grand-père Camille, qui m'avait allumé lorsque j'en avais fait la lecture. Une case soulignée au fusain : « 7 décembre, fête du patron des apiculteurs, saint Ambroise ». Évêque de Milan jusqu'en 397, il est toujours représenté avec une ruche de paille. Les boîtes de souvenirs ouvertes sur le plancher du cagibi, et les nombreux portraits non identifiés, me ramenaient invariablement à cet arbre généalogique, dans un cahier à la reliure marron que je croyais connaître. Cette version bonifiée avait été celle de mon grand-père, l'original qu'il avait photocopié en plusieurs exemplaires, une copie pour chacun de ses enfants et de ses petits-enfants. Cette pièce maîtresse possédait de nombreuses annexes, des cartes, des notes inédites. C'était mon passage à la faculté d'histoire qui avait réveillé mon intérêt pour le passé de ma propre famille, plus que le masque blanc donné il y a plus de dix ans, qui reposait au fond d'une boîte. Durant la préparation de mon travail argumentaire final en histoire à l'université, la lecture du registre de la Cour du banc du Roi pour le district de Saint-Hyacinthe, j'y fis la découverte d'un Paradis condamné pour vol de brebis. La sentence lourde m'avait fait rire aux éclats, alors que je me trouvais au troisième étage des archives nationales : « *Hanged by the neck.* » J'avais refermé le registre, enlevé mes gants de latex, et je m'étais précipité à mon appartement pour retrouver ce cahier de simili cuir capitonné dans lequel se trouvait la chronologie familiale détaillée. Je lus l'album d'une couverture à l'autre, et personne de notre famille ne semblait être mort par pendaison. Soit Camille avait dissimulé cet affront ou il s'agissait simplement d'un cousin éloigné provenant d'une autre branche de colons. Je n'eus que peu de rapports avec mon grand-père, et au moment où j'écris ces lignes, il est décédé depuis de nombreuses années. Je ne conserve donc que des ouï-dire, quelques souvenirs de conversations. Je me souviens de cet ouvrage qui racontait les origines familiales depuis l'arrivée de Pierre Paradis en Nouvelle-France. La première référence aux abeilles, dans cet arbre généalogique, provenait de la plume de Rose-Ilda Bouvier-Paradis, petite-fille de Basile Paradis et sœur d'Uldéric, père de Camille :

« Le vieux logis où deux générations naquirent et ses amples dépendances sont encore debout, presque vierges de toute restauration. Mais à l'ombre des hêtres et des pommiers, avec un rucher, il ne faut pas même demander un faible effort à l'imagination pour revoir assis, devant leur porte, mes arrière-grands-parents parlant de leurs intérêts, de leurs peines, de leurs joies, de leurs mœurs, de leurs deuils, de leur descendance, de leurs croyances, etc. Tout me revient à l'esprit. »

Un chapitre complet portait sur les Aubin-Paradis, alors que la version que je détenais à la maison ne conservait qu'un seul paragraphe. Basile était né le premier septembre 1809 à Saint-Hugues et il avait épousé Louise Bouvier en 1836 à Saint-Ours-sur-Richelieu. Étrangeté à cette époque : Basile était né Aubin et était mort Paradis. La famille avait beaucoup spéculé sur ce changement. Certaines mauvaises langues avaient présumé qu'il avait commis un meurtre et qu'il avait changé de nom pour disparaître. On lui chercha une descendance un peu partout sur le continent. De nombreux Aubin et de nombreux Paradis avaient sillonné l'Amérique, l'Alabama, l'Illinois et la Nouvelle-Orléans, on en avait même trouvé en Floride et dans l'État de Washington. L'aïeul avait présenté les thèses les plus plausibles et les plus farfelues concernant le changement de nom de Basile. De toutes ces histoires, une seule n'avait pas été infirmée par Camille : celle du déménagement en Floride, qui me fournit un but. J'en reviens donc à mon départ par une tempête de neige un sept décembre. Tel un véritable *apimane*, je pris donc le bus pour New York, question de découvrir un peu la ville avant de me diriger vers le dernier secret familial des Aubin-Paradis, apiculteurs en Amérique. Après le Musée américain d'histoire naturelle, la salle des abeilles et quelques autres endroits trop opulents de Manhattan, je repris mon chemin en direction de la région du Panhandle. Je débarquais dans cette jungle à la recherche d'un certain Wallace, qui devait me conduire à sa fabrique. J'avais découvert cet apiculteur grâce au site Web des petites annonces de Tallahassee. Je cherchais des indices concernant une quelconque descendance dans ce coin, des restes francophones dans un nom de famille floridien. Je découvris seulement cette annonce en trois lignes : « Recherche un assistant, production de miel, Wallace, (850) 141-2135. » Je téléphonai immédiatement, et une voix de porc me répondit : « Wallace ». J'expliquai joyeusement mon histoire. J'étais à Montréal et je me dirigeais bientôt vers le sud. « Appelle la veille de ton arrivée » et il raccrocha. Je ne réussis pas réellement à établir une relation, mais j'avais au moins découvert un but à mon voyage. J'arrivai au bout de la route et descendit du bus provenant de Jacksonville. Au bout de cette route, un quai minuscule où s'accumulaient les déchets. L'eau noirâtre écumait légèrement sur les cailloux de la grève. J'espérais un signe de vie autre que les insectes qui voltigeaient à la surface, devant la forêt tropicale dense. J'ouvris ce cahier, je relus mes notes et j'en pondis de nouvelles : « Un dix décembre, échoué quelque part, passé Tallahassee. Mon père, avant de partir, m'avait averti de ne pas trop m'aventurer au sud. La malaria et le sida me guettaient au détour d'un palmier. » Il m'avait expliqué cela durant deux heures, mais je ne lui avais pas accordé beaucoup d'attention, je l'avais écouté d'une seule oreille, lui qui souffrait d'hypocondrie. Je noircissais mon cahier : « Tallahassee... » Je prononçais ce nom, prenant le temps de bien distancier les syllabes « Tal ... la ... has...see » et de bien aspirer le « h ». Cette situation me laissait craintif, j'étais seul et perdu dans le vide. Assis inconfortablement sur une bûche, dans un stationnement ; ça n'annonçait rien de bon, mais j'avais ma liberté et l'esprit ouvert aux sacrifices. Le vieux Wallace arriva, le vrombissement douloureux du moteur avait annoncé sa venue de nombreuses minutes à l'avance. Sa vieille barcasse de bois était remplie de sa corpulence, d'un chien et d'immondices. Il n'amarra même pas l'embarcation qui frôla le quai, et il me fit signe de sauter à bord. Il ne posa aucune question, j'en déduisis que personne ne passait ici, et que j'étais le seul dingue à avoir répondu à son offre. Je lui avais téléphoné pour la seconde fois la veille, de l'arrière d'un Howard Johnson. Il aurait répondu de la même voix : « Toi encore ? Demain. Quatorze heures », et avait raccroché.

Notre embarcation reprit son chemin sur le cours d'eau sombre. Nous naviguions depuis plus d'une demi-heure au travers des mangroves, contournant bosquets et dunes de terre. Le soleil filtrait finement à travers la forêt, et cette demi-clarté me rendait nerveux, à mesure que nous avancions dans l'inconnu. Une maison sur pilotis se dessinait à l'horizon, faite d'ébonite et de tôle. Des caisses, des cannes à pêche, des barils de bois et de métal jonchaient le ponton, épars. Ils donnaient une allure de dépotoir à cette cabane qui n'avait pas plus de cachet qu'une rangée de toilettes chimiques en bordure d'un spectacle de rock. Wallace lança mon sac sans me demander mon avis et redirigea l'embarcation vers le nord. La promenade dura encore une vingtaine de minutes, le chien Waldo dormait, les fesses dans l'eau. Wallace dirigea l'embarcation à bâbord et nous fit pénétrer dans une clairière dissimulée par quelques branches. Ce sous-bois abritait cinq ruchers en son centre, installés sur des flotteurs ancrés au fond de l'eau, qui attiraient les abeilles comme le rocher Percé attire les oiseaux. Incrédule, j'attendais des instructions qui concernaient le travail à accomplir. Wallace m'expliqua que c'était l'unique façon de sauvegarder les ruches. La terre alentour était trop détrempée et faisait suinter les parois d'humidité. La flore luxuriante pénétrait et broyait les caisses, alors que les animaux et les insectes se gavaient invariablement d'abeilles et de miel. Les manœuvres étaient toutefois périlleuses ; il fallait enfumer, vider, nettoyer et remplir les ruchers sans chavirer. Wallace m'enseignait quoi faire et comment le faire, tout en faisant bouger la chaloupe en raison de ses nombreux kilos. L'explication romantique qu'il donna, tout en travaillant, de l'activité apicole m'abasourdit complètement. Le miel, nommé Tupelo Honey, provenait de l'arbre *Tupelo Nyssa ogeche*. L'arbre pousse préférablement dans des milieux humides, voire dans l'eau directement. Tupelo venait d'une troncation anglaise des termes aborigènes *ito* pour « tree » et *opliwa* pour « swamp ». Nyssa référait à une nymphe grecque des rivières. Ce miel possède un très haut taux de glucose et de fructose, qui permet de produire un nectar qui ne cristallise pas. Wallace respirait bruyamment, mais parlait à voix basse, comme s'il ne voulait pas effrayer les bêtes sauvages venues se gaver de limes d'Ogeechee. Il me parlait de son apprentissage de l'apiculture, qui avait commencé dès l'âge de six ans. Son père adoptif l'avait découvert dans une barque sur la rivière Apalachicola, emmitouflé dans une vareuse qui reposait dans une ruche sans cadre. Tout en écoutant son récit passionnant, je devais me tenir les jambes écartées, une de chaque côté de l'embarcation et, d'un geste courageux, me pencher et tirer la ruche vers moi. Nous étions debout tous les deux, face à face, Wallace donnait l'exemple, et dès sa première manœuvre pour récupérer une boîte, il m'envoya par-dessus bord. Je frappai rapidement le fond de cette eau putride et m'entaillai la jambe sur une souche sous-marine. Wallace me tendit une puise, et je remontai péniblement dans l'embarcation. Ma jambe saignait abondamment ; Wallace regarda la blessure et articula : « Pas bon, pas bon. » Il démarra le moteur, et nous retournâmes à sa cabane. J'allais avoir la chance de connaître ce miel.

Wallace nettoya ma plaie, qui avait été refermée grâce à une vingtaine de points de suture au fil à pêche. Il racontait que dans ce coin de pays, une coupure de cette envergure pouvait nous mener à la morgue. Il trottinait dans la cabane et menait un chahut qui chassait les chauves-souris de la corniche. Il découvrit, après avoir renversé sa gamelle sur le plancher, le peroxyde rangé dans une trousse de toile unie. À l'aide d'un linge sale à l'odeur de pétrole, il désinfecta une autre fois ma plaie. Je ne bronchai pas, ma jambe était passablement engourdie. La sueur salait mes paupières, ma tête balançait vers l'arrière et la voix de porc excité de Wallace s'élança dans un monologue angoissé :

– Tupelo... tu sais, l'ami, c'est tout ce que j'ai ici, ce miel ; tout ce que j'ai. J'ai beaucoup d'argent, aussi, mais ça, ce n'est pas pour toi. J'ai promis de te loger, de te nourrir et maintenant, je te torche ; mais profites-en, une fois guéri, tu devras travailler dur, beaucoup plus qu'aujourd'hui. Tupelo Honey. Si seulement je n'étais pas si lourd, si j'avais ta taille, j'ai des allures de Marlon Brando. Tupelo, mon jeune, oui, ce miel, c'est vraiment l'extase ; il est délicat, clair et combien payant. Tupelo. Tu es le bienvenu, j'avais bien besoin de compagnie, je me sens un peu moins lourd, je pourrais en profiter un peu, aller en ville, à Las Vegas, pourquoi pas, une fois que j'aurai embouteillé ce miel, qu'est-ce que tu disais, déjà ? Tupelo. Mon premier ami canadien-français.

Wallace marchait, haletant d'un côté à l'autre, brassant tout sur son passage ; le sol craquait à chaque pas et le chien se terrait sous le comptoir de la cuisinière au gaz. Ma vision était embrouillée, la fièvre prenait le dessus et altérait mes pensées. La voix de Wallace me parvenait comme si elle provenait d'un haut-parleur métallique. Je suis dans un rêve, me disais-je, toujours dans l'autobus en direction de la Floride, un sandwich au jambon moutarde à la main, mais la voix reprenait.

– Nous devons vider deux cent cinquante ruches cette semaine, mon ami, tu crois... Tupelo. Tu vas devoir te remettre sur pied rapidement. On changera les rôles, tu prendras la barre, tu dois savoir piloter? Tupelo. J'irai ensuite livrer, Tupelo, vingt-cinq mille dollars. Tupelo. C'est ce que l'on me paye; ici, nous travaillons tous ensemble, ce n'est pas grand, le monde, ici. Tu besognes, pis tu crèves, pas le temps de réfléchir.

Je suais de plus en plus, le discours de Wallace me parvenait plus clairement, et je le trouvais complètement fou. De quoi parlait-il, au juste? De sa vie de reclus dans un coin perdu de la Floride. Il avait une sale gueule et empestait le poisson. Pourquoi répétait-il sans cesse ce nom, Tupelo?

Nous naviguions tranquillement vers une trouée sous les arbres. En franchissant la voûte de branches et de fleurs, nous eûmes la mauvaise surprise de découvrir un flibustier qui s'aventurait à charger des ruches à bord de son embarcation. Mon premier réflexe fut de lui barrer la route et Wallace se chargea du reste. Avec une déconcertante flexibilité, Wallace monta à bord de l'autre canot et alla s'asseoir directement sur l'homme, qui étouffa un cri entre la surprise et la résignation. Wallace le menotta de fils de fer qu'il fixa au siège. Il s'assit à la barre et commença à invectiver le prisonnier étendu, la mine déconfite.

– Tu recommences à nous voler. Je t'avais prévenu la dernière fois, je vois que tu n'en fais qu'à ta tête, et tu vas la perdre, cette fois-ci, j'ai bien peur. Je t'emmène devant le conseil des sages. Tu es un voleur.

Wallace vint se positionner à mes côtés pour me donner des ordres.

– Nettoie ces ruches et viens me rejoindre à la maison.

Il fit décoller la modeste embarcation malgré le surpoids évident que trahissait la proue, à quarante-cinq degrés hors de l'eau.

Le gros Wallace coupa les cordages qui me tenaillaient les poignets. Il me tendit le pot de miel ambré, rien à voir avec le miel de Tupelo ; ce miel avait sûrement été acheté au supermarché et servait à la cuisson ou aux confiseries. Sept hommes formaient un demi-cercle éclairé de torches au gaz propane. Tous portaient des cagoules noires, sauf Wallace et moi. Au centre, un homme nu, couché sur le dos, reposait aux abords d'un cône de sable. Wallace me poussa devant et me tendit un pinceau effiloché et rouillé. Je le regardai un instant. Je ne cherchais pas vraiment à comprendre ce que ce geste voulait dire. J'avais l'impression de revivre une soirée de ma jeunesse, dans le sous-bois derrière la chocolaterie, alors que l'on jouait notre honneur. Nous tirions à la courte paille pour déterminer qui serait le premier à réveiller le voisin en jouant au jeu

« sonne et cours ». Wallace me frappa au visage avec le pinceau, ce qui me ramena à la réalité. Il trempa ensuite le pinceau dans le pot de miel et brusquement, le retira sans qu'il y ait aucune résistance. Il ne porta pas attention aux gouttes de miel qui éclaboussèrent son chandail et le mien. Le pinceau pénétra ma main, et mes épaules encaissèrent le choc de la patte d'ours de Wallace, qui me propulsait vers le corps somnolent de l'homme, couché sur le dos. Je m'agenouillai près de son visage. Il respirait bien, probablement résigné à ne pas lutter pour l'instant; il devait garder son énergie pour un ultime combat. Je murmurai : « désolé, mon vieux », ne sachant pas trop ce qu'il adviendrait de lui. Les sept juges restaient silencieux; du coin de mon œil, la fumée oscillante des torches rendait diaphanes les cagoules souriantes. Je trempai le pinceau dans le pot de miel et je badigeonnai vulgairement le corps qui ne bronchait point. Le blaireau collait aux poils abondants du torse du condamné. J'enduisis son visage deux fois plutôt qu'une, scellant ses paupières, tel un masque de cire destiné au cinéma gore. Je m'appliquai à ne pas lui boucher les narines de cette mauvaise colle. J'enduisis ses aisselles, sa poitrine menue et le bas de son ventre. Wallace grognait pour que j'aille plus vite et je fis ce qu'il m'ordonna, passant du sexe de l'homme à ses chevilles en quatre trempages, vidant le pot. Nul ne sait ce qu'elles attendaient. Elles jaillirent en tsunami du plus haut orifice du cône de sable; les fourmis déferlaient sur les parois comme une armée. D'infâmes fourmis rouge et noir de la grosseur d'un ongle attaquèrent ce cochon de sucre. Elles recueillirent d'abord le miel, puis dévorèrent le corps tout entier. L'homme hurlait de douleur, les fourmis s'enfonçaient dans sa chair. Wallace me tira par le bras. « Nous partons. » On reprit le bateau, les hurlements s'estompèrent, puis il y eut un coup de feu. Et puis la nuit.

J'ouvris les yeux. Je sentais une douleur à l'arrière de ma tête, ma bouche était pâteuse. Une poussière ou un smog ou des cendres, dont je ne pouvais identifier la provenance exacte, appesantissaient l'atmosphère. J'étais assis à une intersection. La pancarte face à moi indiquait que je me trouvais sur la rue D'Olive. Je me redressai progressivement, ne sachant pas trop si un nerf ou un tendon resterait bloqué. Je n'avais pas de souvenirs depuis la séquence des fourmis. D'Olive est un joli nom, pour l'ouest de la Floride. Si j'avais vécu aux abords de la Méditerranée, mon récit aurait pris ce nom, Olive, et mon aïeul aurait cuisiné de la salade grecque sur l'île de Naxos, au lieu de beignes au miel à Rivière-la-Paix. J'étais toujours assis, il n'y avait personne en vue, la voie était déserte et le commerce, de l'autre côté de la rue, présentait une devanture de carton avec une enseigne au nom connu. Je croyais rêver ! « Aubin, salon funéraire.» Mon imagination me jouait des tours. Par quel hasard étais-je arrivé ici? Je ne croyais pas à la chance, tout est une question de contexte; mais ça ne pouvait être l'œuvre unique de ma prétendue quête de sens au travers de prétendues traditions familiales. Je me levai et décidai d'aller visiter ce salon funéraire. Un Aubin devait tenir ce lieu, je l'espérais profondément. Un Aubin sur la rue D'Olive; finalement, j'avais un peu de chance, même si je ne croyais toujours pas à la loterie. Je traversai la rue D'Olive et je pénétrai dans le salon funéraire. Comme je m'y attendais, la climatisation asséchait l'air et répandait une odeur générique d'abricot et de pêche. La décoration sobre, du gris, du chêne et des fleurs séchées, rendait l'espace invisible, ne transmettant aucun souvenir aux visiteurs. Je me dirigeai vers le comptoir où une dame m'accueillit avec le sourire.

– Bonjour, vous vous nommez Aubin? lui demandai-je.

Elle tendit l'oreille et me fit répéter dans un anglais du Sud qui me rappelait vaguement un film il y a longtemps visionné. Je prononçai avec soin, distançant les deux syllabes, « Au...bin... », je fixais toujours ses yeux jade, je souris, concoctant cette mauvaise blague de traduction: « In... the...bath... », je m'imaginai lui savonner le cou et les épaules d'un savon biologique au miel de Tupelo. Elle affirma qu'elle se nommait bien Aubin, Ashley.

– Comment puis-je vous aider ?

Je lui narrai mon voyage, ma quête, j'omis certains détails de mes péripéties avec Wallace, ma tentative pour faire évader le voleur, son badigeonnage et les fourmis. Malgré cela, je me demandais si ce n'était pas lui qui m'avait déposé là. Je parlai à Ashley de ma quête, de ma recherche d'un ancêtre.

– Ashley Aubin, vous venez d'où ? Vous êtes de Floride ?

Elle me dévisagea :

– Non, je suis née en Alabama, mais à Mobile, juste au sud de Bay Minette.

J'assimilai lentement ce qu'elle disait. Je me trouvais en Alabama, dans une ville au joli nom de chatte avec une Aubin née à Mobile. Wallace seul pouvait m'avoir mené ici finalement. Il connaissait sûrement ce salon funéraire, et après m'avoir assommé, il roula pour m'y déposer, en route pour le désert. Elle prit un certain temps à comprendre mon histoire. Je lui expliquai patiemment une seconde fois chacune des pistes que je suivais ; notre relation tourna à la fratrie.

– Mon premier ami canadien-français, dit-elle.

Elle décida de m'aider.

Elle alla verrouiller la porte d'entrée du salon, il n'y avait aucun service funéraire au programme ce jour-là. Elle revint au comptoir, me prit par le bras, m'entraîna vers l'arrière du bâtiment pour traverser les couloirs de la mort. J'avais mis les pieds à plusieurs reprises dans des salons funéraires ; la dernière fois, c'était pour les obsèques de ma grand-mère. Je ne pouvais même pas me rappeler l'aménagement intérieur : le gris, le pourpre et le faux merisier. Je suivais attentivement Ashley qui, sans chercher à me distancer, conservait une certaine longueur d'avance. Nous arrivâmes à une arche de pierres rustiques munie de portes en demi-cercle, faites d'un verre épais. Une fois ces portes franchies, nous nous trouvâmes dans un sas traversant un jardin de galets polis. Ce tunnel vitré nous menait à un bâtiment beaucoup plus intrigant que le premier. En forme de moule à kouglof, l'édifice s'éclaira à notre arrivée à la porte. Il ressemblait à une authentique brioche saupoudrée de sucres multicolores. Ashley poussa les portes et je me faufilai dans ce que je reconnus immédiatement comme étant un crématorium. D'innombrables étages en colimaçon s'élevaient jusqu'à la voûte, chaque étage supportant le poids d'une génération ; les plus lucratives étaient celles juchées au firmament. Ashley m'expliqua que les urnes conservées ici contenaient les cendres de l'aristocratie de Bay Minette depuis 1819. Elle me mena par un escalier à l'étage des fours enfouis, puis sous terre par un élévateur à marchandise. Sur la droite, un corridor menait à une porte en acier. Ashley déverrouilla la serrure à l'aide d'une carte magnétique. À l'intérieur, il y avait une bibliothèque, non pas de livres, mais de vases funéraires ; ils étaient tous identifiés, classés par date. « Le plus ancien remontait à 1707, soit à la mort du premier Aubin à être venu s'établir ici », m'expliqua Ashley.

– Il était écuyer de Jean-Baptiste Le Moyne de Bienville. Il n'y a pas de cendre dans le crâne de cette fausse reproduction de bois sculpté naïvement. On ne sait même pas s'il s'agit d'un véritable personnage. Il apparaît par hasard dans un récit généalogique des notables familles de Bay Minette, écrit par un certain Victor Chercuite, ami et fiancé du célèbre officier Minet qui donna son nom à notre ville. Nous avons les cendres de tous les Aubin du sud depuis 1824. Si ton ancêtre existe, il devrait se trouver ici.

Je passai en revue toutes les urnes. Mais comment savoir à quel moment Basile Aubin devint Basile Paradis ? Si ses restes étaient ici, il serait resté Aubin, éternellement poussiéreux dans une urne en forme d'abdomen d'abeille. Je les touchais et laissais mes empreintes dans la poussière. Je réfléchissais à la mort, à cette histoire extraordinaire pour la majorité des vivants. Tous se prétendaient beaucoup trop importants et s'inventaient des lubies pour ne pas réfléchir à leur réalité, pour se maintenir la tête hors de l'eau. On meurt et c'est terminé. On nous pleure et à la porte à côté, un enfant écrase une abeille. Je ne portais pas vraiment attention à la mort, mais toutefois, je portais beaucoup d'attention aux objets que les hommes laissent, ainsi qu'à l'image qu'ils transmettent par ceux-ci. Était-ce si différent dans ce temps-là? Je remarquai une inscription sur un cube de marbre jais: mille huit cent soixante-sept. En fin de compte, tout ce qui nous conditionne vraiment, c'est le soleil, notre besoin de manger et la position géographique où nous sommes élevés. Le contexte social dans lequel on grandit est fort important; n'y a-t-il pas une égalité possible? Ici, toutefois, dans le musée, ce n'est pas la vision de trois cents urnes qui me glaçait le sang, mais la climatisation; Ashley frissonna et frotta ses avant-bras dénudés. Je continuai ma recherche. Abraham, Déric, Prospère, Sévère, Simon, de 1829 à 1900, je ne trouvai aucun Basile. Et s'il avait changé de nom rendu en Floride? Il avait pu se faire appeler Borrows, Duke ou Lee. Je m'effondrai sur une chaise, découragé. Je regardai Ashley et lui fis part de mon exaspération, de ma déprime, et du fait que je renonçais. Il n'existait pas ici. Elle connaissait toute l'histoire de la famille Aubin au sud des États-Unis et elle n'avait jamais entendu parler d'un Canadien français. Elle avait bien voulu m'aider. Il n'avait probablement jamais quitté sa maison et ses ruchers en Montérégie. Ashley comprenait ma déception.

Je revins en sens inverse, une cicatrice sur la jambe, une page de plus pour l'album familial, et avec un désir encore plus ardent de rejoindre la confrérie des apiculteurs. Je n'avais que vingt-cinq ans et je cherchais à m'accrocher à quelque chose. Je ne savais pas à quoi, à une famille que je ne connaissais pas, à une famille que je n'avais pas. Doit-on absolument contribuer à une suite perpétuelle de descendants ? En quoi est-ce important ? Je n'ai pas de frère ni de sœur. Un, unique. Une bêtise selon moi. Je me trouvais bizarre de retourner si loin en arrière, dans l'histoire familiale. À mon arrivée, j'allai me présenter chez mon oncle Léopold, le dernier à pratiquer encore l'apiculture. À quoi bon ? Pourquoi je souhaitais me rattacher à une tradition familiale ? C'est une étrangeté, qu'encore aujourd'hui, les liens de sang veuillent dire quelque chose pour certaines personnes. J'écrivais ces lignes alors que l'autobus approchait de Washington. À l'âge de l'individualisme, la filiation ne devrait plus avoir de *supporters*... Moi, je m'y jetais, dans la filiation. J'espérais profondément y découvrir une appartenance à quelque chose que je n'ai jamais eu, jamais ressenti, un rucher pour bourdonner entre même espèces. Je savais maintenant que Basile n'était pas allé en Floride. J'écartai cette thèse, car il avait résidé tout au long de sa vie au même endroit. La famille Aubin-Paradis occupait une grande place dans la paroisse, et l'évêché, pour faciliter la tenue des registres, avait ordonné à partir du huitième enfant, Basile en l'occurrence, de conserver uniquement le second nom. Ashley avait évoqué cette possibilité, et c'est en relisant attentivement l'album que je compris cette subtilité. J'étais franchement déçu et je dormis le reste du trajet, jusqu'aux douanes canadiennes. Je rêvassais à ce sourire blanc dans une boîte que je me promettais de retrouver. Il m'apparaissait comme étant une forme originale pour construire ma nouvelle identité, pour me donner du caractère.

Je débarquai à Saint-Hugues au milieu du printemps, les cultures environnant la fabrique dévoilaient leur vivacité du haut de leurs quelques pouces. C'était la première fois que j'y mettais les pieds, même si j'eus l'impression d'une certaine familiarité – peut-être l'axe des rues, le style des demeures. Tout me rappelait sûrement des villages que je traversais autrefois. Je me rendais à la fabrique de cet oncle que je n'avais pas vu depuis vingt ans ; je n'en avais aucun souvenir, sauf peut-être qu'il avait une moustache. J'entrai sans frapper et je trouvai rapidement quelqu'un pour m'indiquer où je trouverais mon oncle.

– Le propriétaire ? m'interrogea-t-on.

On me dirigea vers la pièce au fond à gauche. Trois personnes discutaient autour d'un chariot élévateur, alors que je traversais l'entièreté du bâtiment. Je trouvai la porte du bureau ouverte et deux hommes assis l'un en face de l'autre. Le premier, presque chauve, les coudes tombant sur le bureau et les mains supportant la masse pendante de ses joues, était assis bien droit dans la chaise derrière le bureau ; le second, plus jeune, était bien adossé, les jambes croisées. Je fis semblant de cogner et on m'invita à entrer. Je m'attendais à trouver un homme beaucoup plus jeune, alors que devant moi se trouvait une personne dans la soixantaine. Je ne sais pas si c'est parce qu'il était un peu une légende dans l'historiographie familiale ou parce que je cherchais plus un ami de mon âge qu'un professionnel.

– Que puis-je pour toi ?

Celui à ma droite se tourna vers moi.

– Je suis venu voir mon oncle.

Les deux hommes se regardèrent.

– Ton oncle, tu dis, de la famille ? dit le plus jeune de manière agressive.

Je dissimulai mal ma réaction, je crispais les poings et les joues. Je trouvais son ton désagréable. Je n'allais tout de même pas arrêter cette quête pour si peu ; et au moins, j'obtiendrais un emploi.

– Je suis le petit fils de Camille. Je cherche Léopold.

L'homme derrière le bureau leva les yeux vers moi, puis loucha vers sa gauche.

– Tu es vraiment de la famille, dans ce cas. Camille, c'est lui qui m'a montré à faire ceci, dit Léopold, en pointant un pot de miel de trèfle.

J'avais tout de même encore l'impression de déranger une discussion.

– Qu'est-ce que tu veux, dans ce cas, cousin ? dit Vincent à ma droite.

Je pris quelques secondes pour bien formuler ma demande, tout en continuant de regarder le pot ; c'est bien de cela qu'il s'agissait.

– Je me demande si vous me prendriez comme assistant, dis-je, m'adressant toujours à celui que je savais maintenant être mon oncle éloigné.

Le cousin garda le silence. Léopold prit ses aises et regarda devant lui.

– Tu ne cherchais pas quelqu'un, justement ? demanda Vincent.

Léopold le dévisagea :

– Je ne le connais même pas ! D'habitude, les gens viennent ici pour trouver un job, pas pour devenir apprenti, lança-t-il sans se soucier de ma présence.

Il argumentait avec son fils Vincent.

Je me sentais légèrement à l'étroit et plutôt inconfortable, debout près de la porte qui, heureusement, demeurait ouverte.

– Tu as peur des abeilles ? me demanda Léopold.

Je me ressaisis, sachant que je n'avais qu'une seule chance de répondre à cette question.

– Oui, j'ai peur par respect. Non, je n'ai pas peur d'être piqué.

Ma réponse nuancée eut l'effet escompté. Léopold se leva et continua :

– Est-ce que tu en connais un peu, je veux dire... à propos de ce travail ?

– Un peu, quelques pratiques, comment dire. Plus ou moins, dirais-je. J'arrive de Floride, dis-je, un peu gêné.

– Le miel de Tupelo, humm... dit Léopold en se léchant les babines.

À cet instant, je me demandais ce que ce serait de travailler avec un cousin qui me paraissait d'une âpreté et d'une ardeur au travail qui feraient pleurer un dompteur de taureau. Mon oncle avait la rondeur et la douceur d'un chocolat dans un papier de soie. Léopold s'approcha et me serra la main.

– Est-ce que ça t'intéresse de commencer demain ? Nous avons de la place à la maison pour te loger.

– Oui, ça m'intéresse, dis-je avec excitation.

Vincent se leva, regarda son père :

– Bon, je vous laisse, je vais m'occuper des choses sérieuses, dit-il avec ironie. Surtout, pas de folie avec les abeilles, cousin.

Il me salua et sortit.

– Qu'est-ce qu'il a voulu dire ? osai-je demander.

– Si tu aimes le miel, eh bien tu le sauras dans quelques années.

Chapitre 14

Crépuscule

*

Thomas Valiquet siégeait à la table d'honneur comme vice-président de la Montreal Bee Association. En cette première rencontre d'avril, les membres devaient choisir la composition de l'équipe de rédaction de la nouvelle revue anglophone d'apiculture de la province de Québec. Thomas en était fier, lui qui avait obtenu une subvention du ministère de l'Agriculture pour la création de cet organe de presse. Six mois auparavant, dans le hall d'entrée de la Banque de Montréal de la rue Saint-Jacques, il avait reçu une invitation du président Stephenson à les rejoindre derrière les portes closes du Beaver Club.

– Pourquoi vous acharnez-vous à vendre des ruches américaines ? demanda Stephenson à Valiquet, qui était à sa droite.

– Parce que c'est le meilleur système de ruche disponible sur le marché. De loin supérieur à ce que j'ai pu créer.

Stephenson le dévisagea et prit une gorgée de vin. Il reposa sa coupe et enchaîna :

– Je croyais que vous étiez un homme d'affaires, mon cher. L'idée est de vendre, pas toujours le meilleur produit.

Thomas comprenait que le président lui reprochait son entente avec Langstroth, conclue dix ans plus tôt. Il se souvenait de s'être fait berner à Paris. L'apiculteur américain n'avait pas tenu promesse, pas complètement. Il avait livré les cent reines au printemps suivant, mais seulement soixante-huit étaient assez en santé pour développer un rucher. Valiquet était devenu maître apiculteur, mais il devait lutter encore chaque année pour regarnir les colonies. Langstroth avait terminé l'amélioration de son modèle de ruche à cadres mobiles, mais il avait de la difficulté à le faire breveter.

– Mon intérêt à vendre ces ruches est le même qui m'amène ici. Je souhaite que nous nous enrichissions collectivement, dit-il à Stephenson, qui riait en prenant son collègue par les épaules.

– Oui, je sais, vous et votre bonté, vous êtes admirable, mais nous sommes ici pour l'argent, non ? Vous ne pensez pas que plus nous allons vendre de miel, que plus nous allons vendre de ruches, et plus nous pourrons aider ces pauvres agriculteurs ? interrogea de tout son sérieux Stephenson.

Le président parcourut du regard le fond de la salle à la recherche d'un serveur qui pourrait lui resservir un verre ou changer son couvert. Thomas Valiquet, depuis la première assemblée à laquelle il avait participé, n'avait jamais réussi à s'intégrer. Même si on lui faisait des commentaires à propos des longs éditoriaux des quotidiens montréalais francophones, il percevait tout de même de mauvaises intentions raciales, qu'il voyait se dessiner dans le front de certains membres. Une guerre souterraine menée par les ambitieux, et soutenue par un discours officiel impérial. Il avait fait un long discours pour se présenter, à moitié en français et à moitié en anglais, une langue qu'il avait apprise lors de son premier voyage à Ithaca. Durant un an, il avait étudié les abeilles comme auditeur à l'université. Il parlait un anglais qui avait surpris l'assemblée, mais les membres gardaient un autre souvenir de la terre de Sa Majesté. Il s'était bien débrouillé, pensa-t-il. Mais Stephenson ne se préoccupait pas de cela, il cherchait le profit et l'influence où il pouvait les trouver. Quant aux autres, Valiquet se trouvait dans le centre d'un dominion britannique.

– Je veux qu'ils soient propriétaires, pas des esclaves à notre service, répondit Thomas Valiquet.

Stephenson semblait agacé par son vice-président. Il prit une autre gorgée de vin et regarda encore au fond de la salle ; il cherchait une façon de ne pas vexer Valiquet. Il alla droit au but :

– Écoutez, je vous propose dix parts de notre entreprise de production de miel.

– C'est bien généreux, mais ça va me coûter combien ?

Thomas Valiquet était au fait des intentions du président de consolider le marché du miel dans la province. Il savait aussi, c'est pour ça que Stephenson l'approchait, que lui seul pouvait faire l'union entre les deux mondes linguistiques. Valiquet aurait paniqué, il y a quelques années, mais cette fois-ci, il se sentait en meilleure position pour négocier que lors de son intronisation à la Société d'entomologie universelle de Paris. Stephenson s'essuya la bouche de sa serviette de table, la jeta à droite de son couvert, puis se pencha à l'oreille de Valiquet :

– Je vous les offre contre dix mille dollars.

Thomas Valiquet se recula sur sa chaise. Le montant lui apparut en petites coupures sur la table, d'un seul coup empilé devant lui. Son compte de banque était bien rempli, la somme représentait deux années de vente de miel, ce n'était pas ça le problème, mais plutôt les minces perspectives de profits, alors qu'il se déplaçait de moins en moins pour le commerce et que ses propres ruches, et celles de Langstroth, resteraient à l'entrepôt ce printemps. Il lui faudrait engager des commis voyageurs et il ne savait pas s'il avait envie de gérer du personnel. Il prit une bouchée de son agneau confit au miel. La salle parlait anglais, mais le service avait le chic de la cuisine française de la Belle Époque. Il mastiquait. Pauvre diable ! C'est quand même une belle occasion d'affaires. Si on se met tous ensemble, ça pourrait marcher. Ses idées communautaires n'allaient pas germer seules, alors qu'un solide regroupement promettait un bel avenir à ce métier. Thomas Valiquet décida de s'associer avec les anglophones. Qu'avait-il à perdre ? Il travaillerait avec eux, puisqu'ils partageaient le même pays et qu'ils avaient les mêmes préoccupations. Il s'essuya la bouche et posa sa serviette sur ses genoux. Il posa sa main sur la table ; il prenait son temps, il demeurerait calme. Il devait montrer qu'il ne brusquerait rien.

– Si j'accepte votre proposition, j'aurai quelle position dans la compagnie ?

Stephenson répondit sans se retourner vers son interlocuteur :

– J'aimerais que vous soyez responsable de l'approvisionnement.

– Que je m'occupe de distribuer le miel dans les magasins. Ça demande un entrepôt pour ça.

– Non, ce n'est pas ce dont je parle, répondit Stephenson. Je parle des reines. Vous aurez la responsabilité de nous approvisionner en reines chaque printemps. Des reines italiennes.

Valiquet se rembrunit. C'était une grande responsabilité qu'on lui confiait. Financièrement aussi. Il devrait payer les reines à l'avance à ses fournisseurs, acheminer les reines en santé aux apiculteurs de l'association et ensuite se faire payer ces reines. Il redoutait déjà les difficultés et les négociations avec chacun de ses futurs associés.

– Vous êtes celui qui a la meilleure relation avec Dadant et Langstroth. C'est un poste qui va avec votre réputation, monsieur Valiquet, que vous le vouliez ou non.

Pour notre prospérité à tous, l'approvisionnement en reines est le principal enjeu.

Un serveur vint poser devant les invités des verres en ballon remplis d'un whisky canadien. Stephenson et Thomas Valiquet prirent chacun le leur et trinquèrent à leur union. Stephenson faisait presque face à Thomas. Il gardait la main à la base de la coupe et Thomas gardait sa coupe dans ses deux mains, prêt à se resservir.

– Je comprends que c'est une lourde tâche, nous ferons le nécessaire pour vous aider en attendant que l'on produise. Comment les appellerions-nous ? Des reines des neiges ?

Valiquet sourit. Ce nom commun, pour des abeilles, l'amusait. Il imaginait des abeilles teintes aux couleurs des harfangs pendant les grands froids.

– Mais si vous voulez que je vous aide, vous devrez faire de moi votre apprenti et me laisser faire votre portrait avec du miel, affirma à la fin Stephenson.

Thomas ne put s'empêcher de jeter un regard au président sur sa droite. Il reprit une gorgée de malt. À son âge, il n'avait pas à courir, n'y à s'empresser de répondre. Il méditait. Le whisky lui réchauffait la gorge et le rendait joyeux, malgré la négociation qui n'en était pas une. Il n'avait pas envie de négocier les termes et Stephenson semblait avoir tout prévu, tout organisé. Valiquet n'aurait aucun mot à dire. Mais une chose le tourmentait. Comment ce monsieur avait entendu parler de cette coutume, de cette pratique initiatique que lui avait enseignée son maître Celso à Paris ? Il se rappelait les paroles d'un autre président, Mamet, celui de la Société d'entomologie de Paris : « Il serait le seul à pratiquer cette coutume au Canada. » Il n'avait aucune raison de répondre positivement, ses connaissances seraient transmises à son seul apprenti ; dans ce cas, il s'agissait d'Uldéric Paradis. Il en avait fait le serment au révérend Langstroth. Uldéric reprendrait son œuvre avec brio ; il était le plus habile des jeunes apiculteurs. Il était peut-être même meilleur que lui-même. Thomas n'éprouvait plus le désir de lutter, il venait de faire son choix. Sa réponse à Stephenson serait négative. Il se leva, jeta sa serviette, et démissionna.

– J'ai un train à prendre, dit-il à Stephenson, sans autre formalité.

Il traversa la salle et ne se retourna pas. Il ne remettrait plus jamais les pieds à Montréal.

Il s'empressa de prendre le train pour Saint-Jean. Il avait rendez-vous avec un vieil ami. Il avait quitté abruptement le Beaver Club, mais ne regrettait rien. Il regardait les champs couverts de neige par la vitre du wagon de première classe. Thomas avait travaillé de façon acharnée durant toute sa vie. Celle-ci, il le savait, s'achevait en douceur, même s'il dressait un bilan mitigé de toutes ces années. Ses filles demeuraient sa plus grande fierté. Elles dirigeaient l'entreprise familiale de la maison. Elles s'occupaient des affaires administratives et du miel. Ses gendres ne laissaient toutefois pas leur épouse s'occuper du commerce et ils profitaient seuls de la liberté des longues routes. Il n'avait en rien réussit à changer les habitudes apicoles des agriculteurs de la province. On continuait à détruire les ruches, alors que ses modèles à cadres mobiles dormaient au fond de la grange. Thomas ne se sentait pas responsable de cet échec, mais il déplorait l'état lamentable de l'économie de son coin de pays, ainsi que les traditions orales apicoles qui ne proposaient absolument rien de scientifique ni de progressif. Il préparait de la soupe et fournissait des couvertures aux familles mal vêtues, qui suivaient le Richelieu pour se diriger vers la frontière afin de trouver du travail. Cyr, LeBlanc, Gagnon, Larose, ils fuyaient leurs terres chèrement acquises par les générations précédentes ; il y avait de plus en plus de bouches à nourrir. Certains étaient attirés par les promesses des manufactures américaines.

La neige tombait pour une rare fois en avril et le train en provenance des États-Unis dut ralentir la cadence. Thomas Valiquet attendait depuis plusieurs heures à la gare de Saint-Jean pour y cueillir C. S. Dadant. Il venait revoir son ami rencontré au hasard d'une traversée de l'Atlantique, dix ans plus tôt. Ils s'étaient promis de se retrouver, chose qu'ils firent lors d'un congrès apicole, non loin de Chicago ; mais c'était la première fois que le tout se déroulait dans une ambiance familiale. Dadant était fortement chargé de toutes sortes de produits : ruches, enfumoirs, vêtements, le tout confectionné à sa fabrique, qui prenait de l'expansion, sous la direction de son fils. Le père Dadant continuait ses expériences et profitait du fait que ses affaires allaient bien pour se promener à travers le continent. À sa descente du train, aux abords de la rivière Richelieu, il laissa sa marchandise à la consigne de la gare et rejoignit Thomas Valiquet, chaudement vêtu. Les deux hommes avaient considérablement vieilli, mais ils étaient toujours aussi allumés par leurs ambitions et leur travail. Inévitablement, ils ralentissaient, et se laissaient distraire un peu plus chaque jour par une sieste en milieu d'après-midi. Le cocher Uldéric prit les valises et les jucha sur la diligence. Les purs-sangs de jais écumaient, abreuvés et repus par cette pause forcée aux écuries de la gare. Dadant et Valiquet entrèrent dans la cabine et Uldéric prit son poste de conducteur. Le chemin s'annonçait long, la route de boue qui longeait la rivière ne permettait pas plus qu'un trot inquiet, compte tenu du dégel et des précipitations tardives. Thomas Valiquet et Charles Dadant se remémorèrent d'abord les bons souvenirs du voyage commun en France. Les aléas de l'Exposition universelle, les rencontres, la cohue parisienne :

– Pouvait-on vivre dans un pareil endroit ? se demandaient-ils.

Les deux préféraient les espaces silencieux, l'âge n'arrangeait rien à l'affaire.

– Vous ne m'avez jamais dit ce que vous faisiez à Paris... Réellement, demanda Valiquet.

Dadant se tira la barbe. Il sourit et montra les quelques dents qui lui restaient, les cheveux collés au crâne par le port d'un chapeau.

– J'achetais des reines, vous le saviez déjà, j'ai bien réussi à les faire traverser en les tenant toujours au chaud dans mon manteau et en évitant le pont.

– Et l'autre raison ? interrogea Valiquet, insistant.

Dadant reprit d'un air amusé :

– Je transportais jusqu'en Amérique le courrier du Congrès de Lausanne. Façon de payer le voyage et de faire de la propagande pour l'Internationale ouvrière.

– Ce fut concluant ? demanda Valiquet.

– Pas du tout, l'association a été dissoute l'année dernière, il s'agissait de directions irréconciliables, pour moi. Les communistes ne voulaient pas de notre projet collectif. Même votre ruche canadienne n'aurait pas trouvé d'appui. Un fiasco.

– Elle ne fonctionne pas très fort, cette ruche-là, je ne vends pas beaucoup ; il faut dire que j'ai moins d'énergie pour le commerce maintenant.

Les roues arrière glissaient fréquemment vers le bas-côté, mais Uldéric reprenait la ligne droite en forçant les chevaux à redoubler d'efforts. Dadant et Valiquet discutaient, à l'abri. Dans quelques jours, Dadant devait se rendre à Montréal pour l'inauguration du musée Redpath d'histoire naturelle. Il fournirait au conservateur une collection d'insectes capturés pour l'occasion. La culture des abeilles leur enseignait bien des choses, notamment les limites de la nature, mais surtout les limites des hommes. Combien d'abeilles étaient-elles mortes sous leur commandement ? Des centaines de millions. Il se rappelait avoir mangé du miel trop sucré. Il s'était fait piquer combien de fois ? Il n'avait pas noté cela. Elles ne lui faisaient plus vraiment quelque chose, un pincement. Ce sont plutôt les saveurs, les couleurs, la douceur des mets que créaient les abeilles lorsqu'elles allaient de champ en champ qui passionnaient l'apiculteur. Valiquet demeurait le plus sceptique des deux quant à l'impact qu'ils pourraient avoir sur la vie des gens. L'accroissement naturel trop important des Canadiens français mettait une pression incroyable sur la terre ; ironiquement, le haut taux de mortalité rendait les choses plus raisonnables. À l'inverse, Dadant et Fils était une entreprise prospère qui grossissait rapidement et qui investissait dans d'autres secteurs névralgiques, notamment l'énergie. Valiquet réfléchissait, les yeux rivés au cours d'eau à gauche. Il est particulier que l'on confie à un si petit insecte une si grande part de la responsabilité de la culture alimentaire ; on leur confie toutes ces fleurs, tous ces mellifères, c'est extraordinaire !

– Dernièrement, disait Dadant, j'ai pu souper avec d'influents *congressmen* et des industriels du charbon de l'État. Je leur ai exprimé ma tristesse de trouver tant de suie sur mes ruches ; ils n'ont pas été empathiques à mon discours, tant que je ne les ai pas menacés d'enlever mes ruches des champs. Si on s'associait tous, on pourrait causer pas mal de tort... ou de bien.

Valiquet se redressa dans son banc.

– Encore de grands projets, mon cher ? Je croyais que le chemin s'achevait.

– Ne suis-je pas ici avec vous ? Nous n'aurons jamais terminé, vous avez ma parole ! À ce propos, vous n'avez jamais répondu à ma demande d'association pour le transport des abeilles italiennes.

La calèche oscillait au gré des sillons dans la boue. Dadant et Valiquet étaient emmitouflés sous d'épais draps de laine et des peaux de mouton. Uldéric, assis dehors, retirait la neige du rebord de son chapeau et émettait de la vapeur à chaque expiration. Sur le Richelieu, à leur droite, la glace de l'hiver se laissait porter et dépassait la calèche qui avançait au trot.

– Je discutais avec le président Stephenson plus tôt aujourd'hui.

C. S. Dadant soupira et leva les yeux au ciel dans un geste de mépris.

– Ah ! Celui-là.

Dadant était un habile apiculteur et ne reculait jamais devant les défis.

– Je crois que oui, avec un peu d'imagination, de science et de magie, on devrait pouvoir produire une reine des neiges. Une fois chez vous, nous préparerons la recette.

Valiquet sourit. Il appréciait le vieil homme devant lui. La semaine que le Franco-Américain devait passer à Saint-Hilaire serait remplie de surprises.

Chapitre 15

Briquet et couteau

Je me concentrais toujours sur la musique country, mais les démangeaisons semblaient s'intensifier à chaque pause publicitaire, comme si l'amplification de la bande FM attisait les enflures de ses hertz. J'arrivai à quatre-vingt-quinze kilomètres à l'heure devant la fabrique. Je ne pensais pas y arrêter. Je voulais trouver le médecin qui dissiperait la douleur, mais une voiture grise, stationnée devant l'entrepôt, me fit changer d'idée, et d'un coup de pédale, j'immobilisai le camion quarante mètres plus loin. J'abaissai le levier de transmission à la position « reculer » et sans ralentir, vins me garer en bordure du balcon. Je sus en voyant le véhicule qui était à l'entrepôt. Personne d'autre n'aurait pensé venir ici en cette saison. Quelque chose ne tournait pas rond. Je sortis péniblement de l'habitacle, le dos en feu. Je claquai la porte et marchai rapidement vers la maison illuminée. Lorsque j'entrai, un homme se trouvait assis à la table de la cuisine et mangeait, baguette en main, un chow mein acheté quelque part près de Girouxville. Je ne le saluai même pas. Je retirai mon manteau, que je jetai sur une chaise, puis mon pull. Je m'allongeai sur le ventre, sur le fauteuil, et je dis :

– On parlera après, j'ai une centaine de dards dans le dos, tu vas me soulager de ça.

L'homme, sans dire un mot, déposa son plat de nouilles, se leva et chercha dans ses poches. Il en sortit un briquet et un couteau. Il parcourut les quelques pas entre la table et le fauteuil, et poussa le pouf du pied droit. Il s'assit.

– Elles ne t'ont pas manqué. Il faisait si froid que ça ? Léopold ne t'avait pas prévenu de faire attention, à l'automne, lorsque le vent est glacial ?

Je n'aimais pas le ton qu'employait mon cousin Vincent. J'aurais aimé voir son visage et lui faire des reproches. Je ne trouvai qu'une chose à dire :

– Nettoie ça, et on parlera après.

Vincent se pencha dans mon dos et, à l'aide de son briquet, chauffa les plaies. Il utilisa ensuite sa lame, délicatement, effleurant la zone boursouflée pour en faire sortir le dard rempli de venin. Par chance, j'avais les anticorps qu'il fallait, car avec tant de piqûres, une personne allergique aurait paralysé pendant un bon moment ; elle aurait même pu convulser. Bien que mon cousin Vincent ait une dizaine d'années de plus que moi, nous étions constamment en compétition. Nous avions habité la même maison depuis que je m'étais pointé à la fabrique à mon retour de Floride. Il m'avait confié la petite chambre du fond, meublée d'un lit à une place et d'un bureau droit avec une chaise de bois comme celles que l'on trouve dans les écoles ; il y avait un rideau en tricot brun. La lumière au plafond était nue. Un habitat spartiate, pourrais-je dire. Les seules décorations que j'ajoutai furent le chandelier familial, une carte postale représentant le centre-ville de Bay Minette et mon masque de miel blanc, mon premier trophée d'apiculteur. Le cousin Vincent m'avait pris sous son aile, même si c'était Léopold qui demeurait le maître. Léopold venait me voir tous les mercredis avant-midi et m'avait donné des choses à étudier. Le reste du temps, Vincent me promenait de champ en champ, de ruche en ruche. Il m'avait éduqué à l'art de l'apiculture dans cette même fabrique, selon les traditions et les règles qu'il connaissait. Néanmoins, le cousin avait été rude. Je n'étais pas sot et j'avais su me défendre des attaques répétées. Il avait laissé tomber une hausse alors que je ne portais ni masque ni gants. Il m'avait fait transporter seul des centaines de boîtes de pots. Il m'avait fait marcher des kilomètres à la tombée du jour à moins dix degrés centigrades. Il avait aussi attaqué ma morale ; lui, il prônait le conservatisme et les valeurs familiales que l'on avait oubliées depuis deux générations passées : « Loi et ordre », disait-il au volant de la camionnette, comme s'il se faisait shérif de ce rang de campagne crevassé. Vincent était d'une dureté sans bornes, mais surtout avec son père Léopold. L'idée d'avoir un cousin dans les pattes le gênait, mais il était très arrogant avec son père, qu'il trouvait disgracieux, lent et lâche. Vincent détestait voir son paternel s'empiffrer d'un pot de miel alors qu'il regardait la télévision. Il ne supportait pas non plus de le voir suer et tirer de la patte au champ à cause de son embonpoint. Enfin, il sacrait lorsqu'un employé arrivait en retard et que son père l'excusait sans réprimande. Vincent voulait tout organiser ; une présence féminine aurait sûrement contribué à l'adoucir, mais sa mère Sylvia avait quitté Léopold alors qu'il avait dix ans. Une maison d'hommes dans un rang perdu, avec un passe-temps qui pique. Les yeux fermés, allongé sur le canapé, je revoyais les champs derrière la maison, tel un décor pittoresque figé dans la cire depuis cent ans, deux persiennes rouges rabattues. J'entendais Vincent qui vilipendait un employé quelque part à l'arrière de la grange. Léopold et moi détestions lorsqu'il se mettait en colère. Nous n'arrivions pas à endiguer ses frustrations, qui se terminaient immanquablement par des portes claquées ou un coup sur le nez. À cet instant, je me disais que c'était la première fois qu'il me soulageait de quelque chose ; il laissait tomber les aiguilles sur la table à café. Durant une seconde, j'eus un doute sur les intentions de Vincent. Je me demandais s'il n'allait pas m'ouvrir la jugulaire et ainsi rompre tout lien possible entre les histoires familiales et lui. Mais, c'est moi qui lui avais demandé de m'aider, je devais m'en remettre à son bon vouloir.

Je me souvenais de la mort de Léopold et des jours qui avaient précédé. Vincent approchait de ses trente-cinq ans et il n'avait toujours pas reçu les ultimes savoirs apicoles de Léopold, son père. Il trouvait ça gênant. Dans la famille, les connaissances se transmettaient assez jeunes, généralement au début de la vingtaine. Vincent craignait peut-être que je lui vole sa place ? Il décelait l'affection que Léopold me portait. En était-il jaloux ? À cette époque, j'avais peu d'ambition. Je me laissais porter, je me contentais du rôle que l'on me confiait. J'avais tout abandonné pour entrer dans la famille, mais à ce moment, je n'y voyais plus de fin, seules les saisons donnaient un certain rythme, comme à l'université, mais sans le plaisir d'un nouveau cours, d'un nouveau professeur. Ici, c'était du pareil au même. Allais-je un jour avoir droit à un diplôme ? Tant que Vincent serait là, j'en douterais. Et surtout depuis l'incident. Un changement s'opéra en moi à ce moment. Je m'étais mis en tête de toujours être plus admirable que Vincent, en tout et pour tout. Ce ne fut pas facile, car l'aîné était plus charismatique, il était plus expérimenté, et il était propriétaire de la fabrique. J'esquivais les combats et refoulais péniblement mes chagrins et mes angoisses, comme on renifle un rhume d'hiver qui s'éternise. Je remettais en question mon appétit pour la routine. Devais-je absolument participer à ça ? Vincent répétait que je devais m'y attacher solidement, et que nous faisions ce vœu pour la vie. Je devrais prêter serment en faveur du miel ; sinon, il me renierait pour le reste des temps, si je quittais avant lui le domaine familial. J'angoissais donc à ce propos. J'avais trouvé ce métier héroïque lors de mon apprentissage avec Wallace. Mais maintenant, les colonnes de chiffres, les bons de commande, les listes de payes, la loi sur les impôts me rendaient un peu nerveux. Je ne ressentais plus l'appel pour cette fonction. Je culpabilisais à propos de mon devoir inachevé, que je soumettrais dans l'avenir aux esprits de Cyril, de Camille, de Léopold et de Vincent. Ce dernier me pinça avec la lame : « Aïe ! Fais attention ! » dis-je, alors que le cousin me nettoyait toujours le dos. « Du calme, je ne vais pas te couper », répondit-il en levant les deux bras bien haut, le couteau dans la main droite et le briquet dans la gauche. Si une personne avait regardé à la fenêtre, elle aurait eu beaucoup de difficultés à comprendre la scène. Un homme, torse nu, sous un homme avec un briquet et un couteau dans les mains. De la sorcellerie, du sadomasochisme, de l'acuponcture ? Nous nous connaissions assez pour nous faire confiance ; nous étions des cousins. Je respirai profondément et je fermai à nouveau les yeux. Qu'est-ce qu'il pouvait me mettre en colère, celui-là ! Il était si rustre ! Mais depuis son initiation, quelque chose avait changé dans son attitude. Un soir d'août, une forte chaleur, occasionnée par un taux d'humidité élevé, gardait l'odeur de la rivière Yamaska bien présente dans le village de Saint-Hugues. Vincent avait habilement réussi les deux premières épreuves : Que fait-on quand l'or ne brille plus ? Comment reçoit-on cent mille convives à souper sans y perdre sa veste ? Vincent se tenait face à Léopold, dans la cour de la fabrique. Les ouvriers terminaient leur journée de travail à seize heures. Le lieu était désert, seule la lumière d'une lampe au sodium créait des ombres lorsqu'elle rencontrait la corniche de la grange. Léopold se tenait les genoux fléchis, comme s'il laissait reposer son surpoids sur ses pauvres rotules. Il suait plus qu'à l'habitude. De la vapeur d'eau s'échappait de lui comme d'un taureau dans un enclos. L'initiation se déroulait sans problème. Vincent, malgré son caractère de chien, était un apiculteur doué, plus que Léopold ; sa technique rappelait certaines caractéristiques du style de Camille. Le grand-père pratiquait un art apicole romantique, d'un réalisme magique, aurait-on pu écrire dans un roman. Vincent était un technicien spécialiste ; il délaissait certaines visions naturalistes pour s'appliquer à tirer cent pour cent de chaque procédure entourant la production du miel. Pour cette raison, la cérémonie avait quelque chose d'étrange pour Vincent. Il entrait dans un monde sans explications logiques. Il avait dû s'en accommoder pour extraire tous les savoirs de Léopold. La douleur s'apaisait, et je somnolais. Vincent était toujours derrière moi, à retirer les dards. Je me revoyais là, derrière un remblai de terre, près de la colonie, habillée d'une toile, en bordure de la grange. Vincent avait appliqué sur le visage de Léopold un miel de tournesol qu'il appréciait pour son goût prononcé et ses constellations cuivrées. Il tomba en transe, alors qu'il moulait le visage paternel. Un pot d'un kilo de miel était ouvert et coincé sous son aisselle, et sa main droite venait y chercher la préparation d'artiste. Il avait étendu le miel à deux doigts dans le visage de son père. Ses gestes frénétiques, sans cohérence, ne lui permettaient pas de créer un masque aux deux côtés du faciès équilibrés. Il avait encore plongé la main dans le pot; Léopold était resté stoïque, et Vincent avait appliqué une épaisse couche, et il avait muselé son paternel. Il n'avait créé aucune ouverture pour les narines ni pour la bouche, ce qui aurait permis à l'homme de respirer. De ma cachette, j'eus l'impression que Vincent ne se rendait pas compte de ce qu'il venait de faire. Léopold porta ses mains à son visage, mais ses doigts ne réussissaient pas à pénétrer complètement l'épaisse glu. Il avait laissé passer les secondes. Léopold s'était effondré après avoir tenté durant deux minutes de retirer cette décoration funéraire. Vincent avait alors retrouvé ses esprits. Il s'était penché vers son père qui tremblait, et il avait retiré le masque qu'il avait créé. Il avait retourné son père sur le dos, et lui avait fait la respiration artificielle. Il avait poussé l'air dans les poumons de l'homme à toutes les trente pressions sur la cage thoracique. Il avait répété trois fois la même opération, avant de réussir à réanimer le cœur de Léopold, mais son esprit était plongé dans le coma. J'étais figé. Je m'étais enfin décidé à l'aider alors qu'il transportait Léopold jusqu'à la voiture. Vincent m'avait dévisagé lorsque je m'étais placé de l'autre côté pour supporter, de mon épaule droite, la moitié des cent trente kilos de mon oncle. J'avais bouclé la ceinture du mort-vivant. Vincent l'emmena à l'hôpital. Je me souvenais de m'être dirigé rapidement vers la maison ; j'étais allé récupérer un sac de jute et une pelle. Avant de sortir, j'appelai le 9-1-1 pour signaler l'incident et les informer que Vincent se présenterait à l'hôpital. J'étais ensuite retourné au lieu de l'événement pour y recueillir le masque de mes deux mains, à genoux. Les yeux donnaient l'impression de globes oculaires convulsés, et le bas du visage avait la texture d'une pierre ponce unie. Qu'avait-il fait ? Je ne saisissais pas ce qui avait poussé Vincent à asphyxier Léopold. Il cherchait quoi ? Le contrôle ? Il l'avait plutôt perdu. Le masque dans mes mains me donnait la frousse ; le visage torturé ressemblait à un dessin représentant le jésuite Jean de Brébeuf au bûcher. J'avais emballé le masque dans le sac de jute et m'étais rendu au bout de la cour, entre deux cordes de bois de chauffage. J'y avais creusé une tombe silencieuse pour que disparaisse cette pièce à conviction. J'avais enterré la vérité. Si, par malheur, mon oncle ne survivait pas à cette nuit, j'aurais sauvé Vincent d'un plaidoyer de culpabilité. J'étais retourné à la maison boire un peu d'eau, puis je m'étais dirigé chez l'inspecteur Chartier, afin de faire la déposition demandée par le répartiteur du service d'urgence. Vincent ne m'avait pas appelé et je sursautai lorsqu'il surgit dans la pièce, un peu après neuf heures trente du matin. Léopold était resté aux soins intensifs ; il était dans un état stable, mais il demeurait dans le coma. Durant un mois, Vincent et moi avions veillé Léopold. Plongé dans un sommeil profond, il ne réagissait pas aux tests physiques que lui faisait subir le docteur. Vincent paraissait accablé ; des poches sombres se formèrent sous ses yeux, probablement à la suite de nuits d'insomnie. Toutefois, le matin, après le café, il s'était montré confiant pour son père. Lorsque la police l'avait interrogé, il avait raconté que Léopold s'était effondré. Il avait dit qu'il s'agissait sûrement d'un accident vasculaire cérébral, occasionné par le surpoids du paternel, ce que tout le monde avait pris pour une simple vérité, à reléguer aux archives de l'hôpital. Nous passions la journée à son chevet et le soir, à la maison, chacun dans notre coin à attendre devant la télévision que quelqu'un parle. C'était toujours la même conversation avec le personnel hospitalier : « son état est stable ». Vincent parlait à Léopold des idées qu'il développait pour améliorer la distribution dans les marchés publics. Il regrettait que Léopold ne soit pas là pour approuver le nouveau design de la fabrique. Mais le macchabée ne s'était jamais soucié des apparences, son teint pâle évanescent et sa chair flasque lui donnaient des allures d'ourson de gélatine verte. Au bout d'un mois, le docteur offrit à la famille de le débrancher ; rien ne pouvait plus le ramener, son activité cérébrale était nulle et ses reins ne fonctionnaient plus. Nous avons accepté la proposition sans pleurer. Au crématorium, Vincent se tenait le premier près du cercueil ouvert, puis dans une robe bleue fleurie de marguerites blanches se tenait sa mère, Sylvia, l'ancienne femme de Léopold. Je me tenais en troisième et recevais de bon cœur les condoléances de tous ces gens venus rendre hommage à l'apiculteur.

L'opération avait duré une quarantaine de minutes. Vincent alla à la salle de bain y chercher la bouteille de peroxyde et revint me faire un dernier nettoyage.

– Demain, tu n'y sentiras plus rien, cousin. Une bonne chance que je sois arrivé ce soir ; sinon, tu aurais souffert le martyre pendant quelques jours, dit Vincent.

Je me redressai et me levai. J'allai à ma chambre et mis un nouveau chandail. À mon retour à la cuisine, Vincent était assis à la table. J'allai au réfrigérateur, sortis un reste de cochon sauvage et de la soupe à l'orge, fis chauffer le tout au four micro-ondes, pris deux bières que je posai sur la table.

– Il y a quelque chose qui cloche, cousin ! dis-je tout en retournant au comptoir, le visage éteint de Léopold toujours en mémoire.

J'observais Vincent qui avait le regard perdu dans son contenant en carton de nouilles asiatiques. La sonnerie indiqua la fin de l'attente.

– Tu ne me remercies pas ? dit Vincent.

– À quoi bon ? Merci. Je sais que je vais encore te détester dans quelques minutes, dis-je, bien préparé à sortir toute ma méchanceté.

Je récupérai la soupe et le cochon et allai m'asseoir à la table. Nous nous faisions face. J'entamais mon repas sans rien offrir d'autre à Vincent que de la bière. Chacun prit une gorgée et je posai ma question :

– Qu'est-ce qu'il se passe à Saint-Hugues pour que tu débarques comme ça en septembre ?

Vincent se redressa, prit encore une gorgée et ajouta :

– Je vais être accusé du meurtre de Cuauhtémoc.

Le silence retomba. Le vent extérieur heurta violemment la bâtisse de bois et en fit craquer la charpente.

– Et tu comptes faire quoi ? demandai-je.

Vincent ne bougeait pas. Il réfléchissait.

– J'ai roulé pendant deux jours sans arrêter. Je ne crois pas que je pourrais continuer ce soir.

– Tu peux dormir ici, répondis-je, peu fier de faire un compromis.

Il est désespérant, mais c'est mon cousin, après tout.

– Si je te disais que ce n'est pas moi qui l'ai tué. Tu me croirais ? Si je te disais que je l'ai laissé dormir la tête sur la table de la cuisine, et quand je suis revenu, il n'était plus là ?

– Tu étais parti faire quoi ?

– Manger. Au retour, il était dans la cuve à miel.

– Tu vas me faire croire qu'il s'est jeté tout seul dans la fondeuse ?

– Oui, quelque chose l'y a jeté. Je crois que c'est la reine de miel qui l'a jeté là.

– Ta super abeille ?

– Oui, mais je ne peux pas le prouver.

– De toute façon, je ne te croirais pas.

– C'est bien ce que je me disais ; personne ne croira mon histoire, et c'est pour ça que je suis ici. Parce que personne ne croirait une histoire semblable, mes empreintes sont partout.

Vincent se tenait la tête.

– Je ne sais pas qui a fait ça.

– Arrête de nier, de te faire des accroires. Tu ne peux plus y faire grand-chose, à ce stade, si je comprends bien.

—Tu sais pourquoi il est mort ? me demanda Vincent.

Je pris une gorgée de bière.

– Et pourquoi, selon toi ? Les abeilles, ta reine de miel, le fantôme de Camille ou je ne sais quoi l'aurait jeté dans une cuve et couvert de miel ?

– Je ne sais pas... Il en savait trop, peut-être ? Comment faire des masques... Il avait enfreint la règle : « un masque, un apprenti ». Il en avait fait vingt-sept. Et il se rapprochait de la façon de faire des reines des neiges. Mais la dernière qu'il a vue ne l'a pas épargné.

– Les abeilles d'hiver dont tu parles ?

– Oui, oui, celle-là. Celle que l'on cherche à avoir, à produire depuis Basile.

– Je croyais que c'était des histoires de grand-père.

– Justement, c'est Camille qui les a mises au monde. Tu n'y comprends rien, à ce que je vois. Si je me fie à tes piqûres, tu n'as pas encore maîtrisé notre art.

Je sentis une épingle me percer les tempes. Le sang me monta au cerveau. J'avais été attaqué dans ma fierté d'artisan honnête, qui livre mille cent quarante kilos de miel par année.

– C'est toi qui as tué quelqu'un, c'est pas moi qui cherche le trouble. Je me suis éloigné de tout, comme tu peux constater, dis-je.

– Chacun ses problèmes, je ne suis pas venu pour t'embêter, rétorqua Vincent.

– Ça va m'embêter de toute façon quand les flics vont venir me poser des questions.

Ce sera la seconde fois que je te couvre les fesses.

– Ils ne viendront pas, trancha sèchement l'homme.

Il fit une pause.

– Tu fais référence à Léopold, j'imagine ? Je n'ai pas fait exprès.

– Mais il est mort quand même, dis-je.

– Oui, il était trop tard, dit Vincent en baissant la tête.

– Je ne comprends pas. Que veux-tu dire par là, Vincent, dis-moi ? Maintenant, tu arrives ici et tu me ramènes deux cadavres sur la conscience.

Je m'avançai vers lui, j'étais en colère. Il était toujours à la table. Je pris l'Opinel et je lui plantai la lame dans la main gauche. Je la sentis pénétrer le bois en dessous.

– Tu m'as torturé pendant des années et tu viens me troubler encore ici, criai-je pour couvrir les cris de douleur de Vincent, qui se calma plus rapidement que je ne l'aurais imaginé.

Vincent retira la lame de sa main gauche et la laissa tomber sur la table. Du sang coulait de la plaie.

– Ça brûle, ça. Tu peux aller me chercher un bandage ? me demanda-t-il, les yeux injectés de sang. Et le peroxyde, aussi, finit-il par crier.

Puis, dans un semblant de calme rythmé par de profondes respirations, il enchaîna avec gravité :

– Ça devrait guérir vite, la lame était bien affûtée, et je peux toujours bouger les doigts. Nous sommes quittes, ajouta-t-il, comme si rien ne venait de se passer.

Il marcha vers la table. Je revenais à moi.

– Quittes ? Tu m'as dit je ne sais quelle folie sur le Mexicain, mais rien sur Léopold. Pourquoi l'avoir asphyxié, si tu ne voulais pas le faire ?

– Il lui restait un mois ou deux à vivre, tout au plus. Il avait le cancer. La dernière fois que nous sommes allés aux courses de chevaux, il m'a fourni la date de mon initiation et sa sentence de mort.

– Si je comprends bien, à la dernière minute, tu as changé d'avis ?

– J'étais en colère, je ne voulais pas en finir, je voulais juste savoir comment faire ; enfin, il m'avait demandé de l'asphyxier. Au dernier moment, je n'ai pas pu, mais le résultat est le même.

Il semblait atterré. Vincent cherchait dans sa mémoire quelque chose qui pouvait le consoler de ce deuil qu'il prenait beaucoup de temps à surmonter. Il cherchait aussi à oublier cette douleur que je venais de lui infliger à l'aide de son couteau. Il reprit après m'avoir regardé dans les yeux :

– Il m'a aussi dit que c'était à toi qu'il voulait transmettre ses connaissances, mais qu'il ne te croyait pas capable de le tuer.

Effectivement, je n'aurais pas pu le tuer avec du miel, même si j'avais su que mon oncle était condamné. Je m'imaginais à la place de Vincent dans la cour. Je comprenais que Léopold voulait partir la tête haute, et non pas à cause de la dégénérescence du corps humain. Il avait de la fierté ; même une boule comme lui, qui suait et grognait à chaque effort physique, pouvait être fière. Je repensais à Vincent qui avait sûrement passé deux affreuses semaines à méditer ses actes futurs, entre la demande de Léopold et le moment de la cérémonie. Le ferai-je ou pas ? devait-il s'être demandé. Attenter à la vie de son père, ce n'est pas un geste banal. Dans un sens, c'est un geste courageux, une forme d'euthanasie, dans un format théâtral, avec un soupçon de tragédie. Je n'étais pas surpris que Léopold ait voulu me transmettre ses connaissances. Aujourd'hui, ça m'était égal. Vincent enroula sa main qui saignait abondamment dans une serviette. Je restai debout sans bouger, je le regardai faire, souffrir. Je m'en foutais éperdument. Il était cinglé.

– Tu dois te dire que je suis un psychopathe. Tu sais que je te connais très bien.

Lisait-il dans mes pensées ? Il ajouta :

– Mais pour une fois, tu me surprends. Tu n'as pas trop réfléchi et tu as montré ta colère. C'est bien ! dit-il, les dents serrées.

Vincent était blême. Il se dirigea vers le comptoir. Ses mains au-dessus de l'évier, il mit une cuillère de bois dans sa bouche qu'il mordit avant de verser le peroxyde sur la plaie. Il gémit durant une minute, puis enroula sa main gauche de gazes puis d'une serviette de table, qu'il noua.

– Et pour ce nouveau mort ? Qu'est-ce qu'il va arriver ? demandai-je.

Vincent prenait son temps pour répondre. Il regardait son bandage, comme une guimauve brûlante au bout d'un bâton autour d'un feu de joie.

– Je ne sais pas. J'ai mis assez de kilomètres derrière moi, même si mes empreintes sont partout. J'ai même fait le masque de mon propre visage quand je l'ai trouvé ainsi, sous le miel.

– Tu as fait ton propre masque ?

– Bien oui, mon apprenti est parti dans l'Ouest et il est devant moi, en ce moment.

– Et tu dis que tu ne comprends pas comment il est mort ?

– Je comprends comment, noyé dans le miel, mais pas pourquoi.

Il s'ensuivit un long silence, qui dura peut-être dix minutes, peut-être une heure. Je pensais à l'inspecteur Chartier qui devait démêler cette affaire-là. Je recevrais bientôt son appel, c'était certain. Je lui demandai :

– Tu fais quoi, maintenant ?

Vincent se leva, fit quelques pas vers la porte et enfila son manteau.

– Je vais faire de toi un vrai apiculteur. Tu viens ? Je fais ça une dernière fois. Tu as du miel ?

Le lendemain de cette étrange nuit, qui m'avait plongé dans la plus obscure de nos traditions familiales, je devenais donc le maître de cette fabrique, à trente-cinq ans. Vincent était reparti en voiture après avoir dormi quatre heures. Il prit le chemin des

Rocheuses. Je me doutais bien que je ne le reverrais jamais ; il avait conservé le masque que je venais de faire de son visage.

J'arrivai à Saint-Hugues après une longue semaine de route à travers le pays. Je m'attendais à trouver une fabrique vide et endormie, mais au contraire, tous les employés remplissaient leurs fonctions habituelles et s'empressèrent de venir me tendre chaleureusement la main. Vincent les avait prévenus de mon arrivée et j'avais instruit monsieur Paul des changements à la direction de la fabrique. Je trouvai la situation étrange, je me sentais comme un imposteur, en dix ans seulement, j'étais passé d'inculte à maître. Bon, j'étais officiellement le dernier de la lignée, et je me devais de remédier à ça. Je m'étais interdit d'appeler Éloïse et je me concentrai sur le travail qui m'attendait. Monsieur Paul me précéda, m'ouvrit le bureau, puis me tendit les clefs.

– C'est bien de vous avoir avec nous. L'inspecteur veut vous parler dès que possible, conclut-il.

Je le remerciai. Je m'assis au bureau et je regardai ce qu'il y avait dessus. Quelques feuilles de papier, un calendrier des activités, des bordereaux de commande d'équipements, un relevé de compte de banque et la carte de l'inspecteur Chartier, à qui je téléphonai sur-le-champ.

– Chartier ! répondit-il.

– Vous voulez me parler ? dis-je.

– Je présume que vous venez d'arriver ?

– Je viens de mettre les pieds dans mon bureau. Je suis le nouveau propriétaire de la fabrique à miel.

– Mes félicitations, dit l'inspecteur. J'ai quelques questions entourant votre cousin Vincent et un homme retrouvé dans votre cuve il y a quinze jours.

Au téléphone, nous nous parlions déjà avec une certaine familiarité. Je connaissais l'inspecteur Chartier depuis qu'il occupait ses fonctions. Comme nous étions le plus gros employeur du village, il venait régulièrement nous rendre visite. Il faisait du social ; mais sa présence rappelait aussi à tous d'être prudents. C'est comme s'il faisait de la prévention son arme de prédilection. J'avais aussi combattu le feu de pelouse sous ses ordres et bu une bière dans son garage lors de ma déposition à la suite du soi-disant AVC de Léopold. Il m'était donc facile de discuter avec lui. Et Vincent m'avait dit de tout raconter. Il disparaîtrait ; il ne voulait pas nuire à l'entreprise.

– Oui, Vincent est passé me voir, pour me transmettre ses biens et m'avouer le meurtre du Mexicain.

– Il vous l'a avoué ? me demanda Chartier, surpris.

– Pas du tout. Il l'a endormi et il est allé souper. À son retour, il était mort dans le miel. Il prétend qu'il ne sait pas ce qui est arrivé. Est-ce que ça fait de moi un suspect ?

Chartier prit quelques instants pour formuler sa réponse.

– Il me faut m'assurer que vous n'avez pas d'intérêts dans la disparition de cet homme, mais comme j'obtiens votre entière collaboration, je dirais que vous n'avez pas à vous en faire. Il vous a dit où il allait ?

– Dans les montagnes, dis-je sans hésitation.

– Je vois. Ça fait beaucoup de territoire à couvrir entre l'Alaska et la Terre de Feu. Il avait des bagages ?

Je réfléchis quelques instants. Je revoyais notre dernière poignée de main, à son départ. Je répondis :

– Dans sa voiture, je crois qu'il avait un sac de couchage, des outils et une valise avec des vêtements, je présume.

J'omis de mentionner le masque.

– Bien, je vais demander que l'on surveille la frontière, répondit-il, résigné.

– Je crois que vous êtes en retard, il doit être loin à présent. Vous ne le trouverez pas.

– Pourquoi vous dites ça ?

– Malgré ce qu'il peut avoir l'air, rustre et arrogant, c'est un homme de qualité qui avait de nombreux amis. Ils vont l'aider à refaire sa vie. À moins que vous ne vouliez visiter toutes les ruches d'Amérique ?

Chartier déglutit à l'autre bout du fil. Il se disait qu'il n'aimait pas vraiment les insectes.

– OK. Si j'ai d'autres questions, je vous rappellerai.

– À votre service, dis-je avant de raccrocher.

Une fois le téléphone déposé, je pris conscience de mon nouveau statut. Je me proposais déjà de faire repeindre les murs et de redécorer la pièce. Je me reculai dans la chaise de bureau. J'y étais confortable. C'était la chaise que Léopold avait achetée, puis que Vincent avait usée. Dans quoi le grand-père posait-il les fesses ? Il devait travailler debout. Il y avait beaucoup plus d'action à l'époque, beaucoup plus de ruches. Mais moi, qu'est-ce que j'allais faire ? Je savais vider une hausse, mais diriger les affaires de la compagnie, je ne savais pas. J'avais quelques expériences, dont celle de l'apiculture urbaine. J'étais un peu angoissé de devoir veiller à ce que tout fonctionne. Je pensais à Vincent, qui devait rouler vers le sud. Il avait mentionné un nom, « Tupiza », mais je n'avais aucune idée de quoi il s'agissait. Je gardai cette information pour moi. Je revins aux choses courantes. Comme Vincent me l'avait dit, à cette époque de l'année, il fallait d'abord réparer les ruches et en fabriquer de nouvelles. Et puis préparer les reines de miel pour le printemps prochain.

Épilogue

*

On ne naît pas apiculteur, on le devient, même lorsque cela fait sept générations qu'au travers des liens familiaux, on se transmet les hausses de père en fils. Depuis Basile, la famille s'était installée en bordure des champs, peu importe lequel, là où il y avait des fleurs. Souvent, il fallait parcourir de longues distances pour en trouver. Cette famille a parcouru l'Amérique à la recherche de pollen. C'est pour cela que je me suis promené autant, mais aussi pour ne pas me faire embêter.

Lorsque je suis devenu apiculteur, la vie des abeilles avait beaucoup changé depuis la période camillienne. Le Centre Agricole du Québec était devenu un enfer pour les apiculteurs. Autrefois couvertes de fleurs, ces plantations avaient été remplacées par du maïs et du soya. Le grand-père maintenait cent cinquante ruches par colonie ; moi, aujourd'hui, je n'en disposais plus qu'une douzaine au même endroit. En plus, la région était soumise à un épandage régulier de pesticides. Depuis peu, on croyait que les néonicotinoïdes étaient responsables du syndrome d'effondrement des colonies. Lorsqu'elle revient à la ruche, l'ouvrière est prise d'un problème neuropsychologique et disparaît dans une direction dont elle ne reviendra jamais ; elle a perdu le nord. Chaque époque a ses problèmes. Le mien, c'est de trouver les liens qui unissent les différents personnages de cette histoire et de trouver les lieux qui les ont accueillis. J'ai donc continué l'œuvre débutée par mon grand-père Camille : j'ai continué d'écrire la généalogie de cette famille d'apiculteurs. Elle possède de nombreuses lacunes ; ce sont des trous de mémoire ou plutôt des trous noirs, là où le temps n'existe plus. Les faits et gestes des personnages demeureront dans les marges blanches, de simples théories. Alors que j'allais refermer pour de bon le manuscrit hérité de Camille lorsque j'étais petit, je découvris une note de celui-ci, chez le notaire, alors que j'y rédigeais mon testament. Je savais que ce professionnel détenait les dossiers de tous les membres de la famille et je lui avais demandé de faire des recherches ; je voulais savoir si des documents n'avaient pas été égarés. Le notaire n'avait pas aimé que je le soupçonne de désordre, mais il me promit de vérifier lorsqu'il en aurait le temps. Il prit plus d'un an avant de me joindre et de me prier de passer prendre une photocopie de cette lettre de mon grand-père, qui était restée entre les pages d'un carnet de notes du journaliste Louis Bossé. Elle permet de remplir de nombreux vides, des mystères que ni mes recherches ni les masques n'avaient pu me permettre d'éclaircir. Je la mets ici en copie.

Lettre de Camille

En 1979, je suis maintenant le seul pouvant décrire ce qu'a été mon père, Uldéric Paradis, comme homme et comme apiculteur.

Ce qui suit sera peut-être mieux compris par ceux qui ont fait ou font encore de l'apiculture !

Camille Paradis

Ce qu'il a fait comme apiculteur fut si audacieux, si bien dirigé et si bien réussi, qu'on peut le nommer pionnier de l'apiculture intensive au Québec ! Nous savons qu'au moins deux générations de Paradis l'ont précédé en apiculture, avec un nombre de ruches assez important pour cette époque. Basile Paradis, mon arrière-grand-père, hivernait soixante à soixante-cinq ruches chaque année. Joseph, son fils, lui acheta terres et abeilles et les garda jusqu'à la fin du XIXe siècle. Mon père, Uldéric, troisième génération en apiculture, acheta à son tour terres et ruches. Au début du XXe siècle, il était déjà initié à l'apiculture, car dès l'âge de quinze ans, il secondait son grand-père Basile au rucher. Comme les ruches étaient à rayons mobiles, ce qui était rare à cette époque, très jeune, il a pu connaître le fonctionnement et le travail à faire dans les ruches durant l'année. Et pendant quelques années, il a opéré comme son grand-père et son père le lui avait montré. Au temps de la récolte, la pratique du contrôle de l'essaimage n'étant pas connue, il lui fallait travailler presque jour et nuit, car il devait vendre le miel dès qu'il était extrait, en plus de surveiller la sortie des essaims afin de ne pas en perdre trop ! Il n'y avait pas de contenants spécifiquement connus pour la vente du miel au détail, c'était donc en se rendant dans les marchés de Sorel et de Saint-Hyacinthe qu'il pouvait vendre son produit aux gens qui fournissaient leurs récipients.

Très jeune, pour moi, l'apiculture n'avait aucun sens. Je n'en tirais aucun plaisir. Mais tout changea, et par hasard ! Sœur Marie de la Visitation, cousine germaine, religieuse au Précieux Sang à Saint-Hyacinthe, dont la mère était une Mingot dit Dumaine et sœur d'Henriette, la mère de mon père, cette religieuse, dis-je, présenta à Uldéric un certain Thomas Valiquet, apiculteur renommé dans la région et enseignant au séminaire et au collège. Ce fut la révélation pour mon père ! Au contact de cet homme, il ne cessa de faire des expériences. Il modernisa l'apiculture et lui donna l'importance qu'on lui connaît aujourd'hui. Il fut le premier à installer un rucher annexe et, par la suite, c'est dix à douze de ces ruchers qu'il plaça, toujours environnant quatre installations permanentes : à Saint-Hugues, à Sainte-Rosalie, à Saint-Damase et à Saint-Barnabé-Sud. Lorsqu'il céda Saint-Hugues à mon frère Ulric, c'est Saint-Hilaire qui devint permanent. Il reprenait le terrain que son maître abandonnait à la fin de sa vie. C'est à ce moment, lorsque nous habitions Saint-Hilaire, que mon intérêt se développa pour l'apiculture. J'étais bien entouré et mon père ne cessait de m'encourager. De tous les coins de la province venaient des gens curieux de voir mon père opérer avec une telle technique, et certains désiraient connaître le travail qui pouvait se faire avec des ruches à rayons mobiles. Parmi les premiers élèves dont je me rappelle les noms, il y a eu Anésiphore Fontaine, qui a été un grand ami de mon père, et par la suite, le beau-père d'Ulric, mon frère. Puis, il y eut Louis Béland de Louiseville, docteur Camirer de la Baie-du-Febvre, un monsieur Péloquin de la Providence de Saint-Hyacinthe; et beaucoup d'autres sont venus passer la saison d'été, surtout entre les années 1915 et 1925. La plupart étaient envoyés par les institutions agricoles d'Oka et de Sainte-Anne-de-la-Pocatière.

Avant 1915, la loque européenne était très répandue et ne pouvait être contrôlée, car les cultivateurs qui avaient de deux à cinq ruches n'avaient pas la ruche à rayons mobiles, mais des ruches fixes, faites généralement au moyen de boîtes de beurre vides. Il était donc impossible de voir le couvain et aussi de changer la reine, seul moyen de guérison. Alors, mon père décida de demander l'aide du gouvernement du Québec. Il se fit accompagner de ses premiers élèves, qui avaient déjà des ruches mobiles; ils allèrent rencontrer le ministre de l'Agriculture. Leur démarche fut une grande réussite. Ils réussirent à faire en sorte que le gouvernement fasse disparaître les ruches fixes ; aussi une revue apicole mensuelle, L'Abeille, *commença à paraître par la suite ! Mon père ne cessait de faire des expériences, étant aidé par tout ce qu'il lisait dans les revues apicoles européennes et américaines. Grâce à ses recherches, l'apiculture fut modernisée ; toute cette nouveauté était suivie de près par le gouvernement du Québec. L'élevage des reines n'ayant jamais été tenté au Québec, il décida de le faire, car pour arrêter l'expansion de la maladie, la loque européenne, il fallait changer la reine hybride qu'on trouvait dans toutes les ruches au Québec ces années-là par une Italienne qui, elle, produisait des abeilles capables de nettoyer le couvain de toutes les larves malades. Il fit donc venir des États-Unis, de chez Dadant et Fils, quelques reines italiennes, qu'il éleva pour changer toutes celles de son rucher. L'année suivante, il s'engagea à fournir cinq cents reines au gouvernement, qui en ferait la distribution partout au Québec, aux cultivateurs qui devaient changer leurs ruches ainsi que la reine, lorsque la maladie était présente.*

J'ai donc gravi les échelons et je suis devenu son apprenti officiel à notre retour du Congrès apicole de Québec en 1924. Ce fut de fastes années, pour moi et pour l'apiculture dans la province. Grâce à cette victoire sur mes collègues, je l'avoue maintenant, je n'étais plus raisonnable. Je remercie encore

Uldéric de m'avoir toléré et d'avoir fait de moi l'homme que je suis devenu à la suite de mon initiation. Je connaissais les trois énigmes et je récoltais facilement un souverain d'or de vingt-deux carats au fond de la ruche. Je conviais les ouvrières à boire le pollen à même mes bras. Pour la dernière épreuve, il m'amena sur le mont Saint-Hilaire recueillir d'abord de l'eau de Pâques ; et ce n'est qu'à l'aube, et à jeun, que je terminai les épreuves par la fabrication de ce masque du visage d'Uldéric avec un miel mentholé. Je me souviens d'avoir sculpté ce visage, comme je faisais, petit, celui d'un bonhomme de neige dans la cour. J'étais très fier et je m'appliquais, je prenais mon temps plus que nécessaire, mais je trouvais agréable de profiter du paternel sans qu'il rouspète, me gronde ou soit indifférent. J'avais toute son attention et sa confiance. C'était précieux. Je crois que j'ai bien réussi ce masque. Il est resté longtemps sur le bureau de ma chambrette, jusqu'au jour où tout est parti en fumée. Mon père Uldéric était mort depuis longtemps, mais ses contributions à ma vie et à l'apiculture étaient *considérables. Jusqu'à quelle génération de ses descendants serviront ses découvertes ? Déjà, ses arrière-petits-enfants sont des apiculteurs importants ! Sixième génération après Basile. Beaucoup d'autres apiculteurs de la province et du Canada se sont servis de cette modernisation et encore aujourd'hui, quoique les outils contemporains facilitent les choses, on se sert des mêmes procédés. La ruche Langstroth, modèle neuf et dix rayons, est la ruche que mon père a conseillée à ses élèves après avoir expérimenté plusieurs systèmes, et c'est aujourd'hui la plus populaire ! Il y a encore, même parmi ceux qui possèdent mille ruches et plus, des manières de procéder dont l'origine remonte aux découvertes de mon père !*

Cette apologie que j'ai faite de lui m'a permis de souligner très peu de choses. Cependant, j'ai été heureux de le faire en souvenir de lui.

Remerciements

Merci à Catherine Plaisance et à Dominique Chantraine pour avoir fait preuve de courage ; merci de m'avoir dit de sortir de ma tête. Merci à Caroline Le Gal de m'avoir forcé à persévérer dans un moment où je voulais abandonner. Merci à Josselin Recoder et à Jorge Aboytes pour leur accueil et leur amitié. Merci à Robert C. Paradis pour toutes les anecdotes et toutes les explications concernant le monde des abeilles. Merci à D'arts et de rêves pour la résidence d'écriture dans la grange à Sutton. Quiétude et sérénité.

Achevé d'imprimer sur les presses
de Marquis-Gagné
à Louiseville, Québec, Canada.
Troisième trimestre 2018